人民共和國文化與文學叢書

二 編

李 怡 主編

第 6 冊

「社會主義教育劇」研究

楊 智 著

花木蘭文化出版社

國家圖書館出版品預行編目資料

「社會主義教育劇」研究／楊智 著 -- 初版 -- 新北市：花木蘭
文化出版社，2015〔民104〕
目 2+146 面；19×26 公分
（人民共和國文化與文學叢書 二編；第 6 冊）
ISBN 978-986-404-218-0（精裝）
1. 中國戲劇 2. 劇評
820.8   104011321

特邀編委（以姓氏筆畫為序）：

吳義勤　孟繁華　張　檸
張志忠　張清華　陳思和
陳曉明　程光煒　劉福春
（臺灣）宋如珊
（日本）岩佐昌暲
（新西蘭）王一燕
（澳大利亞）鄭　怡

人民共和國文化與文學叢書
二 編 第 六 冊　　　　　　ISBN：978-986-404-218-0

「社會主義教育劇」研究

作　　者　楊　智
主　　編　李　怡
企　　劃　北京師範大學民國歷史文化與文學研究中心
　　　　　四川大學現代中國文化與文學研究中心
總 編 輯　杜潔祥
副總編輯　楊嘉樂
編　　輯　許郁翎
印　　刷　普羅文化出版廣告事業
出　　版　花木蘭文化出版社
社　　長　高小娟
聯絡地址　235 新北市中和區中安街七二號十三樓
　　　　　電話：02-2923-1455／傳真：02-2923-1452
網　　址　http://www.huamulan.tw 信箱 hml810518@gmail.com
初　　版　2015 年 9 月
全書字數　114644 字
定　　價　二編16 冊（精裝）台幣28,000 元　　　版權所有·請勿翻印

「社會主義教育劇」研究

楊　智　著

作者簡介

楊智：男，湖北省浠水縣人，1963 年生，南京大學文學院戲劇戲曲學博士，廣西大學文學院戲劇影視系主任、副教授、碩士生導師，主要從事中國現當代戲劇、中外比較戲劇的的教學與研究工作；參與完成一項國家社會科學重大科學基金項目《當代戲劇總目提要》，主持《彩調劇生態研究》等 4 項省部級和廳局級科研項目，主編教材《中國現當代戲劇名家導引》，獲田漢戲劇獎論文獎一等獎一次。

提　　要

　　本文是站在學理層面上對「社會主義教育劇」進行系統研究。

　　1962 年至 1965 年，中國大陸出現了一批以「社會主義教育」、「反修防修」為宗旨的戲劇創作。當代戲劇史學者將它稱為「社會主義教育劇」或「反修防修劇」，同時對這批劇作為政治服務的工具性質，價值觀上「反啓蒙」、「非人化」的性質給予了批判。

　　但這種批判並不能代替學理層面上的深入研究。筆者認為，「社會主義教育劇」是應「社會主教育運動」而生，執行了一貫以來為政治服務的原則。但它比之前的創作又有所不同，因為「社會主義教育運動」是一場推行極「左」政治路線的鬥爭運動，階級鬥爭、「反修防修」等運動主題始終貫穿在戲劇創作當中。「社會主義教育劇」為這鬥爭服務，就參與了虛構社會階級鬥爭圖景的過程，起到了惡劣的政治作用。

　　與此同時，「社會主義教育劇」在「反修防修」的旗幟下，進行了對所謂「個人主義」的批判，結果是否定個人追求幸福的基本權利。「社會主義教育劇」另一主題，就是為權力鬥爭宣揚「做共產主義新人」，它從創作實踐到文化理想都帶有虛假的性質。其顯著作用是孕育了樣板戲，為「文革」造勢及起到重要作用。

世界知識、地方知識
與人民共和國文學研究

李　怡

　　無論我們如何估價近 30 年來的中國文學研究成果，都不得不承認這樣一個事實，即當代中國文學研究的發展演變與我們整個知識系統的轉化演進有著密切的聯繫，這種聯繫不僅勾畫了迄今為止我們文學研究的學術走向，而且也將為未來的學術前行提供新的思路。

　　回顧近 30 年來的中國文學研究的知識背景，我們注意到存在一個由「世界知識」與「地方知識」前後流動又交互作用過程。考察分析「知識」系統的這些變動，特別是我們對「知識系統」的認識和依賴方式，將能折射出我們學術發展過程中的值得注意的重要問題，促使我們作出新的自我反省。

一

　　在對人民共和國文學的研究之中，「世界」的知識框架是在新時期的改革開放中搭建起來的。「世界」被假定為一個合理的知識系統的表徵，而「我們」中國固有的闡釋方式是充滿謬誤的，不合理的。新時期當代中國文學的研究是以對「世界」知識的不斷充實和完善為自己的基本依託的，這樣的一個學術過程，在總體上可以說是「走向世界」的過程。「走向世界」代表的是剛剛結束十年內亂的中國急欲融入世界，追趕西方「先進」潮流的渴望。在中國現當代文學研究界乃至中國學術界「走向世界」呼籲的背後，是整個中國社會對衝出自我封閉、邁進當代世界文明的訴求。在全中國「走向世界」的合奏聲中，走向「世界文學」成了新時期中國現代文學研究的「第一推動力」。

　　在那時，當代中國文學研究是努力以中國之外「世界」的理論視野與方法為基礎的。以國外引進的自然科學的研究方法——「三論」（系統論、信息論、控制論）為起點，經過 1984 年的反思、1985 年的「方法論年」，西方文學理論與批評得到了到最廣泛的介紹和運用，最終從根本上引導了當代中國文學批評的主潮。

　　人民共和國文學的研究也是以中國之外的「世界」文學的情形為參照對象的，比較文學成為理所當然的最主要的研究方式，比較文學的領域彙集了當代中國文學研究實力強大的學者，中國學術界在此貢獻出了自己最重要的成果。新時期中國學人重提「比較文學」首先是在外國文學研究界，然而卻是在一大批中國現代文學研究者介入，或者說是在中國現代文學研究界將它作為一種「方法」加以引入之後，才得到長足的發展。正如王富仁先生所說：「我們稱之為『新時期』的文學研究，熱熱鬧鬧地搞了 10 多年，各種新理論、新觀念、新方法都『紅』過一陣子。『熱』過一陣子，但『年終結帳』，細細一核算，我認為在這十幾年中紮根紮得最深，基礎奠定得最牢固，發展得最堅實，取得的成就最大的，還是最初『紅』過一陣而後來已被多數人習焉不察的比較文學。」〔註 1〕

　　這些文學研究設立了以「世界」文學現有發展狀態為自己未來目標的潛在意向，並由此建立著文學批評的價值取向。曾小逸主編《走向世界文學》一書不僅囊括了當時新近湧現、後來成為本學科主力的大多數學者，集中展示了那個時期的主力學者面對「走向世界」這一時代主題的精彩發言，而且還以整整 4 萬 5 千餘字的「導論」充分提煉和發揮了「走向世界文學」的歷史與現實根據，更年輕一代的學人對於馬克思、歌德「世界文學」著名預言的接受，對於「走向世界」這一訴求的認同都與曾小逸的這篇「導論」大有關係。一時間，僅僅局限於中國本身討論問題已經變成了保守封閉的象徵，而只有跨出中國，融入「世界」、追逐「世界」前進的步伐，我們才可能有新的未來。

　　進入 1990 年來之後，我們重新質疑了這樣將「中國」自絕於「世界」之外的思想方式，更質疑了以「西方」為「世界」，並且迷信「世界」永遠「進化」的觀念。然而，無論我們後來的質疑具有多少的合理性，都不得不承認，

〔註 1〕王富仁：《關於中國的比較文學》，見王富仁《說說我自己》125 頁，福建人民出版社 2000 年。

一個或許充滿認知謬誤的「世界」概念與知識，恰恰最大限度地打破了我們思維閉鎖，讓我們在一個全新的架構中來理解我們的生存環境與生命遭遇。這就如同 100 多年前，中國近代知識分子重啓「世界」的概念，第一次獲得新的「世界」的知識那樣。「世界」一詞，本源自佛經。《楞嚴經》云：「世爲遷流，界爲方位。」也就是說，「世」爲時間，「界」爲空間，在中國文化的漫長歲月裏，除了參禪論道，「世界」一詞並沒有成爲中國知識分子描述他們現實感受的普遍用語。不過，在近代日本，「世界」卻已經成爲了知識分子描述其地理空間感受的新語句，當時中國的知識分子在談及其日本見聞的時候，也就便將「世界」引入文中，例如王韜的《扶桑遊記》，黃遵憲的《日本國志》，20 世紀初，留日中國知識分子掀起了日書中譯的高潮，其中，地理學方面的著作占了相當的數量，「大部分地理學譯著的原本也是來自日本」。〔註2〕隨著中國留學生陸續譯出的《世界地理》、《世界地理誌》等著作的廣泛傳播，「世界」也才成爲了整個中國知識界的基本語彙。世界，這是一個沒有中心的空間概念。

「世界」一詞回傳中國、成爲近現代中國基本語彙的過程，也是中國知識分子認知現實的基本框架——地理空間觀念發生巨大改變的過程：我們所生存的這個世界並非如我們想像的那樣以中國爲中心。是的，在 100 年前，正是中國中心的破滅，才誕生了一個更完整的「世界」空間的概念，才有了引進「非中國」的「世界」知識的必要，儘管「中國」與「世界」在概念與知識上被作了如此不盡合理「分裂」，但「分裂」的結果卻是對盲目的自大的終結，是對我們認識能力的極大的擴展。這，大概不能被我們輕易否定。

二

1990 年代以後人們憂慮的在於：這些以西方化的「世界」知識爲基礎的思想方式會在多大的程度上壓抑和遮蔽了我們的「民族」文化與「本土」特色？我們是否就會在不斷的「世界化」追逐中淪落爲西方「文化殖民」的對象？

其實，100 餘年前，「世界」知識進入中國知識界的過程已經告訴我們了一個重要事實：所謂外來的（西方的）「世界」知識的豐富過程同時伴隨著自我意識的發展壯大過程，而就是在這樣的時候，本土的、地方的知識恰恰也

〔註 2〕鄒振環：《晚清西方地理學在中國》244 頁，上海古籍出版社 2000 年版。

獲得了生長的可能。

100 餘年前的留日中國學生在獲得「世界」知識的同時,也升起了強烈「鄉土關懷」。本土經驗的挖掘、「地方知識」的建構與「世界」知識的引入一樣的令人矚目。他們紛紛創辦了反映其新思想的雜誌,絕大多數均以各自的家鄉命名,《湖北學生界》、《直說》、《浙江潮》、《江蘇》、《洞庭波》、《鵑聲》、《豫報》、《雲南》、《晉乘》、《關隴》、《江西》、《四川》、《滇話》、《河南》……這些本土的所在,似乎更能承載他們各自思想的運動。在這些以「地方性」命名的思想表達中,在這些收錄了各種地域時政報告與故土憂思的雜誌上,已經沒有了傳統士人的纏綿鄉愁,倒是充滿了重審鄉土空間的冷峻、重估鄉土價值的理性以及突破既有空間束縛的激情,當留日中國知識分子紛紛選擇這些地域性的名目作爲自己的文字空間之時,我們所看到的分明是一次次的精神的「還鄉」。他們在精神上重返自己原初的生存世界,以新的目光審視它,以新的理性剖析它,又以新的熱情激活它。

出於對普遍主義與本質主義的批判立場,美國著名的文化人類學家克利福德・格爾茲教授(Clifford Geertz)提出了「地方性知識」這一概念,在他的《地方性知識》一書中有過深刻的表述。「所謂的地方性知識,不是指任何特定的、具有地方特徵的知識,而是一種新型的知識觀念。而且地方性或者說局域性也不僅是在特定的地域意義上說的,它還涉及到在知識的生成與辯護中所形成的特定的情境,包括由特定的歷史條件所形成的文化與亞文化群體的價值觀,由特定的利益關係所決定的立場、視域等。」它要求「我們對知識的考察與其關注普遍的準則,不如著眼於如何形成知識的具體的情境條件。」〔註3〕作爲後現代主義時代的思想家,克利福德・格爾茲強調的是那種有別於統一性、客觀性和眞理的絕對性的知識創造與知識批判。雖然我們沒有必要用這樣的論述來比附百年前中國知識分子的「地方意識」的萌發,但是,在對西方現代化的物質主義保持批判性立場中討論中國「問題」,這卻是像魯迅這樣知識分子的基本選擇,當近現代中國知識分子提出諸多的地方「問題」之時,他們當然不是僅僅爲了展示自己的地方「獨特性」,而是表達自己所領悟和思考著的一種由特定區域與「特定的歷史條件」所決定的價值追求。而任何一個不帶偏見地閱讀了中國現代文學作品的人都可以發現,這些價值追求既不是西方文化的簡單翻版,也不是地方歷史的簡單堆積,它們屬於一

〔註3〕 盛曉明:《地方性知識的構造》,《哲學研究》2000 年 12 期。

種建構中的「新型的知識觀念」。

所以我認為，近代中國知識分子這種依託地方生存感受與鄉土時政經驗的思想表達分明不能被我們簡單視作是「外來」知識的移植和模仿，更不屬於所謂「文化殖民」的內容。

同樣，在新時期的當代中國文學批評中，在重點展示西方文學批評方法的「方法熱」之同時，也出現了「文化尋根」，雖然後來的我們對這樣的「尋根」還有諸多的不滿；1990 年代以降，文學與區域文化的關係更成為了文學研究的重要走向。竭力倡導「走向世界」的現代學人同樣沒有忽視中國文學研究的地方資源問題，在「後現代主義」質疑「現代性」、後殖民主義批判理論質疑西方文化霸權的中國影響之前，他們就理所當然地發掘著「地方性」的獨特價值，1989 年的中國現代文學研究會蘇州年會就以「中國現代作家與吳越文化」議題之一，在學者看來：「20 世紀中國新文學是在西方近代文學的啟迪下興起的。但就具體作家而言，往往同時也接受著包括區域文化在內的中國傳統文化的影響——有時是潛移默化的濡染，有時則是相當自覺的追求。」〔註4〕為 20 在中國當代批評家的眼中，引入「地方性」視野既是一種「豐富」，也是一種「尊嚴」，正如學者樊星所概括的那樣：「在談論『中國文化』、『中國民族性』、『中國文學的民族特色』這些話題時，我們便不會再迷失在空論的雲霧中——因為絢麗多彩的地域文化給了我們無比豐富的啟迪。」「當現代化大潮正在沖刷著傳統文化的記憶時，文學卻捍衛著記憶的尊嚴。」〔註5〕在這裏，「地方性」背景已經成為中國學者自覺反思「現代化大潮」的參照。

三

重要的在於，「世界知識」與「地方知識」完全可以擺脫「二元對立」的狀態，而呈現出彼此激發、相互支撐的關係，中國文學從晚清到人民共和國的演化就說明了這一點。

在「世界知識」與「地方知識」相互支持的關係構架中，起關鍵性作用的是中國知識分子的自我意識的成長。對於文學批評而言，自我意識的飽滿

〔註 4〕 嚴家炎：《二十世紀中國文學與區域文化叢書·總序》，《二十世紀中國文學與區域文化叢書》，湖南教育出版社 1995 年版。
〔註 5〕 樊星：《當代文學與地域文化》21 頁，華中師範大學出版社 1997 年版。

和發展是我們發現和提煉全新的藝術感受的基礎，只有善於發現和提煉新的藝術感受的文學批評才能推動人類精神的總體成長，才能促進人生價值新的挖掘和發揚。在我們辨別種種「知識」的姓「西」姓「中」或者「外來」與「本土」之前，更重要是考察這些中國知識分子是否將獨立人格、自由意志與人的主體性作為了自覺的追求，換句話說，在「知識」上將「世界」與「本土」暫時「割裂」並不要緊，引進某些「外來」的偏激「觀念」也不要緊，重要的在於在這樣的一個過程當中，作為知識創造者的我們是否獲得了自我精神的豐富與成長，或者說自我精神的成長是否成為了一種更自覺的追求，如果這一切得以完成，那麼未來的新的「知識」的創造便是盡可期待的，從「世界知識」的引入到「地方知識」的重新創造，也自然屬於題中之義，而且這樣的「地方知識」理所當然也就不是封閉的而是開放的。

從「世界知識」的看似偏頗的輸入到「地方知識」的開放式生長，這樣的過程原本沒有矛盾，因為知識主體的自我意識被開發了，自我創造的活性被激發了。

在晚清以來中國的思想演變中，浸潤於日本「世界知識」的魯迅提出的是「入於自識，趣於我執，剛愎主己」，即返回到人的自我意識。〔註6〕

在1980年代，不無偏頗的「方法熱」催生了文學「主體性」的命題：「我們強調主體性，就是強調人的能動性，強調人的意志、能力、創造性，強調人的力量，強調主體結構在歷史運動中的地位和價值。」〔註7〕雖然那場討論尚不及深入展開。

過於重視「知識」本身的辨別和分析，極大地忽略了「知識」流變背後人的精神形態的更重要的改變，這樣我們常常陷入中/外、東/西、西方/本土的無休止的糾纏爭論當中，恰恰包括中國文學批評家在內的現代知識分子的精神創造過程並沒有得到更仔細更具有耐性的觀察和有說服力量的闡釋，其精神創造的成果沒有得到足夠的總結，其所遭遇的困難和問題也沒有得到深入細緻的分析。

在這個意義上，我們也可以認為，現當代中國文學研究與「世界知識」、「地方知識」的關係又屬於一種獨特的「依託——超越」的關係，也就是說，

〔註6〕魯迅：《文化偏至論》，《魯迅全集》1卷50頁，人民文學出版社1981年版。
〔註7〕劉再複：《論文學的主體性》，《文學主體性論爭集》3頁，紅旗出版社1986年版。

我們的一切精神創造活動都不能不是以「知識」爲背景的，是新知識的輸入激活了我們創造的可能，但文學作爲一種更複雜更細微的精神現象，特別是它充滿變幻的生長「過程」，卻又不是理性的穩定的「知識」系統所能夠完全解釋的，對於文學創作與文學研究的考察描述，既要能夠「知識考古」，又要善於「感性超越」，既要有「知識學」的理性，又要有「生命體驗」激情，作爲文學的學術研究，則更需要有對這些不規則、不穩定、充滿偏頗的「感性」與「激情」的理解力與闡釋力。

人類不僅是邏輯的知性的存在物，也是信仰的存在物，是充滿感性衝動與生命體驗的複雜存在。

自晚清、民國到人民共和國，中國文學現象的發生發展，不僅是與新「知識」的輸入與傳播有關，更與「知識」的流轉，與中國知識分子對「知識」的「理解」有關。我們今天考察這樣一段歷史，不僅僅需要清理這些客觀的知識本身，更要分析和追蹤這些「知識」的演化過程，挖掘作爲「主體」的中國知識分子對這些「知識」的特殊感受、領悟與修改，換句話說，我們今天更需要的不是對影響中國文學這些的「中外知識」的知識論式的理解，而是釐清種種的「知識」與現代中國人特殊生存的複雜關係，以及中國知識分子作爲創造主體的種種心態、體驗與審美活動，所謂的「知識」也不單是客觀不變的，它本身也必須重新加以複述，加以「考古」的觀察。這就是我們著力強調「民國歷史文化」、「人民共和國文化」之於文學獨特意義的緣由。

所有這些歷史與文學的相互對話，當然都不斷提醒我們特別注意中國知識分子的自由感受、自我生成著精神世界，正如康德對文藝活動中自由「精神」意義的描述那樣：「精神(靈魂)在審美的意義裏就是那心意付予對象以生存的原理。而這原理所憑藉來使心靈生動的，即它爲此目的所運用的素材，把心意諸和合目的地推入躍動之中，這就是推入那樣一種自由活動，這活動由自身持續著並加強著心意諸力」〔註8〕

〔註 8〕康德：《判斷力批判》上卷第 159～160 頁，宗白華譯，商務印書館 1964 年版。

目

次

緒　論

一、研究對象及其定義

　　1962 年 10 月以後，一直延續到 1965 年底，這一段時間裏，中國大陸出現了一批以「社會主義教育」、「反修防修」為宗旨的戲劇創作。對這批劇作的定義和命名，當代戲劇史學者有兩種稱謂：一是「社會主義教育劇」，二是「反修劇」或「反修防修劇」。

　　有關「社會主義教育劇」的提法和定義，筆者首見於王新民的《中國當代戲劇史綱》一書。書中對「社會主義教育劇」提出定義，並將這個定義範圍的戲劇作為單章進行了論述。書中在闡述「社會主義教育劇」的由來時指出：「在國際『反修』鬥爭大背景下，1962 年 9 月毛澤東在黨的八屆十中全會上發出『千萬不要忘記階級鬥爭』的號召，從此，中國的城鄉便開始了一場轟轟烈烈的社會主義教育運動。中國的戲劇舞臺便開始出現了一大批社會主義教育劇。」書中將「社會主義教育劇」的內容概括為：「向全體國民宣傳和強化階級鬥爭理論，同時也進行革命傳統教育，發揚自力更生、艱苦奮鬥的作風。教育的對象是全體國民，但從鞏固無產階級專政出發，教育的重點主要是年青的一代。」〔註 1〕書中同時「根據作品與階級鬥爭理論的關係」，將「社會主義教育劇」分為了三類：一是絲毫不顧生活眞實，一味圖解階級鬥爭理論，演繹政策，宣揚錯誤路線的劇作，如揚劇《奪印》等；二是作者從生活出發，劇中的衝突、人物都有一定的生活基礎，但由於錯誤思潮的影

〔註 1〕　王新民：《中國當代戲劇史綱》，北京：社會科學文獻出版社 1997 年版，第 193 頁。

響，作者不自覺或被迫「拔高」主題，以符合階級鬥爭的理論，從而使劇作陷入「左」傾錯誤路線之中，如《千萬不要忘記》等；三是能從生活出發，並不勉強把一切矛盾都拔高到階級鬥爭的高度，也不企望緊密配合當時的政治運動，而是認真按照藝術的規律描寫生活，塑造人物和提煉主題，從而成爲不可多得的戲劇佳作，如《霓虹燈下的哨兵》等。〔註2〕筆者認同王新民對「社會主義教育劇」的由來、產生時間以及將其定義爲適應「社教運動」而生的觀點，並引用進了本文。

王新民的上述三種分類，看起來簡潔明瞭，但由於評價標準單一，容易忽視對歷史過程中深層因素的再認識，再發現。這種從題材選取和創作方法角度做出的分類，與董健在《戲劇與時代》中評價的出發點明顯不同。《戲劇與時代》雖然也承認這批戲劇在成敗得失上不盡相同，肯定《霓虹燈下的哨兵》、《第二個春天》等劇目在題材選取、性格描寫和藝術表現等方面有所創造，「在『技術』層面上，大都用功頗深」；但同時指出，這些戲劇從總體上看，「在『精神』層面上，即對『人』的思考上，大都受到當時主流意識形態的限制，舞臺形象的政治符號性在各劇中不同程度地壓抑著人在具體環境下的豐富複雜的精神世界。這些戲都號稱『現代戲』，卻不能以現代的眼光真實地揭示現實」。〔註3〕也就是說，董健在《戲劇與時代》一書也肯定這批戲劇在編劇技巧等方面值得稱道的地方，但對這批劇作爲政治服務的工具性質，以及價值觀上「反啓蒙」、「非人化」特徵，均持否定態度，給予了無情的批判。與此同時，因爲這批戲劇的「反對修正主義」的背景，董健在《戲劇與時代》中將之稱作「反修劇」〔註4〕。出於同樣因素的考慮，他在和胡星亮主編的《中國當代戲劇史稿》一書中，還將它稱作「反修防修劇」。〔註5〕

本文出於論題的選擇，在此援用王新民在《中國當代戲劇史綱》中的說法，亦將這批戲劇稱作「社會主義教育劇」。並作出定義爲：所謂「社會主義教育劇」，是指1962年10月至1965年12月，中國大陸在主流意識形態推動下，以「階級鬥爭」、「反修防修」爲主題，爲配合社會主義教育運動（簡

〔註2〕 王新民：《中國當代戲劇史綱》，北京：社會科學文獻出版社1997年版，第193～195頁。

〔註3〕 董健：《戲劇與時代》，北京：人民文學出版社2004年版，第95頁。

〔註4〕 董健：《戲劇與時代》，北京：人民文學出版社2004年版，第95頁。

〔註5〕 董健、胡星亮主編《中國當代戲劇史稿》，北京：中國戲劇出版社2008年版，第25頁。

稱「社教運動」）的開展而推出的一批反映當代題材的戲劇，也就是說，「社會主義教育劇」是應「社教運動」而產生的戲劇。毛澤東在黨的八屆十中全會提出「千萬不要忘記階級鬥爭」口號後，出於政治目的隨即在全國城鄉發動了一場社會主義教育運動，反映和推動這場運動的戲劇，就是「社會主義教育劇」。這批戲劇之所以稱為教育劇，是它在當時具有的為政治服務的工具性質，有著所謂「用我們時代最偉大最崇高的共產主義思想來教育我們的廣大人民」的政治目的〔註6〕。因為主題是「以階級鬥爭為綱」，題材圍繞「階級鬥爭」內容展開，打著「反修防修」旗號，因此它又被稱作「反修防修劇」。

二、研究的現狀：缺乏有關歷史現象的研究

　　但是，對於「社會主義教育劇」，這一創作現象至今還未見系統深入的研究成果，更沒有研究者恰當而準確地評價出它在中國當代戲劇歷史發展中應有的位置。長期以來，學術界對「社會主義教育劇」未能進行學理層面上的專題研究，即使涉及這一研究對象的成果也將其視為文學現象而非歷史現象，且缺乏系統深入的研究。

　　在戲劇著作中涉及「社會主義教育劇」研究內容的，重要的有王新民的《中國當代戲劇史綱》、《中國當代話劇藝術演變史》，董健、胡星亮主編的《中國當代戲劇史稿》，董健的《戲劇與時代》，傅謹的《新中國戲劇史：1949～2000》，高文升主編《中國當代戲劇文學史》，等等。王新民、高文升的著作是對話劇創作及文學現象分章進行論述，「社會主義教育劇」只是其中的一個章節，且均未站在歷史的角度系統探討問題。傅謹研究的重點是戲曲而非話劇，且論述對象主要是戲劇思潮和戲劇運動，雖然不乏對歷史問題的研究視角，但涉及「社會主義教育劇」的相關內容卻非常少。董健、胡星亮主編的《中國當代戲劇史稿》中有關「社會主義教育劇」的論述，雖然主要是站在歷史的角度進行思考，但主要工作是作品分析，因此也還不是作為歷史現象的專題研究。董健在《戲劇與時代》中的分析獨闢蹊徑，不過仍然是廣義的戲劇文本分析，還沒有充分引出深刻的歷史維度研究，史家的筆墨仍被戲劇文學研究所覆蓋，由於二者在提問角度和闡述方式、思考方向上的不

〔註6〕　社論：《話劇藝術的戰鬥任務──用共產主義思想教育人民》，《戲劇報》1960年第5期。

同，因而留下了對「社會主義教育劇」這一歷史現象較大的追問空間。

「國家社科基金項目」《中國當代戲劇總目提要》已完成劇目輯錄工作〔註7〕。筆者在參與這項工作中對1976年之前的《戲劇報》、《文藝報》、《劇本》三種雜誌查尋中，未見有以「社會主義教育劇」命名「社教運動」時期戲劇的。劇目輯錄組其他成員在對《影劇月報》、《解放軍文藝》等390多種大陸當代主要文學期刊（1950～2000）進行查尋中，亦未見有關於「社會主義教育劇」這一名稱的提法和定義的。在期刊論文中，通過CNKI南大全鏡象站搜尋1994年至今的中文期刊全文數據庫，未能查出主題或篇名有「社會主義教育劇」（或「教育劇」）的論文。其他已通過出版社推出的論文集中，有傅謹的《二十世紀中國戲劇導論》等。傅謹在《二十世紀中國戲劇導論》中收集了他發表的有關「十七年」戲劇的文章，主要還是出於文化主管部門的視角考慮，且沒有對「社會主義教育劇」單獨成篇進行論述。在目前所見其他相關論文集中，情況也大致這樣。

綜上所述，建國以來的中國大陸戲劇史研究，在涉及「社會主義教育劇」的研究內容中，大都集中在研究劇作家及其劇作，或者關注於戲劇創作的整體發展過程，研究對象集中在戲劇的文本創作及舞臺藝術等方面，而對那段時期的戲劇思潮與戲劇運動、文藝思潮與文藝運動以及它們與政治運動之間的關係，對戲劇淪為政治運動的工具的深層原因，以及其嚴重的「非人化」現象等，則較少論及。其中原因可能在於以下幾種：一是「社會主義教育劇」缺乏正面的積極的人文價值，致使研究者懷疑或忽視這一研究對象的學術價值；二是研究視野局限在創作現象上，而忽視了對其作為歷史現象的深入研究；三是研究者的顧慮，擔心那種極左文化意識清理起來，難度太大。

三、現有研究中存在的誤區

新時期以來，人們對「社會主義教育劇」在思想認識上存在的一個明顯誤區是，將它同整個「十七年」戲劇史混在一起進行評價。「文革」結束之後，對於建國以來戲劇的評價，一種帶有極左政治和文化印迹的認識就是對整個「十七年」戲劇持完全肯定態度，這裡面就包括「社會主義教育劇」。有認為「十七年」戲劇藝術的「大發展、大提高，是以革新力量為主力，堅

〔註7〕《中國當代戲劇總目提要》為國家社科項目（03BZW047）和教育部人文社會科學重點研究基地項目（07JJD751082）。

持百花齊放、推陳出新的方針，同各種各樣的保守勢力和粗暴作風進行兩條戰線的韌性戰鬥的結果」〔註8〕；有將 1962 年的全國話劇、歌劇、兒童劇創作座談會（即「廣州會議」）與「社會主義教育劇」的產生構成一對因果關係，等等。1979 年 11 月，趙尋在中國戲劇家協會工作報告中這樣認為，從 1962 年年底開始，話劇舞臺上陸續出現了《霓虹燈下的哨兵》、《千萬不要忘記》、《第二個春天》、《南海長城》、《激流勇進》、《七月流火》、《雷鋒》、《年輕的一代》、《豹子灣的戰鬥》、《英雄工兵》、《代代紅》、《不准出生的人》、《電閃雷鳴》等「優秀劇目」，「這批劇目無論從題材、主題和形式上都有新的突破和新的追求。這是建國以來話劇藝術的新成就，標誌著我國社會主義話劇藝術進入了一個新的歷史時期」；「在廣州會議以後，不僅話劇獲得豐收，戲曲工作也出現了新的局面，特別是在編演現代戲方面。廣大戲曲工作者積極性很高，進行了許多新創作，取得了顯著成果。像豫劇《人歡馬叫》，滬劇《蘆蕩火種》，花鼓戲《打銅鑼》、《補鍋》，曲劇《遊鄉》都是那幾年出現的優秀現代戲。1964 年舉行的全國京劇現代戲會演，更是集中地檢閱了那一兩年來京劇表現現代生活的成績。無論在數量或質量上都取得了前所未有的可喜收穫。如《紅燈記》、《蘆蕩火種》、《節振國》、《六號門》、《杜鵑山》、《奇襲白虎團》、《紅嫂》、《黛諾》等都是這一時期的新成果。」〔註9〕

　　1977 年 11 月，在中國第四屆文代會上，周揚在會上所做題為《繼往開來，繁榮社會主義新時期的文藝》的報告中，提出「我們應當重視革命現代戲的成果，決不能因為『四人幫』曾經竊取和歪曲這些成果並荒謬地封之為『樣板戲』，而對它們採取一概排斥的態度，我們要徹底清除『四人幫』強加在它們身上的污染，正確總結革命現代戲的經驗，使它們重放光彩」。周揚講這番話時，儘管是就當時社會各界對「革命現代戲」現狀議論的一種官方表態，但他顯然對「樣板戲」創作本身持肯定的態度，而且還將建國後至 1962 年 10 月這段時間的戲劇、「社會主義教育劇」和「樣板戲」在本質上未作區別，統稱「革命現代戲」。對於「革命現代戲」，「文革」之後在文化部的官方文件中，仍在要求對它「要大力地宣傳和鼓勵，對新創作和演出的

〔註8〕　劉厚生：《樹立革新、創造的主導思想——重溫毛主席關於戲曲工作的論述》，《人民戲劇》1982 年第 4 期。

〔註9〕　趙尋：《堅持「百花齊放，百家爭鳴」的方針，繁榮社會主義戲劇事業——中國戲劇家協會工作報告》，《中國戲曲志·北京卷》編輯委員會《中國戲曲志·北京卷》，中國 ISBN 中心 1999 年版，第 1580 頁。

現代戲劇目，要積極支持，不要求全責備」。〔註 10〕

　　造成上述現象的深層原因之一，就是對「社教運動」、「文革」時期的「革命現代戲」淪為政治工具的性質未能有足夠的認識。很長一段時間，有人仍機械照搬列寧所提出的「黨的文學」原則，認為「堅持還是反對文藝的工農兵方向，歷來是文藝戰線上兩個階級、兩條路線鬥爭的焦點」〔註 11〕，從而肯定文學作為政治工具的合理性和必要性，認為文藝應成黨的事業一部分，成為它的「齒輪和螺絲釘」。〔註 12〕具體到對「社會主義教育劇」的評價，其中一點是因其創作現象的可圈可點而對整個戲劇持肯定態度。這種以偏概全的認知方法，實際上在忽視對「社會主義教育劇」的歷史現象進行必要梳理的同時，也對它作為「社教運動」工具持肯定態度。馮牧曾撰文讚揚「社會主義教育劇」，認為在 1963 年至 1964 年那段時期「出現了一批優秀作品，《第二個春天》、《霓虹燈下的哨兵》、《千萬不要忘記》、《年青的一代》、《雷鋒》等，反映了我們時代的聲音，把社會主義革命時期的先進人物、先進思想那樣深刻地、生動地通過藝術形象推上舞臺、推上銀幕，受到了廣大群眾的歡迎」。〔註 13〕對於話劇《雷鋒》，1977 年中國人民解放軍瀋陽部隊第一通訊總站評論組曾撰寫題為《紅旗永不倒，光輝永不滅——喜看話劇〈雷鋒〉》的評論文章，發表在《人民戲劇》1977 年第 4 期上。文章認為這個戲「以飽滿的政治熱情和感人的藝術形象，成功地塑造了共產主義戰士雷鋒的高大形象，

〔註 10〕《文化部黨組關於逐步恢復上演優秀傳統劇目向中央宣傳部的請示報告》（1978 年 5 月 1 日），《中國戲曲志·北京卷》編輯委員會《中國戲曲志·北京卷》，中國 ISBN 中心 1999 年版，第 1580 頁。

〔註 11〕參見柯文平：《為堅持文藝的工農兵方向而鬥爭——批判「四人幫」背叛工農兵方向的的謬論》，《人民戲劇》1977 年第 4 期。

〔註 12〕關於「齒輪和螺絲釘」含義，最早見於列寧《黨的組織和黨的文學》（《列寧選集》第 1 卷，人民文學出版社 1972 年版，第 647 頁）。此文新的譯文題為《黨的組織和黨的出版物》（《紅旗》雜誌 1982 年第 22 期）。列寧在這篇論文寫道：「寫作事業應當成為無產階級總的事業的一部分，成為由全體工人階級的整個覺悟的先鋒隊所開動的一部巨大的社會民主主義機器的『齒輪和螺絲釘』」。在《延安文藝座談會上的講話》中，毛澤東堅持並發展了這個觀點，他說：「無產階級的文學藝術是無產階級整個革命事業的一部分，如同列寧所說，是整個革命機器中的『齒輪和螺絲釘』。因此，黨的文藝工作，在黨的整個革命工作中的位置，是確定了的，擺好了的；是服從黨在一定革命時期內所規定的革命任務的。」（《毛澤東選集》（第三卷），北京：人民出版社 1967 年版，第 822 頁。）

〔註 13〕馮牧：《對當前戲劇工作的幾點意見》，《人民戲劇》1978 年第 9 期。

深刻地揭示了雷鋒高尚的共產主義精神境界」，但對當年《雷鋒》一劇推出的時代背景、政治目的、文化影響等未站在歷史過程的視角作出辯證的把握、論述。

1978 年，周揚、郭漢城均撰文肯定《朝陽溝》，郭漢城認為「《朝陽溝》這樣一齣好戲，竟然被『四人幫』壓了十幾年」〔註 15〕，對此，周揚也持相同觀點。對於《朝陽溝》，推行極左路線的江青等認為它是「自然主義」，描寫「中間人物」，〔註 15〕即不夠極左。周揚認為《朝陽溝》使「大躍進年代成千上萬知識青年上山下鄉的熱烈情景又映現在我們眼前，引起了我們對過去生活的種種回憶。這是一個偉大的革命運動」〔註 16〕，這樣，周揚的文章反而是對《朝陽溝》的極左思想予以肯定。顯然，周揚本人在此對當時曾風靡五六十年代的左的思潮缺乏正確的認識。

在《中國當代戲劇史綱》中，王新民根據「作品與階級鬥爭理論的關係」將「社會主義教育劇」分為三類，亦更多的是從創作現象考慮，並沒有跟進深入的歷史分析。他將《霓虹燈下的哨兵》、《第二個春天》、《年青的一代》、《遠方青年》等作為能「嚴格從生活出發，並不勉強地把一切矛盾都拔高到階級鬥爭的高度，也不企望緊密配合當時的政治運動，而是認真按照藝術的規律描寫生活、塑造人物和提煉主題，從而成為不可多得的戲劇佳作」的一類作品，顯然對這類劇作淪為政治運動工具的性質，以及價值觀上「反啟蒙」、「非人化」特徵等缺乏應有的分析。與此同時，書中將《第二個春天》中知識分子形象的刻畫，《霓虹燈下的哨兵》中關於軍事題材戲劇的開拓，《激流勇進》演出中所體現的「戲劇藝術觀念的新變化」等等，視作「社會主義教育劇」成為優秀作品的「突出貢獻和鮮明特點」〔註 17〕，主要也是從創作現象中得出的結論。相較而言，由葛一虹主編的《中國話劇通史》未能將「社教運動」時期的話劇作單章論述，但卻將《霓虹燈下的哨兵》、《第二個春天》、《年青的一代》、《遠方青年》、《雷鋒》、《李雙雙》等作為「一九六二年與一九六三年間，在重新貫徹黨的『雙百』方針的情況下，話劇舞臺湧現出一批優秀劇目」，將這些話劇視作「調整文藝政策下話劇的一度繁盛」

〔註 15〕郭漢城：《十年重話〈朝陽溝〉》，《人民戲劇》1978 年第 6 期。
〔註 15〕參見郭漢城：《十年重話〈朝陽溝〉》，《人民戲劇》1978 年第 6 期。
〔註 16〕周揚：《重看豫劇〈朝陽溝〉》，《人民戲劇》1978 年第 6 期。
〔註 17〕王新民：《中國當代戲劇史綱》，北京：社會科學文獻出版社 1997 年版，第 195
　　　～198 頁。

的結果。〔註 18〕這種評價對「社會主義教育劇」來說，不能不說在一定程度上對歷史缺乏縱深認識。

綜上所述，關於「社會主義教育劇」研究，至少存在著兩方面的不足：一是這一創作現象缺乏研究工作應有的系統性和應有的認訓識深度，研究者常常是將它與「十七年」時期其他戲劇混為一談，「社會主義教育劇」還沒有得到戲劇歷史位置的準確把握；二是這一現象僅僅被看作是創作現象，還沒有被作為歷史現象看待，因此，它的政治意義、文化意義還沒有得到論說，這就導致它的面貌不清，一種左的認識還沒有得到清算。這種左的認識就是：階級鬥爭是必要的，「反修防修」是正確的，提倡做共產主義新人是理想的文化高峰，所以，那段時間的劇作儘管有為政治服務的工具傾向，但其積極意義是不能否定的。

四、研究的核心問題：「社會主義教育劇」的創作主題

本文研究的核心問題集中在創作主題上。「社會主義教育劇」的創作主題是與「社教運動」的政治背景以及相關需求密切相關的。毛澤東在黨的八屆十中全會重提階級鬥爭理論，實際上是對「大躍進」以來一直推行的極左路線給國民經濟帶來災難的原因做出了這樣的解釋：不是由於左的路線所致，而是由於右傾思想的原因；不是由於「大躍進」、「總路線」、人民公社化等運動盲目冒進的原因，而是由於階級鬥爭依然存在，是階級鬥爭搞得不徹底的結果。因此。他隨後自下而上展開了一場全國性的「社教運動」，這場運動的主題雖日是為了階級鬥爭、「反修防修」，但實質上卻是一場為了權力鬥爭而發動群眾參與的大規模政治運動。「社會主義教育劇」為「社教運動」服務，也就意味著它的創作只能是在階級鬥爭、「反修防修」旗幟下去營構一系列的政治鬥爭理念，諸如「千萬不要忘記階級鬥爭」，批判「現代修正主義」、「知識分子工農化」，「做共產主義新人」等等，這種創作背景是催生「社會主義教育劇」創作主題的直接原因。

關於「社會主義教育劇」創作主題，本文認為它主要體現在以下三個方面，這也是它區別於在它之前的戲劇主題的不同之處，具體表現為：（1）虛構城鄉階級鬥爭圖景。「社會主義教育劇」執行了一貫以來為政治服務的原則，但比以往的創作又有所不同，因為「社教運動」是一場推行左的路線的

〔註18〕葛一虹主編：《中國話劇通史》，北京：大眾藝術出版社 2001 年版，第 429 頁。

權力鬥爭。「社會主義教育劇」為此服務，就參與了虛構社會階級鬥爭圖景的過程，起到了惡劣的政治作用。（2）以「反修防修」的名義否定個人追求幸福的基本權利。「社會主義教育劇」在「反修防修」的旗幟下，進行了對所謂「個人主義」的批判，結果是否定個人追求幸福的基本權利，把長期以來文藝創作中的「非人化」推進到了最嚴重的程度。（3）為權力鬥爭宣揚「做共產主義新人」。「社會主義教育劇」宣揚的「做共產主義新人」的理想，不是一種對社會主義建設實踐的正確認知，它從創作實踐到文化理想都帶有虛假的性質。

（一）虛構城鄉階級鬥爭圖景

「社教運動」是一場在階級鬥爭、「反修防修」大旗下開展的權力鬥爭運動，「社會主義教育劇」以階級鬥爭理念去描寫和虛構社會生活，是其必然遵循的創做法則。於是，「千萬不要忘記階級鬥爭」、「階級鬥爭必須年年講、月月講，天天講」等政治理念，成了「社會主義教育劇」集中反映的主題，並且貫穿於戲劇創作的始終。揚劇《奪印》，京劇《箭杆河邊》、《五把鑰匙》，話劇《青松嶺》等一批戲劇，就是張揚這種階級鬥爭理念的時代產物。

在「社會主義教育劇」中，揚劇《奪印》等不顧現實農村經過歷次運動和「餓死人」等事實，通過虛構農村階級鬥爭圖景，反映出一種十分惡劣的階級鬥爭理念。這種理念適應了「社教運動」及權力鬥爭的需要，因而得以風靡一時，大行其道。它具體表現為，現實農村存在著階級鬥爭和兩條道路的鬥爭，「被推翻的反動階級不甘心自己的失敗，總是要頑強地在各方面同無產階級進行隱蔽的或公開的鬥爭」，「由於國家政權掌握在人民手裏，階級敵人一般地是以隱藏的身份出現的，他們甚至還常常打著擁護社會主義、擁護共產黨的招牌來進行資本主義復辟活動」。〔註19〕這種鬥爭理念同樣反映在京劇《箭杆河邊》以及話劇《珠江春曉》、《紅色家譜》、《東風解凍》、《青松嶺》等戲劇中。這些戲劇無一不通過虛構階級鬥爭場景，去圖解毛澤東在八屆十中全會所提出的階級鬥爭理論。因此，也無一不得出這樣的結論：現實生活中「階級鬥爭是錯綜複雜的、曲折的、時起時伏的」，「被推翻的反動統治階級不甘心滅亡，他們總是企圖復辟」。〔註20〕於是，這些戲劇當中，佟善田、

〔註19〕欣秋：《看三齣反映社會主義新農村的京劇》，《戲劇報》1964年第7期。
〔註20〕《中國共產黨第八屆中央委員會第十次全體會議公報》，《紅旗》1962年第19期。

胡雲慶、劉福、錢廣等壞分子全無經歷土改、肅反等懲治運動後的內斂和萎靡，個個變得兇殘而猖狂。

　　黨的八屆十中全會公報所指另一階級鬥爭對象，是「資產階級的影響和舊社會的習慣勢力」，以及「小生產者的自發的資本主義傾向」。〔註21〕因此，農村舊觀念與舊勢力的存在，被視作是階級鬥爭的一個主要對象，也成了「社會主義教育劇」虛構社會階級鬥爭圖景的另一主要對象。在城鄉與舊觀念、舊勢力之間的鬥爭，也是「社教運動」的需要及其運動方式之一。在話劇《千萬不要忘記》《年青的一代》、《激流勇進》、《龍江頌》、《一家人》、《灣溪河邊》、《李雙雙》等戲劇中，他們常常被人為地「拔高」，當作了「階級鬥爭」的對象。如同揚劇《奪印》一樣，仍然是對八屆十中全會階級鬥爭理論的演繹和圖解。這種演繹和圖解既不是從藝術本體出發，也不是為了反映現實生活，恰恰相反的是在對社會現實和城鄉實際生活現狀作出虛構和歪曲。這是它為「社教運動」服務，成為政治鬥爭工具的性質決定的，目的是為極左路線和權力鬥爭正名，即為它們提供理論基礎和現實依據。

（二）否定個人追求幸福的權利

　　在話劇《年青的一代》、《遠方青年》、《千萬不要忘記》、《豐收之後》等一批「社會主義教育劇」中，一個顯著特徵就是，儘管它們都在反映「社教運動」階級鬥爭、「反修防修」的政治理念，但都是建立在對人的個性、自由以及個人的權利等予以排斥、否定基礎上的。這類戲劇在將個人意識、個人動機、個人自由、個人權益以及個人對工作和生活作出的價值取向等視作「個人主義」進行批判的同時，實際上也就根本否定了個人追求自我幸福的基本權利。

　　在「社會主義教育劇」中，「清除」和否定「個人主義」是以「反修防修」名義進行的。在「社教運動」中，「反修防修」不過是一種為權力鬥爭而運用的手段和工具，「社會主義教育劇」以它的名義清除「個人主義」，是為了假借它扯起一面大旗，以所謂「拒腐防變」的名義在否定個人追求幸福生活的基本權力，亦即清除「個人主義」的同時，達到其圖解「社教運動」的政治目的。換言之，它是在替「社教運動」的政治鬥爭尋找託詞或藉口。這種「託詞或藉口」體現在戲劇的具體創作當中，首先是要根除「資產階級的影響」，

〔註21〕《中國共產黨第八屆中央委員會第十次全體會議公報》，《紅旗》1962 年第 19 期。

以及剷除「資本主義產生的土壤」。於是，我們常常看到了這樣一種戲劇創作現象，在「三大改造」完成之後，人們爲追求幸福生活的一些基本權利，如物質生活的改善、精神文明的追求，個人權益、個人自由以及發展集體生產、搞活市場經濟等等，其行爲方式一旦與「國家需要」相違背，則一律被視作是受到了「資產階級思想的影響」、「走資本主義道路」的表現。話劇《千萬不要忘記》、《年青的一代》、《激流勇進》、《豐收之後》、《遠方青年》等戲劇就是這樣作出演繹和定義的。在「社會主義教育劇「中，以「反修防修」名義清除「個人主義」走向極致，戲劇創作在思想內容上就導入了嚴重的非人化，即人不能夠有私心雜念，亦不是爲了個人活著，爲著個人而活著的行爲是可恥的，是與集體主義思想和革命理想相牴牾的，是應成爲被批判和鬥爭的對象。將個人主義與集體主義相對立，其目的在於讓人成爲所謂革命的機器，甚至是機器上的「齒輪和螺絲釘」。這樣，推行左的路線，進行權力鬥爭就有了廣泛的社會基礎。

（三）爲權力鬥爭宣揚「做共產主義新人」

爲權力鬥爭宣揚「做共產主義新人」，是「社會主義教育劇」主題之一，它從創作實踐到文化理想都帶有虛假的性質。它主要體現在：鼓勵人們尤其是年青一代在做「共產主義新人」的同時，也讓他們成了各種政治理念的承載者，而後者，才是其主要目的所在。於是，《雷鋒》、《代代紅》、《年青的一代》等戲劇主題被無限拔高，人的精神在這個過程中被不斷異化，而「社教運動」卻可以藉此爲權力鬥爭正名，主流意識形態也假借它將極左路線冠以革命的名義，理想精神的追求，從而將人們引入新一輪左的路線和權力鬥爭中去。

建國以來，烏托邦文化一直存在著。這與毛澤東一直推行著一條左的路線密切相關。在左的路線主宰下，整個社會對客觀規律一直採取漠視的態度，對它任意蹂躪踐踏，人的精神作用則被無限拔高、放大。於是，「三大改造」提前完成，「大躍進」造成「三年困難時期」等等，都是烏托邦文化現象的具體體現。到了「社教運動」時期，烏托邦文化演變成極左文化。只不過這時不是讓它替盲目冒進正名，而是假借它推行權力鬥爭。

「做共產主義新人」，是極左文化在「社會主義教育劇」中的集中反映，也是「社會主義教育劇」中曾經風靡一時的創作主題。只是，「做共產主義新人」這一主題在戲劇中承載了太多國家意識形態話語，諸如階級鬥爭理

念、以憶苦思甜讓人們滿足於現實生活和持守對未來的理想信念、個人甘做「革命的螺絲釘」、對領袖無限忠誠和崇拜等等，均是這一創作主題對「社教運動」政治理念的多方演繹與圖解。這其中，首當其衝的是「做毛主席的好戰士」。綜觀《雷鋒》、《代代紅》、《女飛行員》等一批「社會主義教育劇」，它們在將雷鋒、張志成等塑造成「毛主席的好戰士」的同時，亦將他們的人性的一面完全消解，即這些「新人」均因圖解政治理念而成爲了「非人」。

綜上所述可以看到，「社教運動」時期推行的是一條以權力鬥爭爲目的的極左路線，「社會主義教育劇」因「社教運動」而起，爲「社教運動」服務，由此在打造出其三大創作主題的同時，也造成了一種極左文化。極左文化的生成，是「社教運動」的階級鬥爭、「反修防修」主題性質決定的，這也說明了上述「社會主義教育劇」三大創作主題的前所未有。「社會主義教育劇」是那段時間戲劇創作的主流，所以構成中國當代戲劇史的一個特定時期和階段。對其做出一種實事求是的研究，對本文來說，既是一種學術責任，也是一種社會責任。

第一章　作爲背景的社會主義教育運動

對於「社會主義教育劇」,「社教運動」是一個繞不過去的話題。二者的關係在於,「社會主義教育劇」應「社教運動」而生,二者是一對因果關係。因爲沒有「社教運動」,不可能有「社會主義教育劇」。這種現象,與後來的「樣板戲」一起,成爲當代中國戲劇史上一個十分獨特的現象。其顯著特點在於,既往戲劇不少淪爲政治工具,但其創作主體仍是劇作家;而到了創作「社會主義教育劇」時,這種「主體地位」被迫挪移,劇作家成爲「他者」,戲劇創作完全受主流意識形態掌控,成爲了政治運動和鬥爭的一個不可分割的組成部分。而展開政治運動和鬥爭的主要方式,則是當時在中國城鄉如火如荼開展的「社教運動」。

爲適應黨的八屆十中全會階級鬥爭、「反修防修」主題需要而開展的「社教運動」,經歷了農村「四清」、城市「五反」、「揪黨內走資本主道路的當權派」等過程。一個頗耐人尋味的現象是,這個過程是一個「摸著石頭過河」但始終爲毛澤東所掌控的過程。「摸著石頭過河」是指運動開始時如何展開,主題是什麼,具體怎麼做,從中央到地方,包括國家領導人在內的許多中央高層領導至地方干部、普通百姓,心裏都沒有底。於是出現了「小四清」、「大四清」之分,出現了上萬人的工作隊集中在一個縣搞「四清」,等等。「始終爲毛澤東掌控」,一是指這場運動始終在毛澤東的掌控之中;二是指運動的目的毛澤東始終非常清楚,而且這個目的始終沒變(準確地說應該是沒有大的改變)。這個目的假借「反修防修」等手段揪「黨內最大的走資本主義道路的當權派」,是運動一開始毛澤東就在醞釀的主題,或者說是已經醞釀好了的主題。

第一節　由糾左轉回批「右」

一、「三大改造」盲目冒進

建國以來，在黨內鬥爭和國家經濟建設等方面，毛澤東一直推行著極左路線。早在 1949 年 2 月召開的中共七屆二中全會上，毛澤東就提出了黨在過渡時期總路線和總任務的基本思想。1952 年 9 月以後，他又多次談到過渡時期總路線的問題。1952 年 6 月，他在對中央統戰部戰長《關於利用、限制和改造資本主義工商業的若干問題》（未定稿）報告的批語中，明確提出了過渡時期總路線的基本思想。〔註1〕1953 年 6 月 15 日，毛澤東在中央政治局會議上第一次完整提出黨在過渡時期的總路線和總任務，即「要在十年到十五年或者更多一些時間內，基本上完成國家工業化和對農業、手工業、資本主義工商業的社會主義改造。這條總路線是照耀我們各項工作的燈塔。不要脫離這條總路線，脫離了就要發生『左』傾或右傾的錯誤」。〔註2〕由此可見，「三大改造」在制定之前，左傾冒進思想儘管一直存在，但不嚴重，而且「從醞釀到最後確定這條總路線，黨中央用了一年多時間」〔註3〕。但是，原本計劃 10 至 15 年完成的「三大改造」任務，結果在 1956 年底已基本完成，說明其後急躁冒進的程度十分驚人。〔註4〕

「三大改造」的步伐推進得如此之快，很大程度上是用階級鬥爭替代經

〔註1〕 批語說：「黨的任務是在十到十五年或者更多一些時間內，基本上完成國家工業化和社會主義改造。所謂社會主義改造的部分：（一）農業；（二）手工業；（三）資本主義工商業。」「總路線是照耀一切工作的燈塔。」轉引自劉魯風、何流、唐玉芳主編：《中華人民共和國要事錄》，濟南：山東人民出版社 1989 年版，第 76 頁。

〔註2〕 《批判離開總路線的右傾觀點》，《毛澤東選集》（第五卷），北京：人民出版社 1977 年版，第 81 頁。

〔註3〕 薄一波：《若干重大決策與事件的回顧》，北京：中共中央黨校出版社 1993 年版，第 222 頁。

〔註4〕 1956 年 1 月 15 日，北京天安門廣場舉行集會，在郊區農民代表報告實現農業合作化的喜訊之後，工商界代表也登上天安門城樓向毛澤東報告首都已實現全行業公私合營的喜訊。繼北京之後，全國大城市和 50 多個中等城市，於 1 月底全部實現了全行業的公私合營。而對於手工業的改造，到 1956 年年底，全國組織起來的手工業合作社（組），經過調整為 9.91 萬人，占全部手工業從業人員的 92%，手工業由個體經濟到集體經濟的轉變基本完成。見薄一波《若干重大決策與事件的回顧》，北京：中共中央黨校出版社 1993 年版，第 409 頁。

濟手段，沒有按經濟規律辦事造成的。建國初期，毛澤東急於完成「三大改造」，原因之一是因為他以階級分析的觀點對待經濟發展問題，想通過轉換所有制方式完成計劃經濟模式，認為「個體所有制的生產關係與大量供給是完全衝突的」，〔註5〕於是他開始醞釀「三大改造」的具體實施，採取了急躁冒進的方式加快它的推進步伐。1952 年，毛澤東發動「三反」、「五反」運動，運動「依靠工人階級，團結守法的資產階級及其他市民，向著違法的資產階級開展一個大規模的堅決的徹底的反對行賄、反對偷稅漏稅、反對盜騙國家財產、反對偷工減料和反對盜竊經濟情報的鬥爭」〔註6〕，實際上為隨後的工商業改造作了鋪墊。1953 年 6 月 15 日，在中央政治局會議上，毛澤東批評劉少奇等人提出的「確立新民主主義社會秩序」這一積極穩妥推進經濟發展的做法，在指責這是「右傾機會主義觀點」的同時，提出黨在過渡時期的總路線和總任務，表明了他急於完成「三大改造」的迫切心態。這在其後他的系列做法中可以後看到，1955 年 7 月 31 日在中共中央召集縣委、市委、自治區黨委書記會議上，毛澤東又作了《關於農業合作化化問題》的報告，要求農業合作化加快上馬，並批評某些同志「像一個小腳女人」走路，認為「農村中不久就將出現一個全國性的社會主義改造高潮」。〔註7〕1955 年 12 月，他在《〈中國農村的社會主義高潮〉的序言》一文中，再次批評諸如「小腳女人走路」問題，批評許多工作「不能適應客觀情況的發展」，是「右傾保守思想」在作怪。〔註8〕

毛澤東提出對「小腳女人走路」等現象的批判，一時使之成為了「右傾保守」的代名詞，經濟建設中的盲目冒進愈演愈烈。1956 年，《人民日報》推出元旦社論《為全面地提早完成和超額完成五年計劃而奮鬥》，與此同時，中央各部委先後召開專業會議，與會者紛紛要求把 15 年遠景設想和《農業四十條》〔註9〕中規定的 12 年或 8 年達到的指標任務，提前在 5 年甚至 3 年內完

〔註5〕　薄一波：《若干重大決策與事件的回顧》，北京：中共中央黨校出版社 1993 年版，第 363 頁。

〔註6〕　《關於「三反」「五反」的鬥爭》，《毛澤東選集》（第五卷），北京：人民出版社 1977 年版，第 54 頁。

〔註7〕　《關於農業合作化問題》，《毛澤東選集》（第五卷），北京：人民出版社 1977 年版，第 168、188 頁。

〔註8〕　《毛澤東選集》（第五卷），北京：人民出版社 1977 年版，第 223、224 頁。

〔註9〕　即《一九五六年到一九六七年全國農業發展綱要》，1956 年 1 月經過省市自治區黨委書記會議修改而成。轉引自薄一波：《若干重大決策與事件的回顧》，

成。〔註10〕全國各地紛紛加快了「三大改造」的步伐，原本計劃 10 至 15 年完成的「三大改造」任務在 1956 年年底便告完成。

二、以鬥爭方式推進「大躍進」

「三大改造」的急躁冒進帶來了系列實際問題：私有經濟轉化的步伐過快，農民和手工業者的個體生產積極性未能得到充分發揮，資本主義工商業「有利於國計民生的方面」未能繼續加以利用；批判「四大自由」（實則批判商品經濟），從而漠視價值規律，商品經濟與計劃經濟對立起來，且完全被計劃經濟取代，等等。這些問題，引起了黨內外許多有識之士的憂慮，他們在 1957 年由毛澤東發動的黨內整風運動中，大都坦誠建言並善意提出了批評。毛澤東認為這是向黨奪權的具體體現，擔心「有出匈牙利事件的某些危險」〔註11〕，於是寫下《事情正在起變化》、《1957 年夏季的形勢》、《這是為什麼》等社論和文章，錯誤地發動了一場規模浩大的反右派運動。同時，他將這項運動極左化，提升到「反黨反社會主義」的高度予以打擊。他甚至不只一次地說，「反右派就是肅反」，「新式肅反」，是「清黨清團的好機會，也包括各民主黨派」。〔註12〕於是，在此期間，全國有 55 萬人被劃成了「右派分子」。對於這些被錯劃成右派的人，薄一波後來撰文說：「除極少數是真右派外，絕大多數或者說 99% 都是錯劃的。」〔註13〕

反右派運動進一步將經濟建設納入極左化的軌道。經濟問題政治化，是極左路線的具體體現。1958 年，《人民日報》發表元旦社論，提出要在 15 年的時間內，在鋼鐵和其他重工業產品產量方面趕上和超過英國；準備再用 20 年到 30 年的時間在經濟上趕上並且超過美國。當年 1 月 11 日至 22 日，毛澤東在南寧召開的中央工作會議上起草《工作方法六十條》，要求來一個技術革命，以便在 15 年趕上英國，過高地提出了任務指標。會上，他再次批

北京：中共中央黨校出版社 1993 年版，第 526 頁。

〔註10〕薄一波：《若干重大決策與事件的回顧》，北京：中共中央黨校出版社 1993 年版，第 531 頁。

〔註11〕《組織力量反擊右派分子的猖狂進攻》，《毛澤東選集》（第五卷），北京：人民出版社 1977 年版，第 432 頁。

〔註12〕轉引自薄一波：《若干重大決策與事件的回顧》，北京：中共中央黨校出版社 1993 年版，第 623 頁。

〔註13〕薄一波：《若干重大決策與事件的回顧》，北京：中共中央黨校出版社 1993 年版，第 619 頁。

評 1956 年的反冒進，說反冒進使 6 億人民泄了氣，是方針性錯誤，繼續推行左的路線。南寧會議後，黨內急於求成的「左」傾思想進一步蔓延開來，全國各地紛紛將經濟指標當作政治任務去完成，提出許多不切實際的「大躍進」計劃。在農村，各地很快形成了大規模的興修水利、積肥等群眾運動，「大躍進」運動率先在農村拉開。1958 年 5 月 5 日至 28 日，中共中央召開八屆二次會議，會上通過了毛澤東提出的「鼓足幹勁，力爭上游，多快好省地建設社會主義」的總路線的倡議，毛澤東在會上再次要求大大縮短超英趕美的時間，爭取 7 年趕上英國，再加 8 年或者 10 年趕上美國，使左傾思潮愈演愈烈。八屆二中全會之後，全國各地出現了層層攢高產量指標和忽視綜合平衡發展的新一輪冒進勢頭，「大躍進」和人民公社化運動的高潮被迅速掀起。

但是，這種大呼隆式的群眾性運動很快便演變成狂熱的政治運動，其中嚴重的浮誇風是其顯著特徵。這在當年連篇累牘刊登在《人民日報》上的報導和文章上可見一斑〔註 14〕。在極左路線下，農業的浮誇風直接影響到了工業和其他行業。1958 年 8 月，中共中央政治局在北戴河召開擴大會議，通過了《全黨全民為生產 1070 萬噸鋼而奮鬥》的決議。決議號召全黨和全國人民用最大的努力，為在 1958 年生產 1070 萬噸鋼，即比 1957 年的產量增加一倍而努力。〔註 15〕這之後，全黨全民大煉鋼鐵運動迅速開展起來。1958 年 1 月至 8 月，全國鋼產量只有 450 萬噸，為了完成 1070 萬噸鋼產量指標，

〔註 14〕 1958 年 6 月 8 日，糧食產量率先放出「衛星」。當日，《人民日報》以《衝天幹勁奪得了驚人豐收》為題，報導了河南省遂平縣衛星公社放出畝產小麥 2105 公斤的「衛星」；6 月 23 日，《人民日報》又報導了湖北省穀城縣先鋒農業社小麥創造畝產 4689 斤的紀錄；7 月 23 日，《人民日報》以《東風壓倒西風》為題，報導了 1958 年夏季全國糧食作物獲得「空前大豐收」：總產量 1010 億斤，比 1957 年增長了 69%；其中，小麥總產量 689 億斤，比 1957 年增長 68%，超過美國 40 多億斤。《人民日報》當天發表了社論，宣稱我國農業發展速度已經進入了一個「由漸進到漸躍的階段」，「只要我們需要，要生產多少，就可以生產出多少糧食來。一切以為農業產量只能按百分之幾的速度而不能按百分之幾十的速度增長的『悲觀論調』已完全破產」。7 月 31 日、9 月 5 日，《人民日報》又先後報導了湖北省麻城縣春光農業社早稻畝產 10500 斤、廣東省連縣 1.73 畝中稻平均畝產 60437 斤的事迹，等等。參見劉魯風、何流、唐玉芳主編《中華人民共和國要事錄》，濟南：山東人民出版社 1989 年版，第 182、189 頁。

〔註 15〕 參見劉魯風、何流、唐玉芳主編：《中華人民共和國要事錄》，濟南：山東人民出版社 1989 年版，第 195 頁。

從 9 月份開始，煉鋼任務層層下達。9 月份全國參加煉鋼的人數達 5000 萬人，建土高爐 60 萬座；10 月份參加人數為 6000 多萬人；到年底時，抽調的勞動力達 9000 多萬人，土高爐達到 100 萬座以上。全國機關、學校、工廠、企業、公社普遍興建了小高爐，時稱「小土群」（即小高爐、土法煉鋼、群眾運動）。〔註16〕

在急躁冒進及政治利益驅動下的全民大煉鋼鐵很快證明是一場災難性的運動。據此，薄一波後來撰文這樣寫道，為了完成 1070 萬噸鋼產量，不少地方傾全力而動，「不少地方礦產資源遭到破壞，森林被砍光，群眾做飯的鍋被砸光，但沒有生產出多少合格的產品」。按標準生鐵含硫量不得高於 0.1%，「1958 年第 4 季度和 1959 年第 1 季度，各鋼廠調入的生鐵，合格的不到一半。有的地區小高爐生產的鐵，含硫量竟超過 2%、3%，有的甚至高達 6%。」〔註17〕與此同時，人民公社化運動一闋而起，不斷掀起高潮。到 10 月底，全國基本實現公社化，共建立人民公社會 26578 個，參加農戶達 12325 戶，占全國總農戶的 99.1%，平均每社 4637 戶。〔註18〕人民公社的基本特點是吃「大鍋飯」、「一大二公」，加上高估產帶來的高徵購，以及全民大煉鋼鐵等，農村實際上已陷入了新一輪災難。到 1959 年 4 月初，僅山東、安徽、江蘇、河南等 15 個省區「無飯吃」的人口達 2517 萬人。〔註19〕

三、由糾左轉回批「右」

對於狂熱的「大躍進」和人民公社化運動造成的災難，毛澤東並非毫無察覺，但他始終認為「成績和缺點的關係……只是十個指頭中九個指頭和一個指頭的關係」〔註20〕。對此，他不能容忍有人對此進行懷疑和否定：「有些人懷疑或者否認一九五八年的大躍進，懷疑或者否認人民公社的優越性，這

〔註16〕參見劉魯風、何流、唐玉芳主編：《中華人民共和國要事錄》，濟南：山東人民出版社 1989 年版，第 195 頁。

〔註17〕薄一波：《若干重大決策與事件的回顧》，北京：中共中央黨校出版社 1993 年版，第 710 頁。

〔註18〕參見劉魯風、何流、唐玉芳主編：《中華人民共和國要事錄》，濟南：山東人民出版社 1989 年版，第 195 頁。

〔註19〕參見薄一波：《若干重大決策與事件的回顧》，北京：中共中央黨校出版社 1993 年版，第 714 頁。

〔註20〕《在鄭州會議上的講話》，中共中央文獻研究室編《建國以來毛澤東文稿》（1959 年），北京：中央文獻出版社 1993 年版，第 66 頁。

種觀點顯然是錯誤的」〔註21〕。於是，1959 年 7 月，在廬山召開的中央政治局擴大會議上，當時任國防部長的彭德懷對此提出異議，給毛澤東寫信認爲會議對「左」的錯誤認識不足，於是對「大躍進」以來的失誤及經驗教訓提出看法時，毛澤東認爲這是向黨發難，是路線鬥爭，將它上昇到反黨行爲予以批判。他將彭德懷的信加了《彭德懷同志的意見書》的標題批示印發會議討論，指責《意見書》表現了「資產階級的動搖性」，是「右傾主義的反黨綱領」，是「右傾性質」的問題。並在會上說，現在黨內外的右派在夾攻我們，在這個緊要關頭，大家要硬著頭皮頂住，不要動搖，並且提出了解放軍跟誰走的問題。毛澤東講話之後，會議急轉直下，由糾「左」變成批「右」，集中批判彭德懷等人的所謂「右傾機會主義錯誤」。爲了「徹底解決彭德懷的的問題」，中共中央隨後於 8 月 2 日至 16 日在廬山召開了八屆八中全會，全會通過了《爲保衛黨的路線、反對右傾機會主義而鬥爭》的決議和《關於以彭德懷同志爲首的反黨集團的錯誤的決議》。〔註22〕8 月 16 日，毛澤東在一個批示中斷言：「廬山出現的這一場鬥爭，是一場階級鬥爭，是過去十年社會主義革命過程中資產階級與無產階級兩大對抗階級的生死鬥爭的繼續。」〔註23〕

　　繼 1957 年反右派運動之後，廬山會議又一次拉開了毛澤東爲推行左的路線而進行黨內鬥爭的帷幕。其實，廬山會議之前，毛澤東對「大躍進」和公社化運動帶來的災難是有所認識的，因此，廬山會議一開始他便做出反省：「大躍進的重要教訓之一、主要缺點是沒有搞好綜合平衡。說了兩條腳走路、並舉，實際上還是沒有兼顧。」〔註24〕彭德懷在會議期間作出《意見書》，不過是對這種「反省」的具體補充而已。例如，彭德懷在信中說，1958年以來，小資產階級狂熱性、浮誇風普遍地滋長起來，「使我們容易犯左的錯誤」；他還說，大煉鋼鐵是有失有得，「大躍進」以來經濟比例嚴重失調，等等。〔註25〕彭德懷的目的主要是通過總結經驗和教訓，使全黨「明辨是非，

〔註21〕《在鄭州會議上的講話》，中共中央文獻研究室編《建國以來毛澤東文稿》（1959 年），北京：中央文獻出版社 1993 年版，第 66 頁。

〔註22〕參見張晉藩主編：《中華人民共和國國史大辭典》，哈爾濱：黑龍江人民出版社 1992 年版，第 363、364 頁。

〔註23〕《機關炮和迫擊炮的來歷及其他》，中共中央文獻研究室編《建國以來毛澤東文稿》（1959 年），北京：中央文獻出版社 1993 年版，第 451 頁。

〔註24〕《廬山會議討論的十八個問題》，中共中央文獻研究室編《毛澤東文集》（第八卷），北京：人民出版社 1999 年版，第 77、80 頁。

〔註25〕彭德懷：《彭德懷同志的意見書》，中共中央文獻研究室編《建國以來重要文

提高思想」，但被毛澤東視爲「權力鬥爭」。毛澤東將彭德懷與 1953 年的「高、饒問題」聯繫在一起，提升到「陰謀分裂黨，篡奪黨和國家最高權力」的行爲進行鬥爭；而且認爲「在中國，在我黨，這一類鬥爭，看來還得鬥下去，至少還要鬥二十年，可能要鬥半個世紀，總之要到階級完全滅亡，鬥爭才會止息」。〔註 26〕於是，繼反右派運動之後，毛澤東又一次針對「右」發動了反右傾鬥爭。全黨也因此從糾「左」轉爲「反右傾」，進行了新一輪反右傾運動。在運動中被重點批判和定爲「右傾機會主義分子」的有 300 多人，且多爲黨內人士和高層幹部。國家由此繼續在左的路線上滑下去，全國各地又掀起新一輪大煉鋼鐵高潮。這種唯鋼鐵獨尊的「單兵突進」的躍進方式，結果使國民經濟比例失調進一步加劇。大量地浪費人力物力，造成輕工業產品急劇下降，農業大幅度減產，糧食產量 1959 年比 1958 年減產 600 億斤，1960 年比 1959 年減產 1230 億斤。在此期間，國內許多人因食物缺乏而導致營養不良，普遍發生浮腫病，許多農民因飢饉死亡，僅 1960 年全國總人口減少便有 1000 多萬人。〔註 27〕

四、路線鬥爭轉變爲權力鬥爭

廬山會議之後，「反右傾」使「大躍進」惡果進一步激化，國民經濟步入「三年困難時期」的重災期。儘管中央於 1960 年底開始糾正農村工作中的左傾錯誤，提出並實施了國民經濟「調整、鞏固、充實、提高」的八字方針，但真正讓毛澤東坐下來面對全黨承認工作中犯有錯誤的，則是於 1962 年 1 月召開的有七千人參加的擴大的中央工作會議（即「七千人大會」）。在會上，毛澤東做出檢討表示要「第一個負責」：「凡是中央犯的錯誤，直接的歸我負責，間接的我也有份，因爲我是中央主席。我不是要別人推卸責任，其他一些同志也有責任，但是，第一個負責的應當是我。」〔註 28〕

獻選編》（第十二冊），北京：中央文獻出版社 1996 年版，第 441～446 頁。
〔註 26〕《機關炮和迫擊炮的來歷及其他》，中共中央文獻研究室編《建國以來毛澤東文稿》（1959 年），北京：中央文獻出版社 1993 年版，第 451 頁。
〔註 27〕參見薄一波：《若干重大決策與事件的回顧》，北京：中共中央黨校出版社 1993 年版，第 872～873 頁。
〔註 28〕《在擴大的中央工作會議上的講話》，中共中央文獻研究室編《建國以來毛澤東文稿》（1962 年 1 月～1963 年 12 月），北京：中央文獻出版社 1990 年版，第 24 頁。

　　但是，毛澤東在會上檢討不是出於「自願」，而是「無奈」。據史料記載，「七千人大會」前後，主持中央日常工作的是劉少奇，毛澤東處於「二線」地位（實際上也處於「失勢」地位）。這在他沒有參與大會報告的起草工作，且在開會之前對報告內容不甚瞭解中也可以看出。「七千人大會」報告的關鍵點是「總結教訓」，亦即對「大躍進」和「人民公社」現象作出較爲客觀的評價。薄一波在後來分析其原因時說：「由於『大躍進』、人民公社化運動連續 3 年多的失誤，國家生產建設和人民生活都出現了嚴重困難。中央領導同志頭腦逐漸冷靜下來，開始在一系列會議上總結教訓。」〔註29〕當時，中央爲起草報告專門成立了以政治局委員爲主的 20 人委員會，劉少奇、周恩來、鄧小平、彭眞等 15 人在報告起草會上先後發言。〔註30〕由此可見，報告代表了大多數中央核心層領導的觀點，這點毛澤東自己非常清楚。在開會前幾天，他在同與會中央局和各省市自治區負責人見面時還說：「四高，幾個大辦，供給制，食堂，這些都是錯誤的，做了有損人民利益的事，爲人民服了不好的務。」〔註31〕會議期間，彭眞、鄧小平等中央「一線」領導均對毛澤東的錯誤作出了批評，彭眞甚至說出「如果毛主席的 1%、1‰ 的錯誤不檢討，將給我們黨留下惡劣影響」。〔註32〕當然，對於彭眞的這番話，史學家有持「明抑暗揚」的觀念，〔註33〕但不管怎樣，它反映出黨內高層的一種普遍心態。毛澤東在大會因此作出檢討，首先是在作出「讓步」。

　　但是，毛澤東在會上檢討的僅限於工作的失誤，即「三年困難時期」災難是工作失誤造成的，而非極左路線錯誤。他認爲結論恰恰相反：一是中央及基層未能執行好左傾路線，即他支持林彪在大會所說「恰恰是由於我們沒有照著毛主席的指示、毛主席的警告、毛主席的思想去做」〔註34〕的原因；

〔註29〕薄一波：《若干重大決策與事件的回顧》，北京：中共中央黨校出版社 1993 年版，第 1015 頁。

〔註30〕楊尚昆：《楊尚昆日記》（下冊），北京：中央文獻出版社 2001 年版，第 113 頁。

〔註31〕逄先知、金沖及主編：《毛澤東傳（1949～1976）》（下冊），北京：中央文獻出版社 2003 年版，第 1188 頁。

〔註32〕薄一波：《若干重大決策與事件的回顧》，北京：中共中央黨校出版社 1993 年版，第 1026 頁。

〔註33〕持這種觀點的認爲：「彭眞的發言，與其說是針對毛澤東，還不如說是通過坦率的指陳維護毛澤東。」其依據是，彭眞與戰功卓著的彭德懷不同，彭眞以「白色區域」工作的淺資歷升至中央領導核心層，是「非常受毛澤東器重和信任的」一類人。見錢庠理：《歷史的變局——從挽救危機到反修防修》，香港：香港中文大學出版社 2007 年版，第 87、92 頁。

〔註34〕轉引自薄一波：《若干重大決策與事件的回顧》，北京：中共中央黨校出版社

二是階級鬥爭搞得不徹底。對於後者，毛澤東在會上說反動階級的殘餘還存在，他們「還企圖復辟」，而且「在社會主義社會，還會產生新的資產階級分子。整個社會主義社會，存在著階級和階級鬥爭。這種階級鬥爭是長期的、複雜的，有時甚至是很激烈的」。〔註35〕用階級鬥爭的不徹底解釋「大躍進」造成的災難，這在「七千人大會」之前毛澤東對發生的「信陽事件」的處理上也可見端倪。1960年底，河南信陽地區由於「大躍進」造成「五風」泛濫〔註36〕，出現了大量餓死人的現象，毛澤東認為這是該地區「壞人當權，打人死人」的結果〔註37〕。

其實，毛澤東在「七千人大會」上作出檢討，表面是在糾正錯誤，實際上在為重返「一線」和策劃自廬山會議之後新一輪權力鬥爭作出準備。引發他做出這個「決斷」的主要不在彭真等人的「批評」，而在於當時主持中央日常工作的國家主席劉少奇的態度。對於「大躍進」造成災難的原因，劉少奇得出與毛澤東相反的結論，他在報告中認為是「三分天災，七分人禍」的結果，這是他對家鄉湖南寧鄉縣花明樓進行調查後得出的結論。因此，他在「七千人大會」上說，「三面紅旗」要繼續保持，但再經過5年、10年以後再來總結經驗，就可以更進一步地作出結論。〔註38〕劉少奇的講話是以大會報告方式說出的，不僅是針對現狀有感而發，而且在對左傾路線本身作出了質疑，代表了中央高層領導中大多數人的觀點，從而引發了毛澤東對失去權力的進一步擔憂，也為毛澤東發動新一輪權力鬥爭埋下了伏筆。對此，薄一波後來撰文說劉少奇用了「一個大的馬鞍形」來批評「大躍進」，「留下了後來黨內鬥爭的陰影」。〔註39〕1967年2月3日，毛澤東在接見阿爾巴尼亞的卡博和巴盧庫時曾說：「1962年的『七千人大會』，那時我講了一番話，我說修正主義

1993年版，第1044頁。

〔註35〕《在擴大的中央工作會議上的講話》，中共中央文獻研究室編《建國以來毛澤東文稿》（1962年1月～1963年12月），北京：中央文獻出版社1990年版，第25頁。

〔註36〕即「共產風、浮誇風、命令風、幹部特殊風和對生產的瞎指揮風」。見《中央關於徹底糾正「五風」的指示》，中共中央文獻研究室編《建國以來毛澤東文稿》（1960年1月～1961年12月），北京：中央文獻出版社1996年版，第352頁。

〔註37〕參見張晉藩主編：《中華人民共和國國史大辭典》，哈爾濱：黑龍江人民出版社1992年版，第416頁。

〔註38〕《劉少奇選集》（下卷），北京：人民出版社1981年版，第337～421頁。

〔註39〕薄一波：《若干重大決策與事件的回顧》，北京：中共中央黨校出版社1993年版，第1046頁。

要推翻我們，如果我們現在不注意，不進行鬥爭，少則幾年，多則十幾年或幾十年，中國會要變成法西斯專政的。這篇講演沒有公開發表，在內部發表了，不過在那個時候已經看出一些問題。」〔註40〕

「看出了一些問題」，既說明了毛澤東對劉少奇的警覺與猜疑，也說明他不容許有人反對甚至懷疑極左路線。在黨內一旦有人對此懷疑或批評，就會讓他想到權力鬥爭。諸如「七千人大會」之前對待國民經濟調整問題，毛澤東當時是同意進行調整的，但大前提「必須首先對1958年以來提出的路線、方針、政策的正確性，不容許有什麼觸動；對前幾年所犯錯誤的分析，對困難的分析和克服困難的辦法，必須與之合拍」〔註41〕。顯然，至少在「七千人大會」上，劉少奇的講話是「觸犯」了這個大前提的，於是一場新的權力鬥爭就在所難免。1962年9月，在中共八屆十中全會上，毛澤東認爲時機成熟，於是重新推出他的階級鬥爭理論，在將中國城鄉引入「社教運動」的同時，最後將鬥爭對象指向了劉少奇。

這樣看來，建國以後毛澤東是一直推行極左路線的。這種極左路線造成了「三大改造」的提前完成，「大躍進」、人民公社化運動等導致了「三年困難時期」，在全黨反對，一致要求調整和糾正極左路線錯誤的時候，毛澤東在黨的八屆十中全會上重新提出了階級鬥爭理論，實質上是以階級鬥爭搞得不徹底來解釋大躍進運動等造成的惡果，既是出於繼續推行左的路線的需要，也是爲了權力鬥爭。

第二節　權力鬥爭舉起反修防修大旗

20世紀60年代以來，中蘇關係從分歧走向破裂，不僅使中國處於一個面對蘇聯和美國的「兩面對敵」的危險境地，而且衍生出國內長達十幾年的「反修防修」鬥爭格局。

一、荒謬的反修理論及現實依據

八屆十中全會公報在重提階級鬥爭的同時，也提出了反對「現代修正主

〔註40〕轉引自薄一波：《若干重大決策與事件的回顧》，北京：中共中央黨校出版社1993年版，第1145頁。

〔註41〕薄一波：《若干重大決策與事件的回顧》，北京：中共中央黨校出版社1993年版，第1077頁。

義」的口號：「我們應當繼續高舉馬克思列寧主義的革命旗幟，堅持一九五七年莫斯科宣言和一九六○年莫斯科聲明的革命原則，堅決而徹底地反對國際共產主義運動中主要危險的現代修正主義，這是目前及今後一個長時期內的主要任務」。〔註42〕於是，在「社教運動」中，「現代修正主義」既是「反修防修」的對象，也是「反修防修」中「修」的代名詞。對於「現代修正主義者」，《公報》首先將它指向了南斯拉夫鐵托集團，認為他們「卑鄙地背叛共產主義的事業和迎合帝國主義的需要」〔註43〕。與此同時，《紅旗》雜誌也發表同樣觀點的社論，指出南斯拉夫鐵托集團為「現代修正主義」的代表〔註44〕。但是，這只是一種表面現象，隱藏在其背後的事實是：「現代修正主義者」主要指向的是赫魯曉夫集團。

將赫魯曉夫集團視為「現代修正主義者」，將其所推行的路線視為「修正主義」，這是當時「反修」的主要依據。《紅旗》雜誌曾發表社論指出「蘇共新領導把赫魯曉夫時期開始的使社會主義全民所有制企業蛻化為資本主義性質的企業的試驗」，實行「所謂工業管理的『新體制』，核心是通過所謂『加強經濟刺激』，貫徹資本主義的利潤原則，把追逐利潤作為企業生產的基本動力」。〔註45〕這段話在指陳赫魯曉夫及其繼任者走資本主義道路的同時，將「新體制」等視作了蘇聯變「修」的主要根源。

在蘇共歷史上，所謂「新體制」的形成，始自上世紀30年代。那時，蘇共為了迅速實現工業化的目標，在企業工廠逐步實行計件工資制，採用個人利益和物質刺激相結合的辦法，作為經濟發展的槓桿。於是，超額完成任務不僅得到高工資和獎金，而且在住房、休假、醫療保健等方面還能得到優惠和獎勵。與此同時，技術和管理人員地位相應提高，學歷、經驗和年資受到重視，國家為此建立了嚴格的官僚等級制，如軍隊的軍階制，等等。這些做法在很大程度上刺激了工業生產的較快發展，也拉大了個人收入及待遇等方面的差距。因為這種做法，托洛茨基曾把斯大林體制視為對革命的背叛，因為在這個制度下「有人一個月掙一百盧布，有人則是八百甚至一千盧布；有

〔註42〕《中國共產黨第八屆中央委員會第十次全體會議的公報》，《紅旗》1962年第19期。

〔註43〕《中國共產黨第八屆中央委員會第十次全體會議的公報》，《紅旗》1962年第19期。

〔註44〕社論：《列寧主義和現代修正主義》，《紅旗》1963年第1期。

〔註45〕社論：《駁蘇共新領導的所謂「聯合行動」》，《紅旗》1965年第12期。

人住在像兵營一樣狹窄的房子裏，穿著磨破了的鞋子；有人則坐著豪華的汽車出入於高級公寓」。〔註46〕但是，爲托洛茨基批判的這種「新體制」隨著蘇聯政治上的非斯大林化進程的推進，到了 1960 年前後非但沒有被中止，反而得到更爲有效地實行。60 年代初蘇聯經濟學家利普曼爲此發起了關於獨立核算、個人利益和市場機制的討論，並使討論波及到了當時整個社會主義的陣營，東歐多數國家反應比較積極，中國和古巴則對此進行了抵制，認爲蘇聯已經「變修」，而「變修」標誌，則是實行以物質刺激而非僅靠精神引導爲特徵的「新體制」。〔註47〕

使用物質刺激而非僅靠精神引導發展經濟的行爲，在當時得到了東歐許多國家的認可，這在中蘇論爭他們紛紛站在蘇共一邊可以看出。當時，南斯拉夫鐵托集團在東歐被視爲是蘇聯「新體制」的最大擁護者，這在中蘇論爭系列評論中也可以看到。從 1963 年 9 月 6 日起，由毛澤東親自審閱定稿，中共中央先後發表了九篇致蘇共中央的公開信評，史稱「九評」文章〔註48〕。「九評」首先把「現代修正主義」指向南斯拉夫鐵托集團，指責南斯拉夫在斯大林時期，於 1948 年採取的一些適應自身發展需要的經濟措施，視爲「復辟資本主義」予以批判。這些經濟措施主要體現在，他們借了數億美元的外債，「放棄農業集體化的道路」，經濟逐步轉爲個體經濟，最後農民勞動合作社由 1950 年的 6900 多個縮減到 1960 年的 147 個；工廠實行「工人自治」；

〔註46〕 轉引自程映紅：《塑造新人：蘇聯、中國和古巴共產黨革命的比較研究》，《當代中國研究》2005 年第 3 期。

〔註47〕 參見程映紅：《塑造新人：蘇聯、中國和古巴共產黨革命的比較研究》，《當代中國研究》2005 年第 3 期。

〔註48〕 這九篇文章的題目分別是：《蘇共領導同我們的分歧的由來和發展——一評蘇共中央的公開信》（載 1963 年 9 月 6 日《人民日報》）；《關於斯大林問題——二評蘇共中央的公開信》（載 1963 年 9 月 13 日《人民日報》）；《南斯拉夫是社會主義國家嗎？——三聯評蘇共中央的公開信》（載 1963 年 9 月 26 日《人民日報》）；《新殖民主義的辯護士——四評蘇共中央的公開信》（載 1963 年 10 月 22 日《人民日報》）；《在戰爭與和平問題上的兩條路線——五評蘇共中央的公開信》（載 1963 年 11 月 19 日《人民日報》）；《兩種根本對立的和平共處政策——六評蘇共中央的公開信評蘇共中央的公開信》（載 1963 年 12 月 12 日《人民日報》）；《蘇共領導是當代最大的分裂主義者——七評蘇共中央的公開信》（載 1964 年 2 月 4 日《人民日報》）；《無產階級革命和赫魯曉夫修正主義——八評蘇共中央的公開信》（載 1964 年 3 月 31 日《人民日報》）；《關於赫魯曉夫的假共產主義及其在世界歷史上的教訓——九評蘇共中央的公開信》（載 1964 年 7 月 14 日《人民日報》）。

憲法允許有少量雇工，城市中有 11.5 萬家私人手工業，等等。〔註49〕南斯拉夫的這種走自主經濟發展的道路，無疑是對蘇聯「新體制」的模仿與翻版，這與當時毛澤東在中國推行極左路線主張恰恰相反，不是「左」而是「右」，被視爲「走資本主義道路」。但當時毛澤東將「反修」矛頭首先指向南斯拉夫而非赫魯曉夫集團，是出於「留有餘地」而非「投石問路」。〔註50〕

「社教運動」時期，與蘇聯、南斯拉夫的「修正主義」形成對立的，除了中國，首推便是古巴。在當時，古巴是被視爲唯一可與中國比肩的堅定「走社會主義道路」的國家。古巴革命領導人卡斯特羅曾說「從資本主義過來的人充滿了自私」，「彼此像狼一樣。」〔註51〕卡斯特羅和切·格瓦拉等都是「唯物主義一元論和環境決定論的信徒」，1960 年代的古巴頗有些中國「大躍進」的遺風，他們在原是一個當作監獄的海洋小島上樹立了典範工程「青年島」，抽調 5 萬名青年團員前往那裡工作的生活，「生活設施全部免費，收入按家庭成員的人頭而不是貢獻，基本不用貨幣，生產完全按照軍事化的方式來組織」〔註52〕，在那裡，由切·格瓦拉倡導的義務勞動被制度化，「物質刺激」被完全取締，「精神引導」居主導地位且成爲作主流。這種狀況顯然是毛澤東理想中的「社會主義」，也是中國式的極左路線的一個縮影。

從這個方面看，不排除毛澤東提出「反修防修」的政治理念，有維護他所堅持推行的左的路線的一面。將古巴視爲「社會主義」，而將蘇聯、南斯拉夫視爲「修正主義」，近者親，遠者仇，起碼中共在當時對「修正主義」之臧否標準，是以毛澤東的左的路線爲準繩的。「九評」大量披露了中蘇分歧內幕，全面批判了蘇共綱領，但主要鋒芒所指還是針對赫魯曉夫集團已經變「修」，認爲蘇聯不僅被推翻的資產階級在政治、經濟、思想和文化教育方面還相當有力量，「而且在蘇聯黨、政領導幹部中，國營企業和集體農莊的負責人中，

〔註49〕《南斯拉夫是社會主義國家嗎？——三聯評蘇共中央的公開信》，1963 年 9 月 26 日《人民日報》。

〔註50〕因爲在「九評」之前，從 1962 年 12 月 15 日到 1963 年 3 月 8 日，中共中央在《人民日報》一共發表了七篇文章，一直圍繞兩黨分歧問題展開評論，而未作正面攻擊；「九評」在發表指責南斯拉夫爲「現代修正主義」一文半年之後，才在最後一篇文章中將赫魯曉夫指爲「假共產主義」，且兩個月後赫魯曉夫便下臺了，中蘇論爭也隨即中止，「九評」成了歷史名詞。

〔註51〕轉引自程映紅：《塑造新人：蘇聯、中國和古巴共產黨革命的比較研究》，《當代中國研究》2005 年第 3 期。

〔註52〕程映紅：《塑造新人：蘇聯、中國和古巴共產黨革命的比較研究》，《當代中國研究》2005 年第 3 期。

文化、藝術和科學技術部門的高級知識分子中，產生出大批的新生資產階級分子」。他們「形成蘇聯社會上的特權階層」。〔註 53〕這個「修」的依據，仍然在指陳蘇聯推行「新體制」下的所謂「階級分化」。其實，蘇共中央在二十二大之前，曾發表《蘇共綱領草案》，宣佈「社會主義在蘇聯完全地和徹底地勝利了，這一勝利具有世界歷史意義」。〔註 54〕根據這一判斷，《蘇共綱領草案》規定，蘇聯人民今後的主要任務是建立共產主義的物質基礎，使生產力的發展達到人類歷史的最高水平。也就是說，蘇共在將奪取政權後的主要任務轉入到了經濟建設方面來。這在綱領同時提出的「全民國家、全民黨」理論中可以看出：「作爲無產階級專政的國家而產生的國家，在新的階段即現階段上已變爲全民的國家，變爲表達全體人民的利益的意志的機構」，與此同時，綱領還提到，作爲全民組織的國家，蘇共將一直將它保存到實現共產主義。〔註 55〕也就是說，蘇聯堅持「新體制」等經濟上的改革與舉措，是從本國國情出發而選擇的走自主經濟發展的道路，如同南斯拉夫鐵托集團一樣，並未改變社會的性質。這樣看來，「社教運動」所指「反修」的「修正主義」，與走資本主義道路是沒有聯繫的兩個不同的概念。

因此，黨的八屆十中全會公報將南斯拉夫鐵托集團和蘇聯赫魯曉夫集團視作「現代修正主義」，無論從理論還是實踐看都明顯缺乏依據。而中蘇之間，中共與東歐其他國家之間的矛盾的根源主要是國家與國家之間的利益和衝突，以及其不同的發展道路和政治理念造成的，而不是因爲這些國家成爲了「修正主義國家」。

二、把國內的「右傾」改稱「修正主義」

其實，在中蘇論爭及「九評」文章中，毛澤東把鬥爭矛頭對準赫魯曉夫集團的眞正原因，是赫魯曉夫對斯大林的全盤否定。「九評」等文章指陳赫魯曉夫不僅對斯大林執政期間推行的蘇共路線作出全盤否定，而且對斯大林本人也予以根本否定：赫魯曉夫將斯大林視作「俄國歷史上最大的獨裁者」、「伊凡雷帝式的暴君」。〔註 56〕這從根本上引起了毛澤東的極大不安和深重

〔註53〕 《關於赫魯曉夫的假共產主義及其在世界歷史上的教訓——九評蘇共中央的公開信》，《紅旗》1964 年第 13 期。
〔註54〕 波諾馬廖夫主編：《蘇聯共產黨歷史》，上海人民出版社 1974 年版，第 710 頁。
〔註55〕 波諾馬廖夫主編：《蘇聯共產黨歷史》，上海人民出版社 1974 年版，第 714 頁。
〔註56〕 《關於斯大林問題——二評蘇共中央的公開信》，《紅旗》1963 年第 18 期。

憂慮。「反修」的目的是爲了防止「睡在身邊的赫魯曉夫」，這是毛澤東在黨的八屆十中全會重提階級鬥爭的主要原因。

現在看來，八屆十中全會提出反對「現代修正主義」，是一種出於權力鬥爭的謀略之計。實際上，早在 1960 年 4 月 22 日，《紅旗》雜誌以編輯部名義發表《列寧主義萬歲》一文時，這種權力鬥爭謀略便可見端倪。《列寧主義萬歲》在不點名地批判了南斯拉夫的鐵托、蘇聯的赫魯曉夫，要求吸取蘇聯「變修」教訓的同時，提出了警惕國內出修正主義的問題。當時，文章所指針對的是彭德懷等人。將「修正主義者」與彭德懷劃等號，顯然出自毛澤東本人的意旨。這在毛澤東於 1960 年 5 月 28 日接見丹麥共產黨主席耶斯佩森時所說可以看出：「我國也有修正主義者，以政治局委員彭德懷爲首的修正主義者，去年夏季向黨進攻。我們批評了他，他失敗了。跟他走的有七個中央委員和候補委員，連他自己八個。」〔註 57〕

毛澤東將彭德懷視作「修正主義者」，這與反右派運動期間，50 多萬被錯劃爲「右派」的知識分子和黨員幹部遭受的境遇是一致的。毛澤東在當時將二者指責爲「右傾」，時過境遷又改稱爲「修正主義」，其目的也是相同的，即一方面以此化解和解釋極左路線所造成的惡果，繼續推行極左路線；另一方面是爲了權力鬥爭的需要，以此化解他擔心失去權力的憂慮。對於極左路線和權力鬥爭這種「二位一體」的關係，孰輕孰重，如果說反右派運動時不易看清的話，在盧山會議和「社教運動」則表現得十分明晰。盧山會議以來，毛澤東多次提到「修正主義」，更多地是爲了權力鬥爭，出自對它的擔憂。在「七千人大會」上，毛澤東在談到堅持民主集中制的問題時說「我們的國家，如果不建立社會主義經濟，那會是一種什麼狀況呢？就會變成修正主義的國家，變成實際上是資產階級的國家」；〔註 58〕1962 年 8 月 9 日，他提出要花幾年功夫對幹部進行教育，「不然，搞一輩子革命，卻搞了資本主義，搞了修正主義」。〔註 59〕這些講話說明他對權力鬥爭的擔憂在日益加重。在八屆十中全會上，毛澤東將「右傾機會主義」改稱「中國的修正主義」〔註 60〕，說明從

〔註 57〕轉引自薄一波：《若干重大決策與事件的回顧》，北京：中共中央黨校出版社 1993 年版，第 1144 頁。

〔註 58〕《毛澤東著作選讀》（下冊），北京：人民出版社 1986 年版，第 822～823 頁。

〔註 59〕轉引自薄一波《若干重大決策與事件的回顧》，北京：中共中央黨校出版社 1993 年版，第 1145 頁。

〔註 60〕參見薄一波：《若干重大決策與事件的回顧》，北京：中共中央黨校出版社 1993

那時起，他已將權力鬥爭視爲主要目的。

　　從 1962 年底到 1963 年春，中共中央連續發表七篇文章，批判意大利的陶里亞蒂、法國的多列士和美國共產黨等所謂「現代修正主義」，其主要目的，表面是爲了「反修」，實際上也是讓人們警惕中央高層出「修正主義」。這種目的貫穿在了「社教運動」的整個過程之中。1963 年 5 月，毛澤東在親自參與制定的《前十條》中反覆提出防止「修正主義」問題，指出「幹部不參加集體生產勞動，勢必脫離廣大的勞動群眾，勢必出修正主義」〔註 61〕。1964 年 1 月 25 日，中共中央發出《關於向基層幹部、黨員和人民群眾進行反對現代修正主義教育的通知》（附《反對現代修正主義的宣傳提綱》），要求對全黨全民進行一次反對現代修正主義的教育運動，全黨全民的反修教育由此迅速展開。1964 年 6 月 16 日，毛澤東在十三陵水庫談話時，再次提出，蘇聯修正主義上臺，是因爲赫魯曉夫騙取斯大林信任成爲接班人造成的。這是國際共產主義運動史上的一個嚴重教訓。毛澤東還說，赫魯曉夫是善於搞政變的人。他上臺後搞了五次政變，一次又一次地把同他意見不同的人打下去。這個教訓同樣值得重視。基於這樣的看法，毛澤東在當年召開的中央工作會議上提出，中國出了赫魯曉夫修正主義怎麼辦？中國出了赫魯曉夫的修正主義中央，各省委要頂住〔註 62〕。

　　1965 年 10 月，雖然赫魯曉夫下臺已一年之久，評蘇共中央的系列公開信也隨之中止，但是，毛澤東在當時中央工作會議上再次作出強調，如果中央出了修正主義，你們應該造反，幾個省可以聯合起來，搞獨立；現在你們要注意，不管誰講的，中央也好，中央局也好，省也好，不正確的，你們可以不執行。你們要從實際出發〔註 63〕。不僅如此，爲了防止黨內高層出「修正主義」，毛澤東還曾設想請外國黨來進行幫助。1964 年 1 月 5 日，他在接見日共中央政治局委員聽濤克己時曾說，如果將來中國修正主義佔了統治地位，你們就要舉起反修的旗幟。1965 年 9 月 17 日，毛澤東在接見日共中央誇田裏

　　　　年版，第 1099～1100 頁。

〔註 61〕中共中央《關於目前農村工作中若干問題的決定（草案）》，中國人民解放軍國防大學黨史黨建政工教研室編《中共黨史教學參考資料》（第二十四冊），國防大學出版社 1982 年版（內部出版發行），第 212 頁。

〔註 62〕吳冷西：《十年論戰：1956～1966 中蘇關係回憶錄》（下冊），北京：中國文獻出版社 1999 年版，第 779 頁。

〔註 63〕薄一波：《若干重大決策與事件的回顧》，北京：中共中央黨校出版社 1993 年版，第 1149 頁。

見時又說，要準備中國出修正主義。那時候，你們要幫助中國工人階級同人民群眾反對這種修正主義。〔註64〕，由此可見，毛澤東頻繁反覆地向地方政府和國際友人指出中國將出「修正主義」，除了「未雨綢繆」，向他們暗示中國新的一場權力鬥爭即將揭幕之外，主要是為了權力鬥爭，擔憂自己手中權力被奪去。

在國內，毛澤東曾多次指出，修正主義就是對外搞「三和一少」，對內搞「三自一包」。在統一戰線問題上，則是「向資產階級投降」〔註65〕。所謂「三和一少」，本來是中央對外聯絡部部長王稼祥1962年春向中央提出的建議：為爭取時間渡過困難，抓緊國內建設，有必要爭取對外關係的相對緩和，在同美國、蘇聯和印度的鬥爭中要注意策略；對外援助必須實事求是，量國力而行。依毛澤東洞悉入微的觀察能力，他不能不明白在當時語境下，王稼祥的這種規諫的良苦用心。這種於黨有益對己不利的「規諫」，表明了王稼祥的個人膽識和對黨的忠誠。這種膽識和忠誠在「遵義會議」上已有作為，事實已經證明它的彌足珍貴。但是，毛澤東指出這是「要對帝國主義和氣一點，對反動派（尼赫魯）和氣一點，對修正主義和氣一點，對亞非拉人民鬥爭的援助少一些，是『修正主義的路線』」〔註66〕，無異於「指鹿為馬」，而這樣做的原因，至少是王稼祥的建議「觸犯」了極左路線這條「底線」。所謂「三自一包」即自留地、自由市場、自負盈虧、包產到戶，是時任中央農村工作部部長鄧子恢根據當時農村工作的實際，為發展農業生產和集市貿易、調動農民積極性等提出的主張，這些主張被毛澤東認定為走「資本主義」道路和「修正主義」，評判標準仍是以左的路線為準繩。而所謂「向資產階級投降」，是中央統戰線部部長李維漢提出的一些關於鞏固和發展統一戰線的主張，同樣被視作「修正主義」，結果，三位部長被撤職，中央農村工作部被撤銷。〔註67〕如同對彭德懷那樣，毛澤東對王稼祥等人作出這樣的處

〔註64〕薄一波：《若干重大決策與事件的回顧》，北京：中共中央黨校出版社1993年版，第1150頁。

〔註65〕轉引自薄一波：《若干重大決策與事件的回顧》，北京：中共中央黨校出版社1993年版，第1153頁。

〔註66〕1963年5月22日同新西蘭共產黨總書記威爾科克斯的談話，薄一波《若干重大決策與事件的回顧》，北京：中共中央黨校出版社1993年版，第1154頁。

〔註67〕參見薄一波：《若干重大決策與事件的回顧》，北京：中共中央黨校出版社1993年版，第1154頁。

理，不僅僅是「底線」問題，主要還是權力鬥爭的需要，因爲他們「是不贊成總路線、『三面紅旗』的人，把形勢說成一片黑暗」〔註68〕。這從一個側面證明，毛澤東對國內「修正主義」的認定，仍然沿續著他自反「右」運動以來的一貫做法，只不過起始稱作「右傾路線」，後來改稱「修正主義」，僅名稱改換而已。

這樣看來，所謂「反修防修」，如同之前的反右派運動和反「右傾」鬥爭一樣，是爲了權力鬥爭而尋找的藉口而已。「修正主義」從某種程度上就是「右傾」的代名詞和同義語。在「社教運動」時期，對於「修正主義者」，毛澤東一直藉口將它作爲路線鬥爭對象，採取「自下而上」的鬥爭方式，由之前認定彭德懷等幾個人是「修正主義者」，轉而在運動伊始認爲鄧子恢、陳雲、王稼祥等人搞了「修正主義路線」，最後把人們的鬥爭視線轉向了劉少奇的身上。從這個意義上講，「反修防修」是一種爲權力鬥爭服務的手段。

第三節　文化大革命的預演

中共八屆十中全會閉幕後，毛澤東開始從兩個方向進行「反攻」，一是在國際上反對現代修正主義，二是在國內開展「社教運動」；前者進行輿論導向和精神引導，後者展開自下而上的權力鬥爭。爲此，八屆十中全會後不久，毛澤東於 1963 年 2 月正式在全國城鄉發動了一場大規模的「社教運動」。這場充分貫徹了毛澤東政治意圖的所謂以教育爲目的的政治運動，其用意很明顯，矛頭一直指向黨內高層「修正主義」。而「社教運動」本身，只是爲了達到這個目的而運用的手段。

一、「清經濟」逐步轉爲「清政治」

所謂「社教運動」，剛開始在具體做法上是一個「清經濟」的運動。八屆十中全會之後，湖南、河北等省便立即根據會議精神進行了整風整社和所謂社會主義教育試點工作。河北省保定地委隨後通過省委在向中央寫的報告中反映，試點工作中發現不少社隊存在帳目、工分、財物、倉庫等「四不清」現象，於是便開展了以清帳目、清倉庫、清財物、清工分的「四清」運動。「四

〔註68〕薄一波：《若干重大決策與事件的回顧》，北京：中共中央黨校出版社 1993 年版，第 1076 頁。

清」運動中查出一些幹部有多吃多占、貪污盜竊等行為，並分別做了處理。
湖南省委在報告中反映，本地區階級鬥爭十分激烈，一股反革命的「黑風」
刮得很大，資本主義和封建主義企圖復辟，牛鬼蛇神紛紛出籠，從各方面威
脅集體經濟和社會主義建設事業。河南省委則報告了全省 90 個縣三級幹部會
議上揭發出的階級鬥爭情況。其中投機倒把活動 10 萬起（「千字號」的上萬，
「萬字號」的上千），反革命集團活動 1300 起，地富反攻倒算的有 2.6 萬起；
反動道會門 8000 起，甚至有黨員帶頭參加迷信活動的現象發生。〔註69〕

　　顯然，在毛澤東密切關注運動開展的時候，湖南、河北等省「經驗」的
出籠無異於「上有所好，下必甚焉」。原因很簡單，無論是出自階級鬥爭的思
維定勢，還是曲意迎合毛澤東的思想，這些報告都把問題嚴重歪曲和擴大化
了。群眾的小偷小摸、宗教迷信、投機倒把種種陰暗面都歸結為階級鬥爭，
顯然混淆了兩類性質的矛盾。而且這種種現象的真實性，值得推敲之處甚多，
對此，毛澤東並非不能作出判斷。但毛澤東不關心這些，他所關心的是如何
推動「社教運動」，形成推動這項運動開展的合力與「抓手」，而河北、湖南
等省提供的材料，讓他找到了推動這項運動的依據。於是，在 1963 年 2 月 11
日至 28 日召開的中央工作會議上，毛澤東在會上推薦了保定地區和湖南省委
的所謂經驗。中央工作會議隨即作出決定，在城市開展反對貪污盜竊、反對
投機倒把、反對鋪張浪費、反對分散主義、反對官僚主義等「五反」運動，
在農村進行以「四清」運動為主的「社教運動」。1963 年 5 月 2 日～12 日，
毛澤東在杭州召集有部分政治局委員和大區書記參加的小型會議上，再次強
調了開展農村社會主義教育的必要性。〔註70〕這期間，他在對《浙江省七個
關於幹部參加勞動的好材料》的批註中寫道：「階級鬥爭、生產鬥爭和科學實
驗，是建設社會主義強大國家的三項偉大革命運動，是使共產黨人免除官僚
主義、避免修正主義和教條主義，永遠立於不敗之地的確實保證」〔註71〕。
在這段話裏，毛澤東的意旨很明顯，在將階級鬥爭置於與生產鬥爭同等地位

〔註69〕參見朱建華、朱華主編：《中華人民共和國史稿》（1949～1989），哈爾濱：黑
　　　　龍江人民出版社 1989 年版，第 380 頁。
〔註70〕參見劉魯風、何流、唐玉芳主編：《中華人民共和國要事錄》，濟南：山東人
　　　　民出版社 1989 年版，第 290 頁。
〔註71〕毛澤東：《轉發浙江省七個關於幹部參加勞動的好材料的批語》，中共中央文
　　　　獻研究室編《建國以來毛澤東文稿》（1962 年 1 月～1963 年 12 月），北京：
　　　　中央文獻出版社 1990 年版，第 293 頁。

的同時，也在強調著經濟建設讓位於權力鬥爭。而實現這種「讓位」的有效途徑，毛澤東認爲在農村而非城市。他說，我們在農村 10 年沒有搞階級鬥爭了，只搞了一次土改。這次農村不搞「五反」，只搞「四清」，發動貧下中農。資產階級右派把希望寄託在「三自一包」上，我們就要在這些問題上作文章，挖他們的社會基礎〔註 72〕。

毛澤東將「社教運動」的重點放在農村而非城市，顯然另有他的含而不露的目的和動機。「社教運動」是一場自下而上展開的權力鬥爭運動，沒有廣泛的群眾基礎顯然不行，而農民作爲自發傾向的小私有者，他們相比較工人、知識分子而言，易於被灌輸權力鬥爭思想，煽動他們的政治鬥爭情緒，成爲開展權力鬥爭的生力軍，這正是權力鬥爭運動所需要的。而在這之前的兩次大規模反「右傾」運動，都在農村對農民廣泛進行了「社會主義教育」。一次是在 1957 年反右派運動不久，毛澤東指示要「向全體農村人口進行一次大規模的社會主義教育，批判黨內的右傾機會主義思想」〔註 73〕。爲此，當年 8月 8 日，中央發出了《關於向全體農村人口進行一次大規模的社會主義教育的指示》，指出「這是關係農村兩條道路的根本問題的大辯論，是農民群眾和鄉村幹部的社會主義自我教育，是農民的整風」。〔註 74〕1959 年廬山會議以後，中央再次提出在農村進行一次社會主義教育。1960 年 5 月，中共中央發出《關於在農村中開展「三反」運動的指示》，《指示》要求各地農村開展一個反貪污、反浪費、反官僚主義運動。運動的目的是「普遍提高幹部的政治思想水平和改善幹部的領導工作作風，同時清除隱藏在革命隊伍中的壞分子」。〔註 75〕1961 年 11 月，中央又一次發出《關於在農村進行社會主義教育的批示》。〔註 76〕自「大躍進」以來，農村「社教運動」幾乎成了經常性的課

〔註72〕 參見朱建華、朱華主編：《中華人民共和國史稿》(1949～1989)，哈爾濱：黑龍江人民出版社 1989 年版，第 390～393 頁。

〔註73〕 毛澤東：《一九五七年夏季的形勢》，中共中央文獻研究室編《建國以來毛澤東文稿》(1956 年 1 月～1957 年 12 月)，北京：中央文獻出版社 1990 年版，第 545 頁。

〔註74〕 劉魯風、何流、唐玉芳主編：《中華人民共和國要事錄》，濟南：山東人民出版社 1989 年版，第 173 頁。

〔註75〕 劉魯風、何流、唐玉芳主編：《中華人民共和國要事錄》，濟南：山東人民出版社 1989 年版，第 233 頁。

〔註76〕 劉魯風、何流、唐玉芳主編：《中華人民共和國要事錄》，濟南：山東人民出版社 1989 年版，第 261 頁。

題，原因之一在於相比而言，運動在農村更易被推動。不過，對於歷次「社教運動」而言，運動的真正目的遑論農民就連許多農村基層幹部始終也沒有真正搞清楚。八屆十中全會以後開展的「社教運動」也不例外。

1963 年 5 月，在全國各地廣泛開展「四清」運動的時候，毛澤東親手制定了《中共中央關於目前農村工作中若干問題的決議（草案）》（簡稱《前十條》），並使之成為指導「社教運動」的綱領性文件。隨著《前十條》的推出，「社教運動」實際上已從「清經濟」轉向了「清政治」，運動本身也被引導到權力鬥爭中去。因為，毛澤東在《前十條》中斷言，當前中國社會中出現了嚴重的尖銳的階級鬥爭情況，「被推翻的地主富農分子，千方百計地腐蝕幹部，篡奪領導權。有些社、隊的領導權，實際上落在他們的手裏」〔註 77〕，如果「我們的幹部不聞不問」，「那就不要很多時間，少則幾年、十幾年，多則幾十年，就不可避免地出現全國性的反革命復辟；馬列主義的黨就一定會變成修正主義的黨，變成法西斯的黨，整個中國就要改變顏色了」〔註 78〕。《前十條》列舉了九種「當前中國社會中出現了嚴重的尖銳的階級鬥爭情況」的表現，指出當前許多同志對這九種「表現」「並沒有認真考察，認真思索，甚至熟視無睹，放任自流」，乃至「政治上和平共處，組織上稀裏糊塗，經濟上馬馬虎虎，怎麼能建設社會主義？」〔註 79〕意在向基層幹部開展運動「指路」。《前十條》強調「依靠貧農、下中農，是黨要長期實行的階級路線」，並且「在整個社會主義歷史階段，一直到進入共產主義之前」都如此。〔註 80〕這就意味著，「社教運動」仍是依靠最基層的農民組織開展的群眾性運動，是一個自下而上展開的奪權運動。這種做法多少帶有民粹主義思想〔註 81〕，也一改毛

〔註77〕 中共中央《關於目前農村工作中若干問題的決定（草案）》，中國人民解放軍國防大學黨史黨建政工教研室編《中共黨史教學參考資料》（第二十四冊），國防大學出版社 1982 年版（內部出版發行），第 206 頁。

〔註78〕 《轉發浙江省七個關於幹部參加勞動的好材料的批語》，中共中央文獻研究室編《建國以來毛澤東文稿》（1962 年 1 月～1963 年 12 月），北京：中央文獻出版社 1990 年版，第 293 頁。

〔註79〕 中共中央《關於目前農村工作中若干問題的決定（草案）》，中國人民解放軍國防大學黨史黨建政工教研室編《中共黨史教學參考資料》（第二十四冊），國防大學出版社 1982 年版（內部出版發行），第 206、204 頁。

〔註80〕 同上，第 207 頁。

〔註81〕 民粹主義是民粹派的思想體系和行動主張。所謂「民粹派」，原指俄國革命運動中的小資產階級派別，產生於十九世紀六十至七十年代，民粹派認為農民是革命的主要力量，資本主義在俄國不能發展，知識分子可以領導農民進行社會

澤東長期堅持的「黨指揮槍」的軍事戰略思想。表面上看是其早在 1941 年於《〈農村調查〉的序言和跋》中就形成的思想:「群眾是真正的英雄,而我們自己則往往是幼稚可笑的,不瞭解這一點,就不能得到起碼的知識。」〔註 82〕實際上卻並非如此,真實的目的和動機其實在《前十條》中已表述清楚:為了權力鬥爭需要。如果不這樣做,那就不要很多時間「黨就一定會變成修正主義的黨,變成法西斯黨」。〔註 83〕

　　《前十條》下發之後,這種自下而上展開的「群眾性的整黨運動」〔註 84〕,很快便顯示其嚴重惡果,打死人、自殺事件在全國各地屢屢發生。如湖北省第一批試點鋪開前後死了 2000 多人,第二批試點開始後,僅襄陽在 25 天內就死了 74 人。廣東在這年秋冬的試點中,共發生自殺案件 602 起,死亡 503 人。〔註 85〕對於運動產生的惡果,毛澤東顯然沒有去重視它,如同「大躍進」前後的肅反運動、反右派運動和反「右傾」運動打死人現象一樣,毛澤東更看重的是這些運動過程中反映出的權力鬥爭問題。比如甘肅白銀廠、天津小站打人奪權事件,毛澤東從中看到的是「國家有三分之一的權力不拿在我們手裏,如白銀廠、小站就是搞修正主義」,並提出「中國出了修正主義怎麼辦」的問題。〔註 86〕非但如此,出於權力鬥爭需要,他甚至更多地希望看到這樣的「亂」。正如他後來給江青寫信說:「天下大亂,達到天下大治。過七八年又來一次,牛鬼蛇神自己跳出來。他們為自己的階級本性所決定,非跳出來不可。」〔註 87〕通過「亂」達到「治」,這也是毛澤東自 1957 年以來在權力

　　　　主義革命,用暗殺的手段也可以達到革命的目的。後來民粹派蛻化為富農利益的代表者,向沙皇制度妥協,成為馬克思主義的敵人。(見中國社會科學院語言研究所詞典編輯室編《現代漢語辭典》,商務印書館 1992 年版,第 790 頁)

〔註 82〕《毛澤東著作選讀》(下冊),北京:人民出版社 1986 年版,第 467 頁。

〔註 83〕中共中央《關於目前農村工作中若干問題的決定(草案)》,中國人民解放軍國防大學黨史黨建政工教研室編《中共黨史教學參考資料》(第二十四冊),國防大學出版社 1982 年版(內部出版發行),第 212 頁。

〔註 84〕《中共中央關於農村社會主義教育運動中一些具體政策的規定(草案)》,中共中央文獻研究室編《建國以來重要文獻選編》(第十七冊),北京:中央文獻出版社 1997 年版,第 413 頁。

〔註 85〕參見薄一波:《若干重大決策與事件的回顧》,北京:中共中央黨校出版社 1993 年版,第 1114～1115 頁。

〔註 86〕參見薄一波:《若干重大決策與事件的回顧》,北京:中共中央黨校出版社 1993 年版,第 1116 頁。

〔註 87〕《給江青的信》,中共中央文獻研究室編《建國以來毛澤東文稿》(1966 年 1 月～1968 年 12 月),北京:中央文獻出版社 1998 年版,第 71 頁。

鬥爭運動中一貫堅持的做法。「文革」更是如此。

二、權力鬥爭日益公開化

在《前十條》推行之時，劉少奇等中央領導人對「社教運動」做法是持懷疑態度的，認爲這種大規模發動農村群眾進行階級鬥爭的做法，起碼對基層黨組織的作用發揮，對農業生產不利。這體現在他們起草制定「社教運動」的補充文件《中共中央關於農村社會主義教育運動一些具體政策的規定（草案）》（簡稱《後十條》）時，對如何貫徹落實《前十條》提出了限製辦法等方面，譬如《後十條》想依靠黨組織開展運動，向農村的村和公社派遣工作組監督地方干部和群眾。〔註88〕

派工作組是黨的傳統工作方法，在土地改革運動中曾普遍使用，但這次恢復派工作組的目的與以前不同，它實際上對《前十條》自下而上地發動群眾開展運動的做法在起限製作用。《前十條》強調運動的首要步驟是「發動群眾」，《後十條》則主張「社教運動」的「整個運動都由工作隊領導」〔註89〕；《前十條》強調依靠貧下中農協會，《後十條》則根本沒有提及。相反，《後十條》規定，凡事「首先應召開黨內會議」，強調黨的中心作用，強調由上級組織糾正地方干部的錯誤，領導和教育群眾，而團結95%以上的幹部則是「團結百分之九十五以上群眾的一個前提條件」。〔註90〕由此可見，《後十條》是想對那種自下而上、自發性的群眾奪權行爲進行遏止。這與《前十條》在提法上恰恰相反，說明劉少奇與毛澤東在「社教運動」問題上存在著根本分岐。

然而，相對於《前十條》的巨大推動力來說，《後十條》的作用弱小而且卑微。後來的運動發展走勢，也證明了這一點。《前十條》、《後十條》等

〔註88〕 參見《中共中央關於農村社會主義教育運動中一些具體政策的規定（草案）》，中共中央文獻研究室編《建國以來重要文獻選編》（第十七冊），北京：中央文獻出版社1997年版，第385～420頁。

〔註89〕 中共中央《關於印發農村社會主義教育運動中一些具體政策的規定的修正草案的通知》，中國人民解放軍國防大學黨史黨建政工教研室編《中共黨史教學參考資料》（第二十四冊），國防大學出版社1982年版（內部出版發行），第485頁。

〔註90〕 《中共中央關於農村社會主義教育運動中一些具體政策的規定（草案）》，中共中央文獻研究室編《建國以來重要文獻選編》（第十七冊），北京：中央文獻出版社1997年版，第405、391頁。

「雙十條」實施後，「社教運動」立即轉向，地方政府紛紛虛報階級鬥爭的嚴重性，反映鬥爭的焦點是階級敵人在千方百計篡奪基層領導權，是集體經濟在向資本主義「和平演變」；反映一些國營企業的領導權已被篡奪了。毛澤東因勢利導，在 1964 年 5 月中共中央工作會議上不失時機地提出，如果中國出了赫魯曉夫修正主義怎麼辦的問題，提出「中國出了修正主義要頂住」。會議於是作出「全國基層有三分之一的領導權不在我們手裏」的錯誤判斷，要求組織貧協，發動群眾，進行「奪權鬥爭」，決定成立專業工作組，搞大兵團作戰。〔註91〕會後，一個只有 60 萬人的縣，進駐農村的「四清」工作團人數曾高達 2 萬多人。全國各地據此積極「跟風」，不斷推出「壞人復辟」的典型。這些「典型」事例經過總結提升和杜撰虛構，上報到中央來的，不少成了指導奪權鬥爭的經驗材料。這期間，中共中央先後向全國各地轉發《關於奪回白銀有色金屬公司的領導權的報告》，《小站地區奪權鬥爭的報告》等所謂經驗材料，「社教運動」的中心環節不斷向「奪權鬥爭」轉化。「四清」運動因此也由「清經濟」正式轉為了「清政治」。〔註92〕

　　1965 年 1 月 14 日，毛澤東親自制定並以中共中央名義印發了《農村社會主義教育運動中目前提出的一些問題》（簡稱《二十三條》）。《二十三條》指出「城市和鄉村的社會主義教育運動，今後一律簡稱『四清』：清政治、清經濟、清組織、清思想」，強調運動的性質是「解決社會主義和資本主義的矛盾」，運動的重點是「整黨內那些走資本主義道路的當權派」，這些走資派「有在幕前的，有在幕後的」，「支持這些當權派的人，有的在下面，有的在上面」，包括「社、區、縣，甚至在省和中央的一些部門中一些反對搞社會主義的人」等等〔註93〕，實際上是告訴人們權力鬥爭的真正對象、如何奪權、進行奪權鬥爭。隨著《二十三條》的推出，兩年來鮮為人知的毛澤東針對劉少奇展開的權力鬥爭露出了「冰山一角」。《二十三條》下達後，全國各地黨政軍部門抽調了大批人員參加工作隊，除此之外，教育部門還提出了高等院校理工科高年級和文科全體學生參加一期「社教運動」。1965 年底，全

〔註91〕參見劉魯風、何流、唐玉芳等主編：《中華人民共和國要事錄》（1949～1089），濟南：山東人民出版社 1989 年版，第 307 頁。

〔註92〕參見何理主編：《中華人民共和國史》，北京：檔案出版社 1989 年版，第 257、258 頁。

〔註93〕《農村社會主義教育運動中目前提出的一些問題》，中共中央文獻研究室編《建國以來重要文獻選編》（第二十冊），北京：中央文獻出版社 1998 年版，第 19～22 頁。

國有近 200 萬幹部在大約三分之一的縣裏參加「社教運動」。〔註 94〕「社教運動」由此演變成近乎瘋狂的群眾性運動。「文革」一開始,當《五‧一六通知》下發之後,隨著紅衛兵大串聯、破「四舊」等不斷升級,運動很快發展到武裝械鬥,揪鬥地方黨政機關負責人的地步。當彭眞、羅瑞卿、陸定一、楊尚昆被陷害爲「陰謀反黨集團」等冤案的不斷推出,劉少奇愈來愈明白「文革」要搞什麼了。1967 年 1 月 1 日,北京 20 多所高校造反派集合數十萬群眾在天安門廣場舉行「聲討」劉少奇、鄧小平的遊行集會。隨後不到 10 天,又先後出現揪鬥陶鑄、鄧小平,「打倒朱德」等事件。1967 年 1 月 12 日,中南海的造反派衝進劉少奇的家,在院裏、辦公室裏貼滿侮辱劉少奇的大標語,並批鬥劉少奇。〔註 95〕翌日深夜,毛澤東在人民大會堂同劉少奇談話,劉少奇鄭重地提出了兩點要求:一、這次路線錯誤的責任在我,廣大幹部是好的,特別是許多老幹部是黨的寶貴財富,主要責任由我來承擔,盡快把廣大幹部解放出來,使黨少受損失。二、辭去國家主席等職務,和妻子兒女去延安或老家種地,以便盡早結束文化大革命,使國家少受損失。毛澤東聽後沉吟不語。〔註 96〕

　　總而言之,爲適應八屆十中全會階級鬥爭主題需要而開展的「社教運動」,實際上是一場爲了權力鬥爭而進行的政治運動。運動的起因有維護極左路線的一面,但它的終極目的是權力鬥爭,即運動主要不是反對不同意毛澤東的極左路線觀點的問題,而是必須打倒反對者的問題,焦點已由維護極左路線轉化爲打倒反對者的權力鬥爭。「社教運動」的階級鬥爭、「反修防修」主題,是爲贏得權力鬥爭而採取的政治手段。而且,這場由毛澤東發動的運動,始終爲其掌控著。實際上,「文革」的過程已經在「社教運動」中預演過了。

〔註 94〕參見何理主編:《中華人民共和國史》,北京:檔案出版社 1989 年版,第 259 頁。

〔註 95〕參見張晉藩主編:《中華人民共和國國史大辭典》,哈爾濱:黑龍江人民出版社 1992 年版,第 608 頁。

〔註 96〕參見張晉藩主編:《中華人民共和國國史大辭典》,哈爾濱:黑龍江人民出版社 1992 年版,第 608 頁。

第二章 「社會主義教育劇」現象概述

第一節 「社會主義教育劇」的創作熱潮

一、戲劇劇目增多：極左路線的產物

綜觀 1960 年代的戲劇創作，「社教運動」時期是一個豐產階段。據《中國當代戲劇總目提要》〔註1〕輯錄統計資料數據，1963～1965 年在全國報刊、出版社共發表劇本 1191 個〔註2〕。如果將這個數據與它的前三年與後五年比較（仍以《中國當代戲劇總目提要》輯錄統計資料數據爲準），可以發現，這個數字佔了 1960 年代戲劇創作總數 2203 個的一半以上。（見表1〔註3〕）

表1　1960 年代劇本刊載、出版數字統計

年　度	1960	1961	1962	1963	1964	1965	1966	1967～1970
總數	491	142	213	367	297	527	136136	30
戲曲	337	101	157	261	178	306	82	23
話劇	84	27	44	63	82	125	41	2
歌劇、歌舞劇	70	14	12	39	37	36	13	5

〔註1〕　《中國當代戲劇總目提要》爲國家社科項目（03BZW047）和教育部人文社會科學重點研究基地項目（07JJD751082），該書已完成劇目輯錄工作，目前已進入撰寫階段。

〔註2〕　陸煒在《三起三落的新中國戲劇》（《文藝爭鳴》2009 年第 5 期）一文中，將同一劇本（或劇本集）出多個版本的，計爲多種；多卷本書籍只計爲一種；新編叢書，則每出一冊計爲一種。本文沿用這種統計方法。

〔註3〕　參見陸煒：《三起三落的新中國戲劇》，《文藝爭鳴》2009 年第 5 期。

　　建國以來，戲劇創作呈潮漲潮落之勢。1950年代的劇本刊載、出版數字，自1955年以後一直在高位運行，到1959年形成高峰（見表2〔註4〕），反映出戲劇創作形成了一輪高潮。但綜觀這個高潮形成過程中的劇目統計，可以發現每年的戲曲老戲佔據了相當大的比例，反觀「社教運動」時期這項數據，在逐年大幅減少竟至爲零（見表3〔註5〕）。戲曲老戲是挖掘、整理傳統戲的結果，非屬新創劇目，剔除這個劇目統計，從表1、表2中可以發現，「社教運動」時期每年新創劇本數目，與1950年代創作「高位運行」時期的已基本持平〔註6〕，它與1949年至1954年以及1961年至1962年9月份新創的劇目，形成了較大反差。也就是說，「社教運動」時期戲劇創作已基本恢復到了1950年代的繁榮期水平，形成了新一輪戲劇創作的熱潮。

表2　1950年代劇本刊載、出版統計

年　度	1949～1954	1955	1956	1957	1958	1959
總數	968	633	732	925	1081	1509
戲曲老戲	178	268	293	492	353	285
戲曲創作	412	207	220	259	396	867
話劇創作	186	109	153	95	135	172
話劇老戲	34	7	2	15	4	15
歌劇、歌舞劇	168	37	64	64	118	190

表3　1963～1965年劇本刊載、出版統計

年　度	1963	1964	1965
總數	367	297	527
戲曲老戲	118	2	0
戲曲創作	147	176	306
話劇創作	58	82	125
話劇老戲	5	0	0
歌劇、歌舞劇	39	37	36

〔註4〕　陸煒：《三起三落的新中國戲劇》，《文藝爭鳴》2009年第5期。
〔註5〕　參見陸煒：《三起三落的新中國戲劇》，《文藝爭鳴》2009年第5期。
〔註6〕　這其中，1959年是個特例，當年爲紀念建國十週年，爲總結和展示戲劇成就大量創作出版劇本，有「獻禮」的因素。

但是，具體閱讀「社教運動」時期推出的戲劇，就會感到和 1950 年代的存在較大差異，甚至截然不同。1950 年代初的戲劇創作，尤其是話劇，大都以歌頌人民革命戰爭，歌頌民主革命的勝利，作爲最優先的話題。受這種風氣的影響，之後的戲劇創作無論配合什麼運動，寫什麼主題，以及傳統劇目的改編，劇作家都帶有新中國成立之初的自豪、振奮、歡欣喜悅之情。這樣，戲劇創作便構成了一種主調，就是對新中國的歡歌〔註7〕。這種「歡歌主調」在經歷「三年困難時期」之後便開始消失，它在很大程度導致了 1961 年至 1962 年 9 月期間新創劇目的大幅減少。然而，在「社教運動」時期，這種「歡歌主調」消失殆盡的時候，戲劇新創劇目卻有增無減，造成這種現象的原因是，「社會主義教育劇」的異軍突起和大量推出。

「社會主義教育劇」形成新的創作熱潮，既有政治運動本身的原因，也是文藝界「積極跟上」、盲目「跟風」的結果。從 1959 年開始，戲劇界面對經濟建設和藝術規律遭到雙重破壞的局面，曾冷靜地分析探討過戲劇藝術提高和發展問題，力求讓戲劇「從『左』的錯誤思潮影響中解放出來」〔註8〕；1959 年 5 月，周恩來總理曾在北京約見部分文藝界代表，提出「兩條腿走路的問題」〔註9〕。但是，這些做法並未收到明顯效果，戲劇創作整體仍在受「左」的思潮影響。1962 年 9 月，毛澤東在黨的八屆十中全會上提出了「千萬不要忘記階級鬥爭」口號，使文藝形勢又「急轉回左的道路」〔註10〕。這個口號的提出，實際上是對「三年困難時期」的災難作出了這樣的解釋：不是由於極左路線造成的，而是由於右傾思想以及城鄉階級鬥爭依然存在的緣故。於是，「社教運動」的廣泛開展，階級鬥爭與「反修防修」理論成爲主宰這場運動的兩大主題，導致「社會主義教育劇」的推出且很快形成了創作熱潮。這期間，柯慶施出於政治目的提出「大寫十三年」，以及毛澤東假借文藝界問題提出「兩個批示」等等，在掀起文藝界大批判的同時，儘管使現代戲創作熱潮不斷高漲，但是，造成戲劇豐產的最根本的原因還是戲劇應「社教運動」而生，直接成爲了其政治鬥爭的工具這一性質決定的。「社教運動」初期，大批戲劇工作者積極「跟風」，主動或被動下鄉、下廠、下連隊，推出一批諸如

〔註 7〕 參見陸煒：《三起三落的新中國戲劇》，《文藝爭鳴》2009 年第 5 期。

〔註 8〕 葛一虹：《中國話劇通史》，北京：文化藝術出版社 1990 年版，第 397 頁。

〔註 9〕 《中國戲曲志·北京卷》編輯委員會編：《中國戲曲志·北京卷》，北京：中國 ISBN 中心 1999 年版，第 1462～1464 頁。

〔註 10〕 陸煒：《三起三落的新中國戲劇》，《文藝爭鳴》2009 年第 5 期。

《箭杆河邊》、《年青的一代》、《千萬不要忘記》、《豐收之後》等多幕劇，是形成「社教運動」時期戲劇一直保持創作熱潮的主要原因。

應該看到，這個創作熱潮不同於 1950 年代繁榮時期的戲劇熱潮，它不是「歡歌主調」造成的，而是極左路線推行的結果。它發展到極端，戲劇創作就走向了繁榮的反面。這在「社教運動」後期，大批「英雄劇」的推出，戲劇進入新的「頌歌模式」，成為「活學活用」毛澤東思想的工具，最後孕育出「八個樣板戲」便可以看出。「八個樣板戲」的推出，「我花開時百花煞」，戲劇創作於是由繁榮轉為了凋零。

二、「社會主義教育劇」佔據了戲劇主流

在表 1 統計的 1963 年至 1965 年期間刊載、出版的 1191 個劇目中，「社會主義教育劇」佔據了大多數。以當時雜誌中刊載劇目最多的《劇本》為例，這 3 年中《劇本》共刊出劇本 171 個，其中，「社會主義教育劇」為 146 個，占 85.7%。（見表 4）作為主流期刊中刊登劇本最多、最權威的雜誌之一，在劇目選取上也是最有代表性的期刊之一。因此，本文選擇它來進行分析，並通過這種分析作出對「社會主義教育劇」劇目刊載情況的部分判斷，筆者認為是合適的。

表 4　1963～1965 年《劇本》雜誌刊載劇本情況統計表

	1963		1964		1965	
	「社教劇」	非「社教劇」	「社教劇」	非「社教劇」	「社教劇」	非「社教劇」
總數	44	7	45	14	57	4
傳統戲曲	0	4	0	0	0	0
戲曲現代戲	10	3	12	8	21	4
話劇	22	0	29	2	29	0
歌劇、歌舞劇	12	0	4	4	7	0

通過對表 4 作出分析可得出這樣幾個結論：一、「社會主義教育劇」占劇了劇目總數的絕大多數；二、傳統戲曲劇目逐年減少，1963 年有 4 個，1964 年起退出了主流戲劇創作及舞臺；三、話劇改變了之前相對弱勢地位，3 年共推出劇目 80 個，占劇目總數的 46.7%，占「社會主義教育劇」的 54.7%。

已經與戲曲現代戲「分庭抗禮」。

造成「社會主義教育劇」佔據劇目總數絕大多數的原因，是當時的社會政治原因造成的。黨的八屆十中全會以後，戲劇界如同整個社會整體偏向極左，作爲藝術的戲劇已經難有生存發展的空間。戲劇幾乎完全淪爲政治鬥爭的工具，所謂戲劇運動和戲劇思潮已被政治運動替代。「社會主義教育劇」唯有應「社教運動」才能「生」。

1963 年至於 1965 年，《劇本》刊載的非「社會主義教育劇」劇目只有25 個，且這些劇目可稱作完整意義上的非「社會主義教育劇」的，只有 4 齣傳統戲曲〔註11〕。而且這四出戲在「社教運動」之前均已成熟，有的還是傳統保留劇目，只不過《劇本》推出時，屬於劇種之間的改編而已（如《寶蓮燈》）。而在其它 21 個劇目當中，《紅燈記》、《彩虹》、《奇襲白虎團》、《瓊花》、《智取威虎山》、《江姐》、《六號門》等是因爲歷史題材等方面的原因被排斥在「社會主義教育劇」行列之外，這些戲劇傳遞出的服務於政治運動的主題，甚至比這時期許多「社會主義教育劇」更強烈，更突出。

自 1964 年起，傳統戲曲在《劇本》中不復再現，這也與當時主流意識形態借批「鬼戲」搞政治運動，與柯慶施出於政治目的提出「大寫十三年」，與毛澤東針對文藝問題提出兩個批示，與「社教運動」當時的政治背景，有著直接的聯繫。當時批「鬼戲」的理由之一是它導致「對傳統思想的迷信，對資產階級所宣傳的抽象的『人性』、『人道』、『人情』等等東西的迷信」〔註12〕，於是「鬼戲」成了政治運動的靶子，崑曲《李慧娘》被攻擊爲反黨反社會主義的「大毒草」〔註13〕，傳統戲曲被斥責爲「都是帝王將相、才子佳人，是封建主義的一套，是資產階級的一套」〔註14〕。因此，它們以一種疾速的方式退出舞臺就成了必然。而話劇這時候的「異軍突起」，一方面有傳統戲曲被打壓的原因，但主要是話劇的創作和表演方式較之戲曲來說，更易成爲政治運動的傳聲筒。1963 年 12 月 25 日，柯慶施在華東區

〔註11〕 它們分別是：七場川劇《夫妻橋》，載《劇本》1963 年第 1 期；五場粵劇《三件寶》，載《劇本》1963 年第 4 期；七場黔劇《奢香夫人》，五場河北梆子《寶蓮燈》，均載《劇本》1963 年第 10、11 期。

〔註12〕 梁璧輝：《「有鬼無害」論》，《文藝報》1963 年第 5 期。

〔註13〕 趙尋：《堅持「百花齊放，百家爭鳴」的方針，繁榮社會主義戲劇事業——中國戲劇家協會工作報告》，《中國戲曲志・北京卷》編輯委員會編：《中國戲曲志・北京卷》，中國 ISBN 中心 1992 年版，第 1583 頁。

〔註14〕 江青：《談京劇革命》，《紅旗》1967 年第 6 期。

話劇觀摩演出開幕式上就說過：「話劇比其他劇種更便於反映現實的生活和鬥爭，也比較容易爲工農兵群衆看懂聽懂，因此也是最有生命力、最有前途的一個劇種」〔註 15〕。還有一個原因，江青雖然在全國京劇現代戲匯演期間大談「京劇革命」，但眞正大刀闊斧動其筋骨是在推出「樣板戲」之時，而在這之前，許多京劇現代戲還不是「社會主義教育劇」，領「社會主義教育劇」之銜的仍然是話劇。

第二節　「社會主義教育劇」的發展過程

「社會主義教育劇」應「社教運動」而生，成爲「社教運動」所造就和使用的政治工具，這種政治工具的主要作用是爲推行左的路線和進行權力鬥爭製造輿論和尋找藉口。從這方面看，「社會主義教育劇」的發展過程仍然是圍繞著「社教運動」的兩大主題階級鬥爭和「反修防修」展開的。

一、演繹政治與創作「跟風」

在《劇本》、《草原》、《長春》等雜誌中，最早推出的「社會主義教育劇」有《遠方青年》、《白秀娥》、《第二個春天》、《奪印》、《看閨女》、《倆姐妹》、《霓虹燈下的哨兵》、《年青的一代》、《父女大搞基本田》等〔註 16〕。這些劇目有的是 1962 年 10 月以後推出的，其中影響較大的有《第二個春天》、《遠方青年》、《年青的一代》等；也有 1962 年前就以戲劇或電影形式推上舞臺、銀幕，到 1962 年 10 月份後經編改並最終定稿的，其中影響較大的有《奪印》、《霓虹燈下的哨兵》等劇目。

這些劇目都有一個共同特點，就是演繹政治，圖解黨的八屆十中全會階級鬥爭理論，它反映出劇作家們在「社教運動」時期的一種最早的創作做法及心態，即工具論觀念下的創作「配合」、「跟風」現象。據《中國戲曲志‧江蘇卷》載，揚劇《奪印》取材於 1960 年 9 月江蘇省委關於號召全體黨員學習邗江縣友王大隊黨支部書記賀文傑的通知附件——通訊《老賀到了小耿

〔註 15〕 本刊記者：《社會主義話劇藝術的花朵燦爛盛開——1963 年華東區話劇觀摩演出記要》，《戲劇報》1964 年第 1 期。

〔註 16〕 其中《遠方青年》、《白秀娥》均載於《劇本》1962 年 12 期，《第二個春天》、《霓虹燈下的哨兵》、《奪印》分別載《劇本》1963 年第 1、2、3 期，《年青的一代》載《劇本》1963 年第 8 期，《倆姐妹》載《長江文藝》1962 年第 12 月號刊，《父女大搞基本田》、《看閨女》均載《草原》1962 年 10 月號刊。

家》，通訊於 1960 年 11 月 22 日發表在《人民日報》上。揚劇《奪印》即據此改編而成，1960 年底由揚州專區揚劇團首演，之後「曾陸續演出 500 多場」。據同一通訊題材《老賀來到小耿家》創作的劇目還有揚劇《東風解凍》、錫劇《金紅梅》、通劇《好書記》。〔註 17〕可見《奪印》最早推出的時間、出臺的原因及所造成的影響。

　　但是，如前文所述，揚劇《奪印》的眞正成熟時期是在八屆十中全會之後。據揚州專區揚劇團自述，到 1963 年 4 月，該團在推出《奪印》頭兩年時間內前後演出便達到 250 多場，劇本修改 40 多次，其中大改 17 次。〔註 18〕如此頻繁地修改只能說明一個問題，該劇不僅如作者所說融入了「黨的八屆九中全會公報以及有關文件」精神〔註 19〕，而且也融入了八屆十中全會公報關於階級鬥爭的理論。這也反映了在「社教運動」初期，戲劇創作普遍存在的一種配合時政、積極「跟風」現象。

　　揚劇《奪印》雖然刊登在《劇本》1963 年第 3 期上，但在文藝界、新聞界和觀眾中引起全國性轟動的是在 1962 年 9 月於上海演出之時〔註 20〕。這之後，揚劇《奪印》不僅被多家戲曲團體的不同劇種移植上演，先後改編成歌劇、話劇、電影及多種曲藝形式，而且在當時爲戲劇虛構農村階級鬥爭圖景豎起了一支標杆，創建了一種模式，形成轟動一時的模仿現象。據《中國戲曲志・江蘇卷》記載，1963 年 3 月 8 日至 27 日，江蘇省在南京主辦省屬和市屬部分戲劇團的戲曲現代戲展覽演出，前後推出虛構農村階級鬥爭的大型劇目五個，四個劇目均是「根據《人民日報》上發表的通訊《老賀來到小耿家》改編的」〔註 21〕這其中就有《東風解凍》等劇目。揚劇《奪印》炙手可熱，隨後於 1963 年由長春市京劇團首演的京劇《五把鑰匙》，載於《劇本》1963 年第 12 期上的四場戲曲《花生種》，無論是劇情還是出場人物設置，均明顯

〔註17〕　《中國戲曲志・江蘇卷》編輯委員會編：《中國戲曲志・江蘇卷》，中國 ISBN
　　　　　中心 1992 年版，第 196 頁。
〔註18〕　揚州專區揚劇團：《創作〈奪印〉的體會》，《文藝報》1963 年第 5 期。
〔註19〕　揚州專區揚劇團：《創作〈奪印〉的體會》，《文藝報》1963 年第 5 期。
〔註20〕　當時，上海人民廣播電臺轉播了演出實況，上海電視臺播放全劇，《人民日報》、
　　　　　《光明日報》、《文匯報》、《解放日報》、《新華日報》《戲劇報》等報刊均發表
　　　　　了評論文章，劇本於 1963 年 4 月還由上海文藝出版社出版了單行本，並出版
　　　　　了連環畫、年畫，上海唱片廠還灌製唱片選段。見《中國戲曲志・江蘇卷》編
　　　　　輯委員會編《中國戲曲志・江蘇卷》，中國 ISBN 中心 1992 年版，第 196 頁。
〔註21〕　《中國戲曲志・江蘇卷》編輯委員會編：《中國戲曲志・江蘇卷》，中國 ISBN
　　　　　中心 1992 年版，第 90 頁。

有模仿揚劇《奪印》的痕迹。受揚劇《奪印》影響的，還有於 1963 年之後推出的揚劇《紅色家譜》、京劇《箭杆河邊》、話劇《珠江春曉》等一批虛構農村階級鬥爭圖景的戲劇。這些戲劇應運而生，在當時形成連鎖效應，使得同類題材戲劇創作的數量急劇增多，這與對揚劇《奪印》的模仿現象密切相關。揚劇《奪印》之所以如此受到推崇，在於它直接圖解了八屆十中全會的階級鬥爭理論，以「奪印」喻「奪權」，有效詮釋「社教運動」初期何謂路線鬥爭，正如付瑾所說「雖然將這部由幾位地方編劇寫的現代題材劇作與國家最高的權力鬥爭相比附，恐怕不是揚劇《奪印》的編劇們敢想敢做的，但是它之所以受到推廣，卻未必與此毫無關係」〔註 22〕。由此可見揚劇《奪印》造成影響的原因，是其思想主題契合了當時政治運動的需要。這從一個側面可以看出，「社教運動」初期的戲劇創作的「配合」、「跟風」以及「模仿」現象，決不是一個盲目而偶然的現象。

　　黨的八屆十中全會在賦予「社教運動」以「反修防修」主題，也說明它與階級鬥爭主題一起，同時存在於「社會主義教育劇」的創作始終。諸如話劇《霓虹燈下的哨兵》，該劇儘管是 1963 年推出的作品，但其主要創作時期卻是在 1962 年 9 月之前。它反映的主題之一，是描寫 1949 年 5 月至 1950 年 10 月，帶著硝煙進駐上海南京路的解放軍某英雄連隊，面對和平環境所進行的反腐蝕的鬥爭。戲劇的大部分情節內容，也是為反映這一主題服務。1949 年 3 月 5 日，毛澤東曾在黨的七屆二中全會提出「可能有這樣一些共產黨人」，他們是要謹防「糖衣炮彈」的侵襲和腐蝕的，因為「他們是不曾被拿槍的敵人征服過的，他們在這些敵人面前不愧英雄的稱號；但是經不起人們用糖衣裹著炮彈的攻擊，他們在糖彈面前要打敗仗」〔註 23〕。因此，《霓虹燈下的哨兵》在創作過程中，開始也主要是為了反映這一主題。不過在正式推出之前，因為黨的八屆十中全會的召開又轉換了主題，正如導演漠雁所說，為了反映階級鬥爭的長期性和複雜性，於是又融進了階級鬥爭主題內容。〔註 24〕其顯著特點之一，就是對敵鬥爭無處不在，無時不有，而陳喜等人的思想變化，

〔註 22〕付瑾：《新中國戲劇史：1949～2000》，長沙：湖南美術出版社 2000 年版，第 100 頁。

〔註 23〕毛澤東：《在中國共產黨第七屆中央委員會第二次全體會議上的報告》，《毛澤東選集》第四卷，北京：人民出版社 1967 年版，第 1376 頁。

〔註 24〕漠雁：《溫馨的回憶——〈霓虹燈下的哨兵〉生活、創作紀實》，《劇本》1990 年第 8 期。

就是對其視而不見，以及受到城市資產階級「香風」誘惑、腐蝕的結果。如同揚劇《奪印》劇作者在創作中為體驗生活主動前往農村一樣，《霓虹燈下的哨兵》也是作者深入連隊生活後創作而成。導演漠雁說他為此還同編劇沈西蒙剃了光頭，「我們所以剃光頭，背背包，登草鞋，不是擺擺樣子，而是表明了決心」。〔註25〕這也說明，在「社教運動」初期，一批「社會主義教育劇」的推出，一方面與劇作家們在創作中積極「跟風」，演繹、圖解階級鬥爭理論密不可分；另一方面他們是懷著積極主動的態度，前往農村、工廠、部隊體驗生活進行創作的，是政治上的「驅策」所致。這種「驅策」現象，直接催生了「社會主義教育劇」創作主題的形成以及劇目的大量繁衍。

黨的八屆十中全會以後，文化部針對戲劇界最先作出反應的是通過改進演出劇目進行自查，這是文藝界積極「跟風」、「驅策」的一個具體表現。當年10月10日，文化部黨組通過了《關於改進和加強劇目工作的報告》，報告指出「上演劇目不能適應當前形勢的需要。如現代劇目少，外國劇目和歷史題材劇目多，一些有毒素的劇目又重新搬上了舞臺」〔註26〕。對此，中共中央很快作出反應並於11月22日將報告批轉到全國各地〔註27〕。改進和限制傳統戲曲上演，這在客觀上為「社會主義教育劇」騰出了演出舞臺和創作空間。與此同時，各戲劇演出團體為了適應運動需要，紛紛組建演出隊前往農村演出和體驗生活，參加「社教運動」，抓農村「階級鬥爭」。正如《戲劇報》曾報導的那樣「近一個多月來，各地劇團，為支持農業，紛紛上山下鄉為農民演出」，「他們一方面幫助農村業餘劇團開展工作，一方面利用演出機會盡量和農民接觸，熟悉農村生活」〔註28〕，這可看出當時戲劇界對「社教運動」作出的積極反應的一個狀態。不僅如此，這之後不到兩個月，文化部黨組以「深入農村，為農民演出」〔註29〕的名義，就關於進一步加強直

〔註25〕漠雁：《溫馨的回憶——〈霓虹燈下的哨兵〉生活、創作紀實》，《劇本》1990年第8期。

〔註26〕《文化部黨組關於改進和加強劇目工作向中央的報告》（1962年10月10日），《中國戲曲志·北京卷》編輯委員會編《中國戲曲志·北京卷》，中國ISBN中心1992年版，第1495～1497頁。

〔註27〕《文化部貫徹執行「關於改進和加強劇目工作的報告」的通知》，《中國戲曲志·北京卷》編輯委員會編《中國戲曲志·北京卷》，中國ISBN中心1992年版，第1495頁。

〔註28〕本刊記者：《各地劇團紛紛下鄉為農民演出》，《戲劇報》1962年第12期。

〔註29〕陳樹鳴主編：《二十世紀中國文學大典》（1930～1965），上海教育出版社1994

屬藝術表演團體為農業服務的問題向中央宣傳部提出請示報告並得到批准。3 月 24 日，由文化部、全國文聯和共青團中央聯合組織首批 6 個農村文化工作隊，分赴冀、豫、魯、晉、遼、皖等地農村。〔註 30〕上行必然會引起下效，中央和文化部的這種做法，實際上是對地方文化主管部門和文藝團體的「提醒」，從 1963 年 4 月份開始，全國各地文藝團體紛紛組織文藝演出隊下鄉演出。據《中國戲曲志·江蘇卷》記載，僅江蘇省省屬劇團於 1964 年 4 月起便先後組織了十個農村演出隊，率先到蘇南和蘇北農村巡迴演出，隨後全省掀起劇團上山下鄉演出高潮，全省 215 個劇團當年在農村演出場次佔了全年的百分之五十五。〔註 31〕這其中，大多數文藝團體組隊下鄉是「硬性任務」，時任中南局第一書記的陶鑄在 1963 年年初所作《關於文藝下鄉》的報告中就明確提出「一切文藝形式都要下鄉為農村工作服務，強調特別要加強階級和階級鬥爭的觀點，通過各種形式來反映當前現實生活和鬥爭」。〔註 32〕「社教運動」時期，全國各地大多數文藝工作者都以各種不同形式參加了下鄉活動，諸如在山西，據《中國戲曲志·山西卷》記載，到 1965 年底全省有 6597 名戲劇工作者以演出或接受教育名義，參加了農村「社教運動」，佔了全省戲劇工作者的 84.1%。〔註 33〕

　　對戲劇工作者來說，「文藝下鄉」雖然準確地說是下放農村參加「社教運動」，但在客觀上推出了一批「社會主義教育劇」劇目。諸如話劇《李雙雙》，這齣戲是中國青年藝術劇院根據李準的小說改編的。這之前，小說已改編成電影並於 1962 年公映。1963 年 4 月份，中國青年藝術劇院組成農村演出隊下鄉來到河南商丘，在四個多月的下鄉演出過程中，改編、排練成了話劇《李雙雙》。〔註 34〕無疑，話劇《李雙雙》是北京青藝演出隊下鄉的結果，這種現

　　　　年版，第 791 頁。

〔註 30〕陳樹鳴主編：《二十世紀中國文學大典》（1930～1965），上海教育出版社 1994
　　　　年版，第 792 頁。

〔註 31〕《中國戲曲志·江蘇卷》編輯委員會編：《中國戲曲志·江蘇卷》，中國 ISBN
　　　　中心 1992 年版，第 35 頁。

〔註 32〕陶鑄：《關於文藝下鄉——1963 年 3 月 9 日在廣東省、廣州市文藝界集會上的
　　　　講話》，《戲劇報》1963 年第 4 期。

〔註 33〕中國戲曲志編輯委員會編：《中國戲曲志·山西卷》，北京：文化藝術出版社
　　　　1990 年版，第 63 頁。

〔註 34〕黃維均：《生活土壤裏開放出來的鮮花——記青藝農村演出隊排演話劇〈李雙
　　　　雙〉的過程》，《戲劇報》1963 年第 12 期。

象在當時較為普遍。劇作家劉厚明就坦陳《箭杆河邊》、《山村姐妹》是他於
1963年4月,隨北京文工隊下鄉演出一年當中撰寫的,他說這個創作過程「就
是我在貧下中農當中,在具有『敢叫日月換新天』的革命抱負的青年社員當
中,受教育的過程」。〔註35〕1963年底,華東區話劇觀摩演出共推出十三個多
幕劇和七個獨幕劇,被認為都是編、導、演當年「深入工廠、農村和部隊,
到工農兵群眾中去,參加火熱的鬥爭生活」的產物〔註36〕。這其中,由福建
省話劇團推出的《龍江頌》,是該團當年下鄉到福建省龍海縣榜山公社等地後
創作而成;而由山東話劇團推出《豐收之後》,也是該團下鄉後創作而成。《豐
收之後》主創人員曾到棲霞縣桃村、楊礎等公社與社員一起生活,還訪問了
當地優秀的女支部書記和其他先進人物。〔註37〕1963年11月份,為檢驗「文
藝下鄉」成果,廣東省舉辦了為期三周的「支持農業優秀劇目」彙報演出,
粵劇、潮劇等8個劇種25個劇團演出了30個劇目,其中現代戲有27個。這
些現代戲大部分也是下鄉期間改編、新創劇目。〔註38〕

　　但是,「社教運動」初期,造成「社會主義教育劇」劇目繁盛且形成其
創作主流的,不是戲劇工作者這種被動的跟風式的下鄉的結果,而是他們帶
有明顯的創作目的,以先入的階級鬥爭理念去尋找能與之對號入座的創作題
材,懷揣著積極創作和主動「跟風」心理進廠、下鄉、下部隊(主要是下鄉)
進行「體驗生活」的原因造成的。不惟《奪印》、《霓虹燈下的哨兵》、《箭杆
河邊》、《山村姐妹》如此,話劇《千萬不要忘記》、《南海長城》〔註39〕等
一批「社會主義教育劇」也是在這種創作狀態和心態下先後推出的。《南海
長城》原本是一齣殲滅臺灣武裝特務的戲,但劇作家趙寰卻把這齣戲寫成
敵我矛盾和人民內部矛盾相糾葛鬥爭的戲。他在談到《南海長城》創作體
會時,說《霓虹燈下的哨兵》給了他創作示範,打開了他「閉塞的思路和

〔註35〕劉厚明:《在群眾中學習和鍛鍊——下鄉一年雜感》,《戲劇報》1964年第4期。
〔註36〕《社會主義話劇藝術的花朵燦爛盛開——1963年華東區話劇觀摩演出記
　　　　要》,《戲劇報》1964年第1期。
〔註37〕《社會主義話劇藝術的花朵燦爛盛開——1963年華東區話劇觀摩演出記
　　　　要》,《戲劇報》1964年第1期。
〔註38〕韋啓玄:《廣東戲劇戰線上的一次豐收——廣東省1963年支持農業優秀劇目
　　　　彙報演出觀摩散記》,《戲劇報》1964年第1期。
〔註39〕《箭杆河邊》:三場話劇,劉厚明著,載《北京文藝》1963年第10期;《南海
　　　　長城》:五場話劇,趙寰著,載《劇本》1964年第4期;《祝你健康》:四幕五
　　　　場話劇,叢深著,載《劇本》1963年第10、11期,後改名《千萬不要忘記》;
　　　　《山村姐妹》,四幕話劇,劉厚明著,載《人民文學》1964年第12期。

視野」〔註 40〕。類似這種受到「創作示範」影響推出的，還有話劇《李雙雙》、《龍江頌》、《豐收之後》、《青松嶺》等一批戲劇，這些戲劇基本上囊括了那段時期的「社會主義教育劇」的代表性劇目，構成了那段時期戲劇創作的主流。

「做共產主義新人」（又稱「做社會主義新人」）是「社會主義教育劇」的主題之一，它的推出除主要爲服務「社教運動」的性質決定外，也與「大寫十三年」風靡一時密切相關。1962 年 12 月 21 日，毛澤東在同華東省、市黨委書記的談話中，隱晦地對戲劇界作出了批評「對修正主義有辦法沒有？要有一些人專門研究。宣傳部門應多讀點書，也包括看戲」，他同時批評戲劇「帝王將相、才子佳人多起來，有點西風壓倒東風」，提出「東風要佔優勢」。〔註 41〕對此，柯慶施心領神會並迅速作出反映，於 1963 年元旦假借「舊社會只能培養人們自己爲自己的自私自利思想，社會主義、集體主義思想只有在社會主義革命成功以後才能開始樹立」這一說法，在上海部分文藝工作者座談會上提出「大寫十三年」的口號，〔註 42〕要求文藝創作必須反映建國十三年的生活，強調只有寫這期間的生活才是社會主義的文藝。儘管這個口號的提出是出於政治運動的需要，但是它的提出卻推動了 1962～1965 年戲劇的創作，成了影響「社會主義教育劇」劇目繁盛的一個重要因素。

如果說「大寫十三年」的口號提出，在將政治運動導入文藝領域，那麼自 1963 年下半年起，毛澤東多次對戲劇界提出批評，則使這場政治運動在文藝界風起雲湧，浪濤翻滾。9 月 27 日，他在中央工作會議上指出「戲曲要推陳出新，要推社會主義之新，不應推陳出陳，光唱帝王將相，才子佳人和他們的丫頭、保鏢之類」；〔註 43〕同年 11 月，他批評《戲劇報》和文化部「盡宣傳牛鬼蛇神」、「不管文化，封建的、帝王將相的、才子佳人的東西很多」；〔註 44〕緊接著，毛澤東又對文藝界作出「兩個批示」〔註 45〕，在短短半年多

〔註 40〕 趙寰：《聽黨的話，深入生活──〈南海長城〉創作體會》，《戲劇報》1964 年第 4 期。

〔註 41〕 薄一波：《若干重大決策與事件的回顧》，北京：中共中央黨校出版社 1993 年版，第 1225～1226 頁。

〔註 42〕 參見陳樹鳴主編：《二十世紀中國文學大典》（1930～1965），上海教育出版社 1994 年版，第 791 頁。

〔註 43〕 《中國戲曲志・北京卷》編輯委員會編：《中國戲曲志・北京卷》，中國 ISBN 中心 1992 年版，第 109 頁。

〔註 44〕 《中國戲曲志・北京卷》編輯委員會編：《中國戲曲志・北京卷》，中國 ISBN

時間內，毛澤東多次針對戲劇作出批示，也喻示著這場運動的急速、難擋。
毛澤東作出「兩個批示」不久，地方政府、戲劇團體聞風而動作出響應，把
編演現代戲當作一項政治任務來抓，於是新一輪編演現代戲運動迅速掀起。
據《中國戲曲志·山西卷》記載，山西省文化局在 1963 年底為「趕帝王將相
下舞臺」，全省各地不斷舉辦現代戲會演，推出《社長的女兒》、《汾水長流》、
《柳樹坪》等戲劇並使之成為當時的流行劇目。與此同時，全省各劇團先後
封存了傳統戲戲箱，以表示與「封、資、修」和決裂，傳統戲自此在舞臺上
絕迹。〔註46〕1964 年 3 月，廣東省委負責人明確指出：今後文藝工作者的主
攻方向是寫現代，演現代，唱現代，文藝必須為社會主義經濟基礎服務，文
藝工作者要堅定地走革命化道路。1965 年初，陶鑄對中南五省戲劇界觀摩學
習京劇《紅燈記》的代表講話時指出：「對傳統節目，要排排隊，好的保留起
來，還是可以演，只是暫時不要演。現在就是要大家都編革命現代戲，都演
革命現代戲，提倡大家都看革命現代戲。」據《中國戲曲志·廣東卷》記載，
從此，傳統戲和新編歷史劇在廣東被全部「趕下」了舞臺。〔註47〕

中心 1992 年版，第 110 頁。

〔註45〕 1963 年 12 月 12 日，中宣部編印了一份《文藝情況彙報》登載了《柯慶施同
志抓曲藝工作》的文章。毛澤東看後寫了以下批語：「各種藝術形式——戲劇、
曲藝、音樂、美術、舞蹈、電影、詩和文學等等，問題不少，人數很多，社
會主義改造在許多部門中，至今收效甚微。許多部門至今還是『死人』統治
著。不能低估電影、新詩、民歌、美術、小說的成績，但其中的問題也不少。
至於戲劇等部門，問題就更大了。社會經濟基礎已經改變了，為這個基礎服
務的上層建築之一的藝術部門，至今還是大問題。這需要從調查研究著手，
認真地抓起來」，「許多共產黨人熱心提倡封建主義和資本主義的藝術，卻不
熱心提倡社會主義的藝術，豈非咄咄怪事」。1964 年 6 月 27 日，針對中宣部
所作《關於全國文聯和各協會整風情況的報告》，毛澤東作出關於文藝問題的
第二個批示：「這些協會和他們所掌握的刊物的大多數（據說有少數幾個好
的），十五年來，基本上（不是一切人）不執行黨的政策，做官當老爺，不去
接近工農兵，不去反映社會主義的革命和建設。最近幾年，竟然跌到了修正
主義的邊緣。如不認真改造，勢必在將來的某一天，要變成像匈牙利裴多菲
俱樂部那樣的團體。」〔毛澤東《關於文藝工作的批語》，《建國以來毛澤東文
稿》（1962 年 1 月～1963 年 12 月），北京：中央文獻出版社，第 436～437 頁；
《對中宣部關於全國文聯和各協會整風情況的報告的批語》，《建國以來毛澤
東文稿》（1964 年 1 月～1965 年 12 月），北京：中央文獻出版社，第 91 頁。〕

〔註46〕 參見中國戲曲志編輯委員會編：《中國戲曲志·山西卷》，北京：文化藝術出
版社 1990 年版，第 29、61 頁。

〔註47〕 《中國戲曲志·廣東卷》編輯委員會編：《中國戲曲志·廣東卷》，中國 ISBN
中心 1993 年版，第 30 頁。

　　應該看到，毛澤東的「兩個批示」與柯慶施的「大寫十三年」，以及全國各地出現的編演現代戲熱潮，對「社會主義教育劇」的創作起到了政治上的「驅策」作用，這主要體現在兩個方面：一是隨之掀起的文藝會演高潮；二是推動「社會主義新人」等主題戲劇的創作。自 1963 年底華東區話劇觀摩演出開始，到 1965 年各大區和省市先後舉辦的以戲曲現代戲爲主體的文藝匯演結束，這些會演上演的現代戲，大部分是「社會主義教育劇」。這其中，1963年華東區話劇觀摩演出，1964 年空軍首屆話劇、歌劇會演，1965 年西北地區現代戲觀摩演出、華北地區話劇和歌舞觀摩演出、中南區戲劇觀摩演出、西南區話劇和地方戲觀摩演出等均是以話劇爲主體推出的現代戲匯演，它們演出的劇目絕大多數是「社會主義教育劇」。如華東區話劇觀摩演出，所推出的13 個多幕劇和 7 個獨幕劇全部爲「社會主義教育劇」。以京劇現代戲爲主體推出的文藝會演一部分爲革命歷史題材劇目，這些劇目反映了土地革命、抗日戰爭、解放戰爭時期多個歷史階段的鬥爭生活，但是反映建國後題材的劇目仍占主流。這其中的 1964 年全國京劇現代戲觀摩演出是個特例，會演推出劇目 35 個，只有《箭杆河邊》、《耕耘初記》、《櫃檯》、《李雙雙》等 15 個劇目是「社會主義教育劇」，其餘均爲革命歷史題材的劇目。但是，各大區和各省市先後推出的以京劇現代戲爲主體的文藝匯演中，「社會主義教育劇」劇目仍佔據了主流。據《文藝報》報導，五個大區在 1965 年 1 月至 7 月相繼舉辦的六次大規模觀摩演出，共演出大小劇目二百多個，這些戲「反映社會主義革命和社會主義建設的劇目占大多數」〔註48〕。1964 年 7 月至 8 月間，甘肅省於蘭州舉行了現代戲觀摩演出，共推出 11 個劇種 29 個劇目，全部反映的是各族人民「在階級鬥爭、生產鬥爭、科學實驗三大革命運動中新的精神面貌」的題材。〔註49〕這種現象說明，全國各地大規模頻繁推出的文藝匯演，對戲劇創作來說是一個「風向標」，它在實際上已推動了「社會主義教育劇」的創作熱潮的形成。

　　但是，「大寫十三年」等最終導向的卻是一場有目的政治運動。當毛澤東作出「兩個批示」，全國各地紛紛編演現代戲的同時，伴隨著的是對戲曲《李慧娘》、電影《北國江南》、《早春二月》等戲劇、電影的批判。這種批判很快演進到一場文藝大批判運動，一大批文藝界的領導幹部和代表人物，如齊燕

〔註48〕 本刊評論員：《日新月異的戲劇舞臺》，《文藝報》1965 年第 8 期。
〔註49〕 《江蘇、甘肅省舉行現代戲觀摩演出大會》，《戲劇報》1964 年第 8 期。

銘、夏衍、邵荃麟、陽翰笙、田漢、徐光霄、徐平羽、陳荒煤等受到批判，且大都被審查後下放到農村「勞動鍛鍊」。隨後，這場大批判運動又很快擴展到哲學、經濟學等社會科學領域。到了 1965 年 11 月，姚文元推出《評新編歷史劇〈海瑞罷官〉》，以及 1966 年 2 月毛澤東授意江青炮製、并親自審閱修改的《林彪同志委託江青同志召開的部隊文藝工作座談會紀要》（簡稱《紀要》）出籠，一條通過文藝領域的批判導向政治領域鬥爭的線索浮出水面，目標直接指向了「文革」。這其中，《紀要》的主要內容是對「十七年」文藝全盤予以否定，說建國以來文藝界「被一條與毛主席思想相對立的反黨反社會主義的黑線專了我們的政，這條黑線就是資產階級的文藝思想、現代修正主義的文藝思想和所謂三十年代文藝的結合」〔註 50〕。從《紀要》可以看出，毛澤東對「社教運動」時期的戲劇是一直不滿的，戲劇界最終從根本上被否定和整肅〔註 51〕。這也可以看出全國各地政府部門和文藝團體聞風而動，大力抓現代戲做法的滑稽，也顯示出「社會主義教育劇」創作本身處境的尷尬，即：一方面「做社會主義新人」等主題的「社會主義教育劇」仍大批出籠，另一方面戲劇創作已實際進入了劫亂時期。

由是觀之，「社會主義教育劇」創作過程是與一場有目的的政治運動密切相關的，它的創作熱潮的形成既是這場運動進程的必然反映，同時也與以下三種文化現象密不可分：一是政治上的驅策現象。它包括一系列的文件要求反映階級鬥爭，甚至文藝團體下鄉參加「社教運動」；「大寫十三年」口號的提出；學習雷鋒運動的發起；毛澤東的「兩個批示」，等等。如此密集的驅策現象，在以往的文藝配合政治的活動中沒有見過。二是工具論觀念下的「配合」、「跟風」現象。三是文藝界對代表作品的模仿現象。

二、「社會主義教育劇」的三個創作階段

一是積極「跟風」階段。本文認為這段時間主要在 1962 年底。毛澤東

〔註 50〕 《林彪同志委託江青同志召開的部隊文藝工作座談會紀要》，《紅旗》1967 年第 9 期。
〔註 51〕 在貫徹和執行《紀要》過程中，大批作品被打成「毒草」，大批作家、藝術家被打成「黑線人物」、「牛鬼蛇神」，文藝單位被「徹底砸爛」，文藝工作者被「重新組織階級隊伍」。全國九十萬文藝工作者下放農村，名為「參加三大革命運動」，實為進行清洗和實行「全面專政」。見葛一虹《中國話劇通史》，北京：文化藝術出版社 2001 年版，第 447 頁。

在黨的八屆十中全會重提階級鬥爭理論，戲劇工作者作出反映推出一批虛構城鄉階級鬥爭圖景與「反修防修」主題的劇目，與此同時，大批戲劇工作者主動「跟風」或迫於形勢壓力送戲下鄉、下廠、下連隊，以先入的階級鬥爭理念創作和演出一批「社會主義教育劇」，話劇《李雙雙》、京劇《箭杆河邊》等戲劇就是這樣被推出的。這時期，話劇《霓虹燈下的哨兵》、《年青的一代》、《千萬不要忘記》、《豐收之後》，揚劇《奪印》等戲劇的上演受到推崇，客觀上造成了「社會主義教育劇」創作熱的形成。另外，一些獨幕話劇、小戲曲等也受到「社教運動」及多幕劇創作的影響而大批推出，造成了這個階段劇本數量的回升。

二是編演現代戲形成創作熱潮階段。毛澤東出於政治目的發動了對文藝領域的大批判，從柯慶施提出「大寫十三年」，到大批「鬼戲」和對文藝界作出「兩個批示」，造成了地方政府和文藝團體大演大編現代戲的熱潮。本文認為，這個熱潮以一輪又一輪的在全國各地舉辦的規模盛大的話劇和戲曲現代戲會演為標誌，在 1963 年底已經形成高潮。這期間，為「大寫十三年」所編演的現代戲絕大部分是「社會主義教育劇」，這也造成了 1962～1965 年戲劇劇目的驟長。

三是政治高壓催生戲劇運動階段。1964 年全國京劇現代戲觀摩會演以後，以京劇為主體的現代戲觀摩演出活動便成為各省市經常性的課題。1965年對全國現代戲匯演來說是重要年份，1 月至 8 月各大區和大部分省市相繼舉辦了以京劇為主體的現代戲觀摩演出活動。〔註 52〕這期間，農村、工廠、部隊業餘戲劇創作十分活躍，業餘演出團體紛紛成立，造成了現代戲劇目的大量衍生。1964 年 5 月 24 日，《西藏日報》以《進一步促進翻身農奴業餘文藝活動的繁榮和發展》為題，報導了西藏地區舉行第一屆群眾業餘文藝觀摩演出會。1964 年 12 月 12 日，《文匯報》報導了上海郊區業餘戲劇創作隊伍已逾

〔註 52〕5 月 20 日，東北區京劇現代戲觀摩演出在瀋陽開幕，演出共四輪，歷時 30 餘天，17 個京劇團共上演了京劇現代劇目 27 個；5 月 25 日至 6 月 25 日，華東七省市分別組團參加觀摩演出，一共上演了 24 個劇目；7 月 3 日 21 日，華北區京劇現代戲觀摩演出會在太原舉行，12 個演出團體共上演劇目 13 個；7 月 1日至 8 月 15 日，中南區戲劇觀摩演出在廣州舉行，44 個表演團體參加演出，演出分為七輪，共上演了包括 9 個劇種的 51 個劇目；7 月 16 日至 8 月 16 日，西北地區現代戲演出大會在蘭州舉辦，22 個演出團體共上演劇目 35 個。參見馬少波主編《中國京劇史》（下卷第一分冊），北京：中國戲劇出版社 2000 年版，第 367～383 頁。

千人，超過以往兩倍多的新聞。1965 年 3 月 10 日，《解放日報》以《山東三齣小喜劇熱情贊新人——〈兩壠地〉〈競賽〉〈送豬記〉昨起公演》為題報導了業餘作者勤奮於戲劇創作的事迹。表面看來，1964 年底至 1965 年有許多戲劇匯演，演出呈現出一派繁榮熱鬧的景象，但「社會主義教育劇」的創作高潮已過，已是延續階段。

第三節　「社會主義教育劇」的創作主題與代表作

一、前所未有的「三大主題」

關於創作主題，本文已在緒論中作過論述。本文認為它主要體現在三個方面：（1）描繪驚人的階級鬥爭圖景。「社會主義教育劇」執行了一貫以來為政治服務的原則，但比以往的創作又有所不同，因為社會主義教育運動是一場推行左的路線的權力鬥爭運動。「社會主義教育劇」為此服務，就參與了虛構社會階級鬥爭圖景的過程，起到了惡劣的政治作用。（2）以「反修防修」的名義清除「個人主義」。「社會主義教育劇」在「反修防修」的旗幟下，進行了對所謂「個人主義」的批判，結果是否定個人追求幸福的基本權利，把長期以來文藝創作中的「非人化」推進到了最嚴重的程度。（3）「做共產主義新人」。「社會主義教育劇」宣揚的做共產主義新人的理想，從創作實踐到文化理想都帶有虛假的性質，它形成了一種極左文化。

「社會主義教育劇」的創作主題是由「社教運動」的政治背景決定的。八屆十中全會後隨即在全國開展了「社教運動」，這是個自下而上為了權力鬥爭展開的運動，「千萬不要忘記階級鬥爭」口號的提出，實際上是對「大躍進」導致三年災難的原因提出了新的解釋：不是由於極左，而是由於右傾；不是由於冒進，而是由於階級鬥爭搞得不徹底。因為這個背景，「社會主義教育劇」主題始終拘囿於為權力鬥爭服務的範圍。對此，賈霽曾撰文指出：「如何正確對待個人和集體、小集體和大集體、集體和國家之間的關係；如何克服困難，鞏固集體經濟；如何保持革命傳統，永葆青春；如何克服和戰勝舊的習慣勢力，抵制和的打垮資產階級的侵襲；青年人如何鍛鍊改造，成為新戰士、新農民、新店員；以及如何自力更生、奮發圖強、展開比學趕幫的社會主義競賽等等。這些，都是我們當前社會生活中帶有普遍性的實際問題，是我們社

會主義社會所特有的，也大都是我們這個時代階級鬥爭的表現。我們社會主義文學藝術應該以全力反映這些主題」。〔註53〕按照這一思路，既要在城鄉清查「暗藏的階級敵人」；又要在「反修防修」的旗幟下，進行對所謂「個人主義」的批判；還要在整個社會進行社會主義思想教育，宣揚做所謂「共產主義新人」等極左文化，等等，是形成「社會主義教育劇」的創作主題的根本原因。

1950年代，戲劇創作尤其是話劇創作在絕大部分時期是「歡歌主調」。建國初期，這個「歡歌主調」大都以歌頌革命戰爭和民主革命的勝利作為優先話題。在這種創作語境下，階級鬥爭常常在一批歌頌革命戰爭題材的作品中出現，諸如《萬水千山》、《紅色風暴》、《戰鬥裏成長》等話劇，或謳歌紅軍長征途中艱苦卓絕的戰鬥生活，或紀念「二七」大罷工的鐵路工人與反動軍閥的鬥爭衝突，或描寫農民階級對封建統治壓迫的反抗，等等。這種創作現象一直延續到1960年前後，不僅這類戲劇未見有將虛構城鄉敵對鬥爭圖景作為創作主題的，其他戲劇也未曾見到。而在一批描寫人民內部矛盾的題材作品中，即便是《洞簫橫吹》、《同甘共苦》等「第四種劇本」，也未見有將人民內部矛盾處理或拔高為階級鬥爭現象的。

在「社會主義教育劇」中，以「反修防修」的名義清除「個人主義」、「做共產主義新人」兩大創作主題是與嚴重非人化聯繫在一起的。1950年代描寫新生活的戲劇，雖然是以「讚揚」作為創作基調，但是相當一部分作品非人化現象尚不明顯。建國初期推出一批戲劇，如《紅旗歌》、《劉蓮英》、《婦女代表》、《新局長到來之前》等戲劇中的人物，因作品注重人物性格刻畫和反映真實生活，他們的個性沒有並未被刻意消除掉。1950年前後，話劇《紅旗歌》的上演還曾引起爭議，爭議的焦點是劇中主人公馬芬姐曾是個「落後分子」。這個在舊社會受過壓迫欺辱的普通紡織女工，進入新社會一開始對工廠還抱有對立情緒，經常曠工、偷懶，甚至把廢品扔到別人車斗裏，後來經過教育、幫助才轉變了思想。有人認為，「落後和轉變人物有損於工人階級的形象」。〔註54〕但周揚卻維護這個戲，他認為「紅旗歌是一個好劇本」〔註55〕。這說明建國初期戲劇主人公的非人化現象尚不明顯。這種現象一

〔註53〕貫霽：《新人新事新主題──談1963年話劇創作的幾點收穫》，《戲劇報》1964年第2期。

〔註54〕葛一虹主編：《中國話劇通史》，北京：文化藝術出版社2001年版，第348頁。

〔註55〕周揚：《論〈紅旗歌〉》，《文藝報》1950年第2卷第4期。

直延續到了反右派運動之前，儘管這期間隨著「三大改造」等運動的開展，左的文化思潮在逐步蔓延，但非人化現象在這階段還未有質的改變，以至於1956、1957 年間，陸續出現了《布穀鳥又叫了》等寫「第三種人」的作品。非人化的真正升級的是在反右派運動開展之後，「大躍進」時期創作的戲劇絕大多數均成為了簡單圖解政治理念的傳聲筒，如話劇《烈火紅心》、《共產主義凱歌》等。它們儘管都帶有明顯的左的思潮的烙印，但這種「烙印」主要還是「歡歌主調」所致，階級鬥爭、「反修防修」政治理念並未滲入其中形成創作主題，戲劇人物非人化現象也不能用「嚴重」二字概括。諸如《枯木逢春》、《槐樹莊》等話劇，話劇《槐樹莊》以被譽為「子弟兵的母親」戎冠秀的真人真事為素材，刻畫出的郭大娘的形象處處可見戎冠秀的影子。以致有人撰文批評郭大娘這個人物形象缺少「革命理想」、「應該具有的先進的理想寫得不夠」，〔註56〕但正因為如此，這個階段的戲劇人物個性仍然存在，也未完全成為政治理念的詮釋者和承載者。1961 年至 1962 年 9 月，雖然有揚劇《奪印》、豫劇《李雙雙》那樣的作品問世，但這些戲劇並未構成那段時間的戲劇創作主流，而且這些戲劇思想主題是在黨的八屆十中全會之後才成熟起來的。

因此，本文認為，上述「社會主義教育劇」的三大創作主題是前所未有的，因為它們的存在，一種極左文化也由此形成。

二、劇目範圍與代表作

（一）「社會主義教育劇」的劇目範圍

關於「社會主義教育劇」的創作起止時間，《中國當代戲劇史綱》以 1962 年 9 月為起始時間〔註57〕，《戲劇與時代》以 1962 年至 1965 年為起止時間〔註58〕，《中國當代戲劇史稿》起始時間為 1963 年前後〔註59〕。三者的提法角度不同，各有千秋。《中國當代戲劇史綱》是以 1962 年 9 月黨的八屆十中全會召開時間界定的，認為會議召開之時，「社教運動」隨即展開，「社會

〔註56〕陽翰生：《〈槐樹莊〉和〈東進序曲〉觀後》，《戲劇報》1959 年第 14 期。

〔註57〕王新民：《中國當代戲劇史綱》，北京：社會科學文獻出版社 1997 年版，第 195～198 頁。

〔註58〕董健：《戲劇與時代》，北京：人民文學出版社 2004 年版，第 95 頁。

〔註59〕董健、胡星亮主編：《中國當代戲劇史稿》，北京：中國戲劇出版社 2008 年版，第 25 頁。

主義教育劇」隨之出現。《戲劇與時代》、《中國當代戲劇史綱》均從劇本創作的角度進行劃分，《霓虹燈下的哨兵》、《第二個春天》、《千萬不要忘記》等劇本雖然是 1963 年前後推出，但這些劇本的創作在 1962 年底就基本完成。而「社會主義教育劇」的終止時間，應以「社教運動」的終止時間爲準，「社教運動「的終止時間應在「文革」啓動之時。表面上看，「文革」啓動是在《五·一六通知》〔註 60〕之後，其實不然，本文認爲應以姚文元《評新編歷史劇〈海瑞罷官〉》的推出時間爲準。該文的發表，使文藝領域的批判轉入了政治領域，《中國當代戲劇史稿》認爲它「既是社會政治『文革』的準備，也是文藝領域『文革』的重要步驟」〔註 61〕。《評新編歷史劇〈海瑞罷官〉》於 1965 年 11 月 10 日發表在《解放日報》上，但眞正造成影響的是 1965 年 11 月 30 日《人民日報》轉發該文之後。因此，本文認爲「社會主義教育劇」創作的終止時間定在 1965 年 12 月，是合適的。儘管這之後到《五·一六通知》之前，不乏「社會主義教育劇」見諸各期刊雜誌，但它們的創作主體大部分在 1965 年 12 月之前已經完成。以《劇本》雜誌爲例。《劇本》1966 年僅刊載《朝陽》、兩個話劇劇本，均是 1965 年創作完成的。五幕六場話劇《朝陽》儘管遲至 1966 年刊登在《劇本》當年第 1 期上，但在 1965 年底便由廣西話劇團推上了舞臺〔註 62〕，並且刊登在《廣西文藝》1965 年第 11 期上。《初升的太陽》則刊登在《劇本》1966 年第 2 期上，該劇爲大慶職工家屬集體討論、孫維世執筆編劇而成，完成於孫維世在「社教運動」時期下放大慶生活期間，1965 年冬便搬上了戲劇舞臺〔註 63〕。因此，這齣戲同《朝陽》一樣，均是 1965 年期間完成的作品。它們雖然於 1966 年在期刊雜誌推出，但創作時間卻在 1966 年之前，仍在「社教運動」時期。從另一方面看，在國內主流期刊中刊載劇目最多的《劇本》雜誌，在 1966 年僅

〔註 60〕 即《中國共產黨中央委員會通知》（1966 年 5 月 16 日），見《紅旗》1967 年第 7 期。《「五·一六」通知》宣佈撤銷《二月提綱》，撤銷原來的「文化革命五人小組」及其辦事機構，指出「二月提綱」「模糊了當前文化思想戰線上的尖銳的階級鬥爭，特別是模糊了這場鬥爭的目的是對吳晗及其他一大批反黨反社會主義的資產階級人物的批判」。

〔註 61〕 董健、胡星亮主編：《中國當代戲劇史稿》，北京：中國戲劇出版社 2008 年版，第 17 頁。

〔註 62〕 劉孝文、梁思睿編纂：《1949～1984：中國上演話劇劇目綜覽》，成都：巴蜀書社 2002 年版，第 719 頁。

〔註 63〕 大慶職工、家屬集體討論，孫維世編劇：《初升的太陽》，北京：人民文學出版社 1977 年版，第 1 頁。

刊出兩個話劇劇本，也說明當年戲劇創作的衰微，也是「社會主義教育劇」創作的衰微；尤其在《五‧一六通知》之後，期刊雜誌推出新創劇本少之又少，據《中國當代戲劇總目提要》〔註64〕對 390 種大陸主要期刊進行劇目統計，1966 年共刊載劇本 105 個，全部爲上半年推出劇目。因此，本文綜合上述提法，將「社會主義教育劇」的起始時間界定爲 1962 年 10 月至 1965 年 12 月。

戲劇的創作時間在一定程度上圈定了劇目範圍，因此，本文研究的「社會主義教育劇」劇目，必須滿足兩個條件：一是發表時間必須在 1962 年 10 月至 1965 年 12 月；二是創作主題應反映階級鬥爭、「反修防修」等「社教運動」主題。也就是說，納入本文研究的「社會主義教育劇」範圍的戲劇，應有爲「社教運動」服務的背景，受創作時間、創作主題兩方面的限制，二者不可缺一。

時間範圍易於劃定，能否算作「社會主義教育劇」，主要區分還在於戲劇的創作主題及其思想內容上，「社教運動」時期的戲劇創作（傳統戲不論）幾乎無不受到上述「社會主義教育劇」三大主題的影響。本文以爲，以「三大主題」作爲能否算作「社會主義教育劇」劇目的主要標準，不失爲合適的的選擇。本文以此爲準，這樣可以作出以下三種判斷：第一種，在「社教運動」時期內創作的戲劇劇目，表現上述「三大主題」的，無疑應算作「社會主義教育劇」；第二種，在「社教運動」之前創作（甚至有過發表）的戲劇劇目，但在這個時期作了重大修改，以表現上述「三大主題」再推出的劇目，諸如揚劇《奪印》、話劇《李雙雙》等，應算作「社會主義教育劇」；第三種，儘管戲劇主題受到了上述「三大主題」的影響，但基本主題未能反映上述「三大主題」的，不應納入「社會主義教育劇」劇目範圍，諸如京劇《紅燈記》、《杜鵑山》、《節振國》等劇目。

因爲上述判斷，在「社教運動」時期創作的新編古代戲和反映歷史題材的戲曲現代戲便首先排斥在了「社會主義教育劇」行列之外。新編古代戲以描寫歷史上古代人物、民間傳說、神話故事，以及其他古代生活題材爲主要內容，它與反映歷史題材的戲曲現代戲均屬非現實題材作品，基本主題未能

〔註64〕《中國當代戲劇總目提要》爲國家社科項目（03BZW047）和教育部人文社會科學重點研究基地項目（07JJD751082），該書已完成劇目輯錄工作，目前已進入撰寫階段。

卻反映出上述「社會主義教育劇」的「三大主題」。在「社教運動」期間，戲曲現代戲完全取代新編古代戲，新編古代戲創作在此階段逐漸「銷聲匿迹」。如果說，在這之前的 1960 至 1962 年，《謝瑤環》、《膽劍篇》、《穆桂英比箭》、《李慧娘》等積極謳歌、反映宏大敘事主題的新編古代戲劇本還能夠散見於各期刊雜誌且被搬上舞臺，那麼到了 1963 至 1965 年，這些劇目不僅逐漸在戲劇舞臺上銷聲匿迹，而且在《劇本》等主流期刊雜誌中也不復再現。在納入「社會主義教育劇」的戲曲現代戲中，反映上述「三大主題」的戲劇如揚劇《奪印》、京劇《苗嶺風雷》、京劇《越海插旗》、活報劇《絞死你，美國佬》等，它們被納入「社會主義教育劇」劇目範圍不容置疑，但同期推出的反映歷史題材的戲曲現代戲，諸如《紅燈記》、《杜鵑山》等卻不能系列其中〔註 65〕。二者儘管均在「社教運動」時期推出，但是它們反映的是革命歷史題材，這些劇目儘管受到了「社會主義教育劇」的「三大主題」的影響，構成了「革命的頌歌」〔註 66〕模式，但基本主題卻以歌頌人民革命戰爭，歌頌民主革命的勝利為主。1964 年前後全國紛紛舉行戲曲會演，推出了《紅燈記》等一批寫革命歷史題材的質量較高的現代戲劇目，但這類劇目除《紅燈記》、《龍江頌》、《磐石灣》外，其餘並非 1962 年 10 月以後創作推出的作品，而是建國以來至 1962 年 9 月這段時間創作的比較好的革命歷史題材作品，因此，它們均被排除在本文研究的「社會主義教育劇」的範圍之外。此類戲曲現代戲創作，還有京劇《奇襲白虎團》、滬劇《蘆蕩火種》等作品，儘管它們是在「社教運動」時期創作的，但因為創作主題的原因，均不能被稱作「社會主義教育劇」。以此對「文革」期間先後推出的兩批的「樣板戲」作出甄別，儘管它們大部分是根據「社教運動」時期發展成熟的戲曲現代戲改編而成的，但它們當中的大多數是作為革命歷史題材推出的，創作主題均非反映「社教運動」主題，因此，這類「樣板戲」也不屬於「社會主義教育劇」。

　　大型京劇《節振國》是在《劇本》1964 年第 7 期推出的。該劇雖然為適應「社教運動」需要，將曾經的游擊抗戰英雄節振國故事改為領導礦山工人對敵鬥爭，但因為戲劇是抗戰題材，故不能算作「社會主義教育劇」。而一批

〔註 65〕　《紅燈記》：十一場京劇，翁偶虹、阿甲著，載《紅旗》1965 年第 2 期。《杜鵑山》：九場京劇，胡希明、蕭荻改編，載《劇本》1964 年第 5 期。

〔註 66〕　田本相總主編：《中國話劇藝術通史》（第 2 卷），濟南：山東教育出版社 2008年版，第 25 頁。

反映現代題材的小戲劇，諸如花鼓戲《打銅鑼》、《補鍋》，曲劇《遊鄉》等，本文亦將其視作「社會主義教育劇」。儘管這類在「社教運動」時期推出的戲劇創作主題較爲潛在、單薄，但無一不是表現「社會主義教育劇」的「三大主題」的。以 1962 年第 10、11 期合刊《劇本》雜誌爲例，該刊共推出了 5 個劇本，其中《分家》、《杏花二月》被本文歸於「社會主義教育劇」之列。獨幕話劇《分家》是通過描寫一對農民夫妻何寶妹、余大發在年終分紅問題上發生的意見分歧，在對所謂「個人主義」作出思想鬥爭的同時，意在反映「社會主義新人」應有的價值取向和集體觀念；小歌劇《杏花二月》描寫老貧農「阿爺」在生產隊春耕播種時節自帶「金犁鏵」趕去「應急」的情景，通過與老伴要求他在家幫燒火竈等行爲思想的碰撞，意在反映出作爲「新式農民」應有的集體主義觀念。這些戲劇雖然主題十分潛在，但無一不是反映「社會主義教育劇」的三大主題的。仍以《劇本》爲例，1962 年第 12 期刊登在《劇本》上的獨幕話劇《白秀娥》和山歌劇《採桃》，以及 1963 年《劇本》先後推出的《王二小接閨女》、《兩家親》、《我想的不是你》、《十年樹木》，1964 年推出的《崗旗》、《桃嫂》、《大年三十》等劇目，主題與《分家》、《杏花二月》反映的十分雷同。

在《劇本》1965 年第 5 期中，爲鼓勵工農兵等群眾業餘創作，曾推出一組有 9 個劇目的小話劇創作專輯，儘管這其中《你幫我趕》、《人歡馬叫》等在藝術創作上十分粗糙，屬「標語口號」一類的劇作，但這些「標語口號」是「喊」「社教運動」的主題的，本文將其歸於「社會主義教育劇」之列。1965 年，爲支持越南反美鬥爭，《劇本》雜誌在第 3 期、增刊第 2 號上兩次推出「堅決支持越南人民反美愛國鬥爭」劇本專輯。這些劇目雖然均屬國外題材，但其創作背景卻是「社教運動」的「反修防修」主題，且當時的援越反美鬥爭本身已納入「社教運動」鬥爭的一部分，黨的八屆十中全會公報所寫「越南南方人民的愛國武裝鬥爭」〔註67〕，爲這批戲劇主題作出了指南。與此同時，由海政文工團話劇團推出的七場話劇《赤道戰鼓》〔註68〕，描寫1964 年 11 月美國入侵剛果（利）後，剛果（利）人民爲抗擊入侵而進行的武裝鬥爭，也是應當時「反美」主題需要而作。它們都應歸於「社會主義教

〔註67〕《中國共產黨第八屆中央委員會第十次全體會議的公報》，《紅旗》1962 年第19 期。

〔註68〕 李恍等執筆：《赤道戰鼓》（七場話劇），《人民文學》1965 年第 4 期。

育劇」。無獨有偶，1964 年，《劇本》第 4 期和《解放軍文藝》第 7 期先後推出了一話劇《南海長城》和《海防線上》兩個劇目。這兩齣戲均是根據 1962 年我國東南沿海軍民全殲九股臺灣入侵特務的戰鬥故事編寫的，因為是為了體現毛澤東的「召之即來，來之能戰，戰之能勝」的軍事戰略思想，以及「全民皆兵」的政治理念，〔註69〕意在使人們「看到了我們生活當中的階級鬥爭的複雜性和深刻性」，〔註70〕二者均適應了「社教運動」的主題需要。另外，毛澤東在黨的八屆十中全會上重提階級鬥爭的現實依據之一是「反華大合唱」的存在，「美帝國主義還策動竊據臺灣的蔣匪幫，妄圖進犯大陸沿海地區」〔註71〕。因此，這些劇目同《青松嶺》、《千萬不要忘記》等其他在「社教運動」時期內創作的戲劇劇目一樣，均為表現「三大主題」而作，無疑應算作「社會主義教育劇」。

對於「社教運動」之前便創作上演，在「社教運動」期間發表或成熟起來的的劇目，諸如揚劇《奪印》，話劇《霓虹燈下的哨兵》、《遠方青年》等，本文歸於「社會主義教育劇」，主要是以其創作主題為評判標準的。譬如由沈西蒙等劇作家創作的九場話劇《霓虹燈下的哨兵》。該劇雖然於 1963 年先後刊登在《劇本》第 2 期、《解放軍文藝》第 3 期上，但著手醞釀、體驗生活則在 1961 年年初便開始了。為此，該劇編劇沈西蒙還與導演漠雁「剃了光頭」到「南京路上的好八連」當兵體驗生活。初稿完成且進行彩排是在 1962 年 2 月，然而編劇、導演「反覆閱讀了毛澤東同志《在七屆二中全會上的講話》、《鋼鐵是怎樣煉成的》」等，且根據黨的八屆十中全會後創作主題需要進行了多次修改，最後於 1963 年 3 月 22 日奉命晉京作正式演出，劇本也在此期間推出。〔註72〕因此，它的劇目成熟和劇本正式推出均在 1963 年，而且戲劇反映出「社會主義教育劇」的三大主題是鮮明的，本文認為將其納入「社會主義教育劇」是合適的。與此情況相同的，還有《遠方青年》、《李雙雙》、《第二個春天》等戲劇，因為同樣的原因，本文也將其納入「社會主義教育劇」之列。

〔註69〕張立云：《漫談話劇〈南海長城〉的幾個人物》，《戲劇報》1964 年第 5 期。

〔註70〕馮先植：《贊〈南海長城〉和〈海防線上〉》，《戲劇報》1964 年第 5 期。

〔註71〕《中國共產黨第八屆中央委員會第十次全體會議的公報》，《紅旗》1962 年第 19 期。

〔註72〕參見漠雁：《溫馨的回憶——〈霓虹燈下的哨兵〉生活、創作紀實》，《劇本》1990 年第 8 期。

（二）「社會主義教育劇」的代表作

「社會主義教育劇」的代表作主要在話劇，可從以下幾個方面得出結論：一是華東區話劇彙報演出的誕生；二是戲曲會演中的革命歷史題材劇目，多為非「社會主義教育劇」，且它們中的大部分在「社教運動」之前就已成熟；三是當時的社會反映及報刊雜誌評論情況；四是戲劇被改編拍成電影的也多是話劇。

1963 年底舉辦的華東區話劇彙報演出，實際上是對年初柯慶施提出「大寫十三年」的一個檢閱。柯慶施在開幕式講話中提出，大力提倡話劇是「為了更好地發揮戲劇為工農兵服務，為社會主義革命和社會主義建設服務的戰鬥作用」〔註73〕。這就說明，提倡話劇的目的非為藝術而是為了政治鬥爭的需要。會演期間，共演出 13 個多幕劇和 7 個獨幕劇，《龍江頌》、《豐收之後》、《激流勇進》、《年青的一代》等後來成為代表性劇目的作品在這期間上演。華東區話劇彙報演出之後不久，1964 年 3 月 31 日，文化部隆重舉行 1963 年以來優秀話劇創作及演出授獎大會。16 個多幕劇、6 個獨幕劇分別獲獎，其中有《第二個春天》、《雷鋒》、《霓虹燈下的哨兵》、《年青的一代》、《李雙雙》、《千萬不要忘記》、《龍江頌》、《豐收之後》、《南海長城》、《箭桿河邊》、《青梅》、《楊柳春風》、《櫃檯》等。〔註74〕同年 4 月 6 日至 5 月 10 日，全軍第三屆文藝會演大會在北京舉行，18 個專業文藝代表隊演出了 388 個新作品。5 月 14 日，總政治部又專門舉行授獎大會，授予軍隊系統創作的話劇《南海長城》、《海防線上》、《青梅》、《母子會》以優秀話劇創作獎。〔註75〕這系列的匯演及評獎，從某種意義上說，標誌著戲劇的政治功能作用在不斷加強，話劇與戲曲相比一直處於劣勢地位的狀態已經改變。以《中國當代戲劇總目提要》劇目輯錄組對 390 種大陸主要期刊統計劇目分析（參見表 4），1960～1962 年三年僅刊載話劇劇目 73 個，僅占劇目總數的 26.2%；1963～1965 年三年刊載話劇劇目為 253 個，占劇目總數的 36.3%。這個數據的改變實際上說明，自 1963 年之後，話劇與戲曲相比其地位已處於戲劇的「半壁江山」。因為戲曲由於題材原因，許多劇目被排斥在「社會主義教育劇」行列之外。

〔註73〕記者：《社會主義話劇藝術的花朵燦爛盛開——1963 年華東區話劇觀摩演出記要》，《戲劇報》1964 年第 1 期。

〔註74〕丁景唐主編：《中國新文學大系》（第 19 集），上海文藝出版社 1997 年版，第 845 頁。

〔註75〕參見傅瑾：《新中國戲劇史：1949～2000》，長沙：湖南美術出版社 2000 年版，第 107 頁。

（參見表 3）這對話劇來說意義重大，意味著話劇在劇目上已佔據了「社會主義教育劇」的主導地位。

表 4　1960～1968 年 390 種主要期刊刊載劇本情況統計

	1960	1961	1962	1963	1964	1965	1966	1967	1968
總數	120	72	86	151	273	264	105	11	4
話劇	37	17	19	61	110	92	28	1	0
非話劇	83	55	67	90	163	172	77	10	4

　　得出上述結論的另一依據是全國京劇演出觀摩大會以及在它前後全國各地紛紛舉辦的戲曲會演。這些會演「你方唱罷我登場」，幾番熱鬧過後再看會演，實際它們推出的劇目相當一部分不是「社會主義教育劇」。全國京劇演出觀摩大會的一大特點就是移植、改編的劇目比例很大。它們當中，《紅燈記》、《智取威虎山》、《蘆蕩火種》、《杜鵑山》、《六號門》、《苗嶺風雷》、《紅岩》、《柯山紅日》等分別是根據小說、話劇及其他劇種的劇目改編，它們多是建國以來比較好的革命歷史題材創作的積累，在「社教運動」之前創作已基本世成熟，因此這類戲曲現代戲在題材和創作時間上講均非「社會主義教育劇」。這其中，歌劇創作上也有類似情形。《江姐》、《阿依古麗》、《洪湖赤衛隊》、《柯山紅日》、《劉三姐》、《紅珊瑚》、《阿詩瑪》等劇目，大部分在五十年代末已成熟且家喻戶曉，因此它們也不是「社會主義教育劇」。

　　僅據以上幾點，還不能推斷「社會主義教育劇」代表作主要是話劇。判斷一部作品是否為代表作，主要看其當時引起的社會反響，諸如報刊雜誌評論情況，被拍成電影的情況，等等。在「社教運動」時期，造成社會影響較大的作品是 1963 年前後推出的《奪印》、《霓虹燈下的哨兵》、《第二個春天》、《雷鋒》、《年青的一代》、《李雙雙》、《千萬不要忘記》、《龍江頌》、《豐收之後》、《南海長城》、《箭杆河邊》和 1964 年之後推出的《青松嶺》、《海港》等現代戲劇目。前者大部分於 1964 年 3 月受到文化部舉行的優秀話劇創作及演出授獎大會表彰。後者與前者一起，大部分於「社教運動」時期由戲劇改編成了電影。

　　據《中國新文學大系（電影集）》統計資料，1963～1965 年根據戲劇改編的故事片有：《如此爹娘》（1963）、《球迷》（1963）、《抓壯丁》（1963）、《奪印》（1963）、《七十二家房客》（1963）、《桃花扇》（1963）、《兵臨城下》（1964）、

《千萬不要忘記》、《草原雄鷹》（1964，根據話劇《遠方青年》改編）、《豐收之後》（1964）、《霓虹燈下的哨兵》（1964）、《血碑》（1964）、《青松嶺》（1965）、《小足球隊》（1965）、《年青的一代》（1965）、《打擊侵略者》（1965，根據話劇《保衛和平》改編）等 16 部電影。〔註76〕這其中，《抓壯丁》、《如此爹娘》、《血碑》、《打擊侵略者》、《桃花扇》、《兵臨城下》均非由「社會主義教育劇」改編而成，〔註77〕它們作為戲劇均因題材和創作時間原因被排斥在「社會主義教育劇」之外。從戲劇被改編成電影這一角度看，戲劇《奪印》、《霓虹燈下的哨兵》、《千萬不要忘記》、《遠方青年》、《年青的一代》、《豐收之後》、《青松嶺》、《小足球隊》、《球迷》等均應列入「社會主義教育劇」的代表作。但是，在那段時間，電影《李雙雙》（1962）、《雷鋒》（1964）並非從戲劇改編而成的，電影《李雙雙》由小說《李雙雙小傳》改編，電影《雷鋒》由雷鋒故事創作而成，〔註78〕但恰恰因此證明了與他們同名話劇的題材重大及其影響力。因此，話劇《李雙雙》、《雷鋒》也可算作「社會主義教育劇」的代表作。

在上述可算作「社會主義教育劇」代表作的戲劇中，大部分在當時造成了轟動，曾經風靡一時。揚劇《奪印》一出，《人民日報》等多家報刊均對它發表了評論文章。據《中國戲曲志‧江蘇卷》載：「曾陸續演出五百多場」，「全國許多省市和部隊的多種劇種戲曲劇團移植上演，並先後被改編為歌劇、話劇、電影及多種曲藝形式」。〔註79〕由此推斷，揚劇《奪印》為「社會主義教育劇」代表作當屬無疑。同樣的方法對話劇《霓虹燈下的哨兵》、《雷鋒》、《千萬不要忘記》、《遠方青年》、《年青的一代》、《豐收之後》等作出評判，也持之成理。《霓虹燈下的哨兵》因為題材涉及「南京路上好八連」，出於政治目的，它一推出便引起轟動，《人民日報》、《光明日報》等主流媒體

〔註76〕 參見《1949～1966 故事片編目》，羅藝軍主編：《中國新文學大系（電影集）》（下卷），北京：中國文獻出版公司 1989 年版，第 681～683 頁。

〔註77〕 《如此爹娘》根據同名滑稽戲改編，《血碑》根據越劇改編，《打擊侵略者》根據話劇《保衛和平》改編，《桃花扇》是根據傳統戲曲改編。見《1949～1966 故事片編目》，羅藝軍主編《中國新文學大系（電影集）》（下卷），北京：中國文獻出版公司 1989 年版，第 681～683 頁。

〔註78〕 參見《1949～1966 故事片編目》，羅藝軍主編：《中國新文學大系（電影集）》（下卷），北京：中國文獻出版公司 1989 年版，第 680、682 頁。

〔註79〕 《中國戲曲志‧江蘇卷》編輯委員會編：《中國戲曲志‧江蘇卷》，中國 ISBN 中心 1992 年版，第 196 頁。

和《戲劇報》、《文藝報》等文藝刊物在不到兩年時間內，先後爲該劇發表評論文章 38 篇。與此同理，《千萬不要忘記》、《遠方青年》、《年青的一代》、《豐收之後》等話劇也在推出時，均因創作主題的原因不同程度獲得了轟動效應。據統計，在這些劇目推出不到兩年時間內，《人民日報》等國內主流報刊雜誌可見讚揚它們的評論文章分別爲：《千萬不要忘記》46 篇，《遠方青年》16 篇，《李雙雙》8 篇，《激流勇進》12 篇，《南海長城》31 篇，《年青的一代》62 篇，《豐收之後》28 篇，《龍江頌》18 篇，等等。〔註 80〕這其中，話劇《雷鋒》推出不到半年，主流報刊便可見評論文章 23 篇，有 15 家話劇團同時編演雷鋒題材的戲劇。〔註 81〕

綜上所述，本文認爲，將《奪印》、《霓虹燈下的哨兵》、《千萬不要忘記》、《遠方青年》、《年青的一代》、《激流勇進》、《第二個春天》、《南海長城》、《豐收之後》、《雷鋒》、《青松嶺》、《李雙雙》、《箭杆河邊》、《龍江頌》、《小足球隊》等視爲「社會主義教育劇」代表作，是合適的。

〔註 80〕《革命現代戲——研究資料索引》，江蘇省文聯資料室、南京大學中文系資料室 1965 年 5 月編印（內部資料），第 216～238 頁。

〔註 81〕劉孝文、梁思睿編纂：《1949～1984：中國上演話劇劇目綜覽》，成都：巴蜀書社 2002 年版，第 689～694 頁。

第三章　描繪「驚人」的階級鬥爭圖景
——「社會主義教育劇」主題研究之一

　　「社會主義教育劇」誕生於「十七年」時期。舉凡「十七年」戲劇，給人的印象多是公式化、概念化的創作模式，其「文藝是為政治服務的」創作宗旨也貫穿始終。這個宗旨延續著毛澤東《在延安文藝座談會上的講話》的主導思想和精神，其精髓就是「使文藝很好地成為整個革命機器的一個組成部分，作為團結人民、教育人民、打擊敵人、消滅敵人的有力武器，幫助人民同心同德地和敵人作鬥爭。」〔註1〕到了「社教運動」時期，這個創作宗旨演變成為「社教運動」服務的政治理念，階級鬥爭、「反修防修」主題貫穿於戲劇創作的始終，「社會主義教育劇」由此步入一個已完全淪為政治鬥爭工具的時期。

　　其實，建國後反映階級鬥爭題材的戲劇一直存在著，但真正配合時政且形成創作主題的，在「社教運動」之前一直未曾見到。自「反右」運動過後，戲劇界儘管整體加快了偏向極左的步伐，但更多地是受到了反右運動本身以及其後「三年困難時期」社會現象的影響，一批戲劇《槐樹莊》（胡可）、《東進序曲》（顧寶璋等）、《枯木逢春》、（王煉）、《降龍伏虎》（段承濱等）等題材作品儘管也寫階級鬥爭，但更多地是以戰爭題材及非現實鬥爭題材形式出現，或主要反映農村現實生活的變遷，或為「鋼鐵元帥」架橋梁搖旗吶喊，沒有將階級鬥爭當作戲劇創作的主題去進行情節虛構，且這些戲劇作家的創

〔註1〕　毛澤東：《在延安文藝座談會上的講話》，《毛澤東著作選讀》（下冊），北京：
　　　　人民出版社1986年版，第524頁。

作主體性未完全喪失，反映出的階級鬥爭有其眞實的一面。譬如《槐樹莊》，是根據「子弟兵的母親」戎冠秀擁軍的眞人眞事撰寫的。該劇儘管不可避免地涉及到反「右」鬥爭、「人民公社化」運動等時代背景，但是戎冠秀的人物形象卻眞實感人，劇作者胡可沒有將階級鬥爭當作創作主題去進行虛構，而且這也不是他創作該劇的目的所在。這與「社會主義教育劇」創作過程不同，後者因主題需要虛構了大量的階級鬥爭圖景。究其因，「社教運動」是一場推行極左路線爲權力鬥爭服務的運動，「社會主義教育劇」應「社教運動」而生，在執行一貫以來戲劇爲政治服務的原則同時，其虛假的階級鬥爭、「反修防修」主題必然貫穿在其戲劇創作的始終。這樣，「社會主義教育劇」就參與了虛構社會階級鬥爭圖景的過程，起到了惡劣的政治作用。

第一節　農村：虛構嚴重階級鬥爭的範例

　　黨的八屆十中全會毛澤東重提階級鬥爭理論，主要藉口是用階級鬥爭搞得不徹底解釋「大躍進」等造成的災難，從而爲繼續推行極左路線尋找藉口，掩蓋他展開權力鬥爭的眞實目的。這在他在「七千人大會」講話及對發生的「信陽事件」的處理上可見端倪。在「七千人大會」上他告誡全黨反動階級的殘餘還存在，「對於這個殘餘，千萬不可輕視，必須繼續同他們作出鬥爭」〔註2〕。1960 年底，河南信陽地區在「大躍進」中出現了大量餓死人的現象，毛澤東認爲這是該地區「壞人當權，打人死人」的結果〔註3〕，亦即主認爲是階級鬥爭搞得不徹底的原因所致。「社教運動」是一場圍繞權力鬥爭展開的運動，毛澤東的這種「階級鬥爭不徹底」的說法必然貫穿於「社教運動」過程中，成爲指導這場運動開展的一個行動綱領。從這個視角審視「社會主義教育劇」，作爲爲「社教運動」服務而推出的戲劇，就不可避免地受到這種極左路線和思想的影響，並且爲此尋找現實依據，將階級鬥爭理念融入整個創作的始終。揚劇《奪印》，京劇《箭杆河邊》、《五把鑰匙》，話劇《青松嶺》等一批戲劇就是在這種境遇下先後推出的，這些戲劇的一個顯著特徵，就是不

〔註2〕 《在擴大的中央工作會議上的講話》，中共中央文獻研究室編：《建國以來毛澤東文稿》（1962 年 1 月～1963 年 12 月），北京：中央文獻出版社 1990 年版，第 25 頁。

〔註3〕 轉引自張晉藩主編：《中華人民共和國國史大辭典》，哈爾濱：黑龍江人民出版社 1992 年版，第 416 頁。

顧農村的現實困境及實際狀況，大量虛構了農村階級鬥爭圖景。

揚劇《奪印》寫的是蘇北里下河地區小陳莊生產大隊隊長陳廣清經不住壞分子陳景宜一夥的腐蝕拉攏，被「篡奪」了大隊領導權。大隊生產由此一再滑坡，大批稻種失竊，社員生活貧困，情緒低落。公社黨委派來優秀共產黨員何文進到大隊任黨支部書記。陳景宜一夥對何文進先是拉攏，繼而離間他和群眾的關係，最後煽動群眾鬧事，竟至殺人滅口。但何文進有著較高的階級鬥爭覺悟，他進村後便與普通百姓站在一起，多次拒絕陳景宜一夥的拉攏腐蝕，最後一一挫敗了他們的陰謀，奪回了象徵大隊領導權的「印把子」。該劇通過何文進和壞分子陳景宜的矛盾衝突，意在向人們展示所謂現實生活中的農村階級鬥爭圖景。正如東方明在文章寫道，該劇在告訴人們「目前農村中，還存在著隱藏的，但是尖銳的階級鬥爭」〔註4〕。這齣戲由於緊密配合了「社教運動」及當時階級鬥爭理論的宣傳，從而很快成為轟動一時、炙手可熱的劇目，由揚劇改編為話劇、歌劇乃至電影，並被各種劇種移植演遍全國。

但是，這齣在當時引起巨大轟動的戲劇，劇情及人物設置令人質疑處頗多。戲劇中的幾個主要人物，均有根據當時階級鬥爭需要人為設置的痕迹。大隊黨支部書記何文進在劇中一上場，儼然一副黨的化身形象出現。他一進小陳莊，便被大隊長陳廣清引進了壞分子陳景宜的家——陳家門樓。陳景宜等布置好茶、煙、酒、菜和「鬆軟的被子」，企圖拉他下水。但他很快覺察到陳景宜的計謀，於是迅速地抽身離去。陳景宜等人一計不成，又生一計，提出分稻種為他設下圈套。他果斷制止了大隊長陳廣清附和陳景宜等人的錯誤決定，依靠胡素芳等人挫敗了陳景宜等人的陰謀。當陳景宜等壞分子栽贓陷害胡素芳時，又是他及時趕到，使陳景宜等人吃了敗場。他深入群眾，訪貧問苦，依靠貧下中農積極分子，等等，因為有他在，才保證了與陳景宜等壞分子鬥爭的最後勝利。相形之下，作為陪襯的大隊長陳廣清要「糊塗」得多。在劇中，如果說他把大隊的財權、糧權交給了「陳家門樓」，出於同姓等原因還可以解釋，那麼在劇中的整個盜種事件中多次被陳景宜等人利用，直到最後才悔悟過來。這在建國後左的路線推行了多年的農村，其「糊塗」的程度讓人難以置信。而貧農陳友才這個人物的設置，也是疑點頗多。他在陳景宜等壞分子脅迫下，兩次參與了偷竊盜種事件，被偷竊的稻種是三千斤，用船

〔註4〕　東方明：《談揚劇〈奪印〉的成就》，《戲劇報》1963年第2期。

藏在黑魚嘴蘆葦蕩，這種助桀為虐的行為，其真實性有多少值得推敲。

《奪印》所描寫的階級鬥爭，主要是圍繞著稻種事件展開，這在「分稻種」、「偷稻種」和「沈稻種」等情節中得到體現。陳景宜等壞分子偷了大隊倉庫的三千斤稻種，那是「監守自盜」，因為倉庫的鑰匙是攢在陳景宜老婆藍茉花手裏。藍茉花是倉庫保管員，三千斤稻種失竊，他夫妻二人肯定脫不了干係，盜竊對他們來說是有違常理的。作者在劇中試圖說明這不僅是一種普通的盜竊行為，並刻意設置了這樣一個邏輯關係鏈：稻種關係到大隊的財權、糧權，關係到來年春耕生產，關係到村支書何文進是否能夠在小陳莊站得位腳，關係到大隊「印把子」掌握在誰手裏的問題。於是，陳景宜等人極盡偽裝之能事，先是通過送幾尺花布、幾兩香油，偽裝積極等行為騙取大階長陳廣清的信任，把倉庫的鑰匙掌握在他們的手裏，後來何文進到小陳莊後，他們又故伎重演，碰了釘子於是幾次大鬧，企圖將何文進攆走。為拉何文進「下水」，劇中還設置了藍茉花端著一碗湯圓招搖過市地送早餐的場面。顯然，這些情節的真實性也是值得推敲。因為建國後在經過歷次政治運動的農村，一些歷史有「污點」的人要做這些事並不容易。在劇中，劇作者為了說明階級鬥爭圖景的驚人程度，將陳景宜刻畫成為了偽善、陰險和殘忍的壞分子。聽說何文進要來，陳景宜立刻想出了分稻種的陰謀。稻種分不成，陳景宜便暗中挑撥不明真相的群眾向何文進要糧，企圖煽動群眾鬧事，把何文進擠走。最後，當陳景宜的陰謀均未得逞，他為了挽救敗局，於是想沈糧殺人滅口。這種做法，值得推敲處頗多。一是「沈糧、殺人、滅口」的條件，在當時的農村難以具備；二是殺人的動機，前提條件只是「破壞春耕」、「攆走何文進」，陳景宜再壞（其實是「蠢」），也沒有必要為此拿身家性命作賭注。作者在劇中作出這樣的虛構，顯然是要說明階級鬥爭在農村的激烈程度，以及階級敵人的殘忍與猖狂。也許是意識到這種描寫難讓人置信，評劇《奪印》在改編中加進了陳景宜在倉庫放火毀滅罪證的場景，目的正如梅阡在評論中所說「索性在倉庫放了一把火，企圖焚毀倉庫，燒掉帳目，給它個死無對證，這樣的處理使胡素芳半夜闖進倉庫的行為就更加合理了」〔註5〕。其實，這種「合理」更難讓人相信。還有，為了說明大隊長陳廣清的糊塗和缺乏警惕性，戲劇設置了他對壞分子放火的問題都看不明白，直到最後挨了壞分子陳廣西的一悶

〔註 5〕 梅阡：《一曲階級鬥爭的凱歌——試評評劇〈奪印〉的演出》，《戲劇報》1963 年第 3 期。

棍，險些丟了身家性命，這才清醒過來。〔註6〕

　　但是，僅憑揚劇《奪印》劇情分析，還難以作出其虛構情節的定論。事實上，該劇所描寫的農村階級鬥爭圖景，卻與當時農村的實際大相逕庭，竟至歪曲。揚劇《奪印》描寫的階級鬥爭圖景意在告訴人們，造成農村現實困難的不是極左路線所致，而是像陳景宜這樣的壞分子在搞復辟破壞，儘管這與毛澤東重提階級鬥爭理論的藉口達到了驚人的一致，但事實和真相卻並非如此。揚劇《奪印》中陳景宜、陳廣西一類的壞分子，絕大多數是指建國以後出身成份被劃成地主、富農一類的人。自 1950 年 8 月 4 日國務院第 44 次政務會通過了《關於劃分農村階級成份的決定》〔註7〕之後，他們事實上從那時起便被打入了另冊，社會地位隨著時間推移愈益邊緣化，是歷次運動無休止的批鬥對象。當時，對被劃分成地主家庭成份的人，成份帽子一戴就意味著是終身，儘管國家規定「沒有任何反動行為，連續 5 年以上者，可改變為勞動者身份或其他成份」〔註8〕，但這些規定直到「文革」結束前仍屬空談。1950 年 10 月 10 日，在對地主、富農作出成份劃分僅過了兩個月，中共中央又作出《關於鎮壓反革命活動的指示》，其中規定「解放後繼續作惡的反革命分子，該殺的就殺，該監禁和改造者，應逮捕監禁，加以改造」〔註9〕。《指示》頒佈之後又過了兩個月，中共中央為此作了補充規定，要求防止「『左』傾錯誤，例如侵犯中農利益，忽視聯合中農的重要性，破壞富農經濟，對地主普遍掃地出門，亂打亂殺，在工作方式上的強迫命令，大轟大嗡等『左』的錯誤不許再犯」〔註10〕。這就說明，「鎮反」時期地主失去人權，被隨意打殺的現象會隨時發生，而且這種現象隨後並未得到遏止。1951 年 2 月 21 日，中央人民政府又公布施行了《中華人民共和國懲治反革命條例》，條例規定凡

〔註6〕　胡沙改編：《奪印》（評劇），北京：中國戲劇出版社 1963 年版，第 92 頁。

〔註7〕　參見《中國共產黨歷史大辭典》編輯委員會編：《中國共產黨歷史大辭典（社會主義時期）》，北京：中共中央黨校出版社 1991 年版，第 81 頁。

〔註8〕　《政務院若干新規定》，轉引自《中國共產黨歷史大辭典》編輯委員會編《中國共產黨歷史大辭典（社會主義時期）》，北京：中共中央黨校出版社 1991 年版，第 82 頁。

〔註9〕　《中國共產黨歷史大辭典》編輯委員會編：《中國共產黨歷史大辭典（社會主義時期）》，北京：中共中央黨校出版社 1991 年版，第 83 頁。

〔註10〕　《關於土地改革中應注意防「左」傾危險的指示》，見《中國共產黨歷史大辭典》編輯委員會編《中國共產黨歷史大辭典（社會主義時期）》，北京：中共中央黨校出版社 1991 年版，第 83 頁。

「利用封建會道門進行反革命活動者」以及「以反革命爲目的，進行挑撥和煽動行爲之一者，其情節重大者」「處死刑或無期徒刑」〔註11〕，這無疑又給出身成份不好的人念了一道「緊箍咒」。依照這個條例，揚劇《奪印》中的壞分子陳景宜等人是適合其中處以重刑的一類人。

建國以來，對待城鄉被視爲「階級敵人」的一類人，毛澤東長期推行著「殘酷鬥爭，無情打擊」〔註12〕的一套左的方針政策，把他們視爲黨的對立面。他曾說過，「在富裕中農的後面站著地主和富農」，「在合作社的這面站著共產黨」。〔註13〕1955 年 7 月 1 日，中共中央頒發《關於展開鬥爭肅清暗藏的反革命分子的指示》，「肅反運動」由此開展。這項運動是由專門的肅反機構與群眾運動相結合在一起的，經過「準備、小組鬥爭、專案小組工作、甄別定案和覆查」五個階段，直到 1957 年底才結束，結果據史載，「在 1800 多萬職員和人員中，查出 10 萬多反革命分子和其他壞分子」，「破獲了一批重大的長期沒有查清的疑難案件，政治破壞事故，查清了 177 萬多人的政治歷史問題，其中問題嚴重的占 13 萬多人」，這個過程發生過「鬥爭面過寬和『逼、供、訊』的偏向」，〔註14〕可見這項運動的過激程度。而在這之前，全國開展的「五反」運動也是「迅猛」異常，運動還未在全國展開，上海已「逮捕了200 多人」、「發生資本家自殺事件 48 起，死了 34 人」〔註15〕。在這種政治背景和現實語境下，作爲地主、富農之類身份的人的基本公民權利都給予以剝奪，更別說有進行「復辟」活動的機會和企圖；尚若有企圖破壞的壞分子也只能是苟延殘喘，根本談不上諸如揚劇《奪印》中陳景宜一類壞分子那樣的猖獗和兇殘。

在黨的八屆十中全會上，毛澤東重提階級鬥爭的一個理論依據是現實中階級鬥爭的存在，造成「三年困難時期」不是推行左的路線的原因，而是階級鬥爭搞得不徹底的的結果。事實恰恰相反，這在發生於 1956 年的「廣西

〔註11〕《中國共產黨歷史大辭典》編輯委員會編：《中國共產黨歷史大辭典（社會主義時期）》，北京：中共中央黨校出版社 1991 年版，第 86 頁。

〔註12〕薄一波：《若干重大決策與事件的回顧》，北京：中共中央黨校出版社 1993 年版，第 1260 頁。

〔註13〕《〈中國農村的社會主義高潮〉序言》，中共中央文獻研究室編：《建國以來毛澤東文稿》（1955 年），北京：中央文獻出版社 1990 年版，第 525 頁。

〔註14〕盛平主編：《中國共產黨歷史大辭典》，北京：中國國際廣播出版社 1991 年版，第 421 頁。

〔註15〕薄一波：《若干重大決策與事件的回顧》，北京：中共中央黨校出版社 1993 年版，第 170 頁。

事件」可見端倪。1956 年，廣西因發生自然災害導致減少，廣西領導人漠視民情，救災無力，導致全省 14700 多名農民外逃，550 多人餓死。當時，這起事件被認為是「官僚主義造成的」。〔註 16〕其實，隱藏在「官僚主義」背後的恰恰是推行左的路線的結果，極左思潮下的「大鍋飯」、「全民大煉鋼鐵」等使國民經濟失調日益加重，糧食短缺、「沒飯吃」現象在「三年困難時期」十分普遍。對此，《若干重大決策與事件回顧》中寫道，「1959 年 4 月初，僅山東、安徽、江蘇、河南等 15 個省區『無飯吃』的人口達 2517 萬人」。〔註 17〕「三年困難時期」，國內許多人在此期間因食物缺乏而導致營養不良，普遍發生浮腫病，許多農民因飢饉死亡，僅 1960 年全國總人口減少便有 1000 多萬人，〔註 18〕這些均是「大躍進」等造成的惡果。但是，揚劇《奪印》描寫的階級鬥爭卻是另外一幅圖景，在這幅圖景中，敵對分子無處不在，無所不逞其破壞之能事，這與農村現實生活和真實圖景相去甚遠，劇情顯然是出於圖解階級鬥爭理論的需要，對之進行歪曲和虛構而成。正因如此，這齣戲出籠不久，即成為全國各地爭相倣仿的對象，不僅戲劇本身為全國各地劇團移植，而且其虛構出的驚人的階級鬥爭圖景還能指導正在全國各地廣泛開展的「四清」運動，許多工作組甚至可以按圖索驥，據此去查找階級敵人，開展農村鬥爭，由此也製造出「驚人的」惡劣影響。在當時，這齣戲不僅被稱為「對推動鬥爭，教育和鼓舞農民群眾起了積極作用」〔註 19〕，而且還告訴人們「當前農村階級鬥爭並沒有熄滅，還尖銳存在著」〔註 20〕，這與黨的八屆十中全會公報上的判斷「這種階級鬥爭是錯綜複雜的、曲折的、時起時伏的，有時甚至是很激烈的」〔註 21〕達到了驚人的一致。一個有現實判斷，一個試圖提供事實依據，這種混淆視聽在當時造成的惡劣影響不言而喻。

　　其實，揚劇《奪印》虛構農村階級鬥爭圖景，還可以從它的創作過程加

〔註 16〕　參見盛平主編：《中國共產黨歷史大辭典》，北京：中國國際廣播出版社 1991
　　　　　年版，第 434 頁。
〔註 17〕　薄一波：《若干重大決策與事件的回顧》，北京：中共中央黨校出版社 1993 年
　　　　　版，第 714 頁。
〔註 18〕　參見薄一波：《若干重大決策與事件的回顧》，北京：中共中央黨校出版社 1993
　　　　　年版，第 872～873 頁。
〔註 19〕　本刊評論員：《為農民寫出更多的好劇本》，《劇本》1963 年第 3 期。
〔註 20〕　蕭譚：《讀揚劇〈奪印〉淺得》，《劇本》1963 年第 3 期。
〔註 21〕　《中國共產黨第八屆中央委員會第十次全體會議的公報》，《紅旗》1962 年第
　　　　　19 期。

以辨識。該劇是根據《人民日報》1960 年 11 月 22 日發表的通訊《老賀到了小耿家》改編而成。作者李亞如在談到這齣戲的創作過程時說，在這之前，他們還專門到通訊報導的所在地——高郵縣甘垛公社小耿家生產隊去體驗生活，發現通訊所寫「階級鬥爭」要撐起劇本「遠遠不夠」，於是很長一段時間無法動筆寫劇本。後來他們「通過學習」「有選擇地安排了正、反面人物能夠展開性格衝突的場面，集中力量把他們放在矛盾衝突最本質的方面去表現：《奪印》的雙方，何文進與陳景宜之間的鬥爭，是捍衛領導權與篡奪領導權之爭，是復辟與反覆辟之爭」，然後「又安排了大隊長陳廣清與何文進以及一些積極分子的人民內部矛盾，並有意識地把這兩類性質不同的矛盾交織在一起表現，以增強作品的現實意義與教育力量」。〔註 22〕這種出自圖解階級鬥爭理念需要的「安排」做法，說明了劇情是虛構而成。

　　揚劇《奪印》面世後，曾陸續演出五百多場，全國有許多省市和部隊的多種劇種戲曲劇團移植上演，並先後被改編為歌劇、話劇、電影及多種曲藝形式。在這些改編本戲曲當中，影響較大的是由中國評劇院移植上演的評劇《奪印》。揚劇《奪印》引起全國性轟動不到一個月，在 1962 年 11 月，中國評劇院即派人前往揚州移植該劇。編劇胡沙在談到移植這齣戲的過程時說，評劇《奪印》增加了壞分子陳景宜放火燒倉庫的情節，戲劇結尾又加進一段敵我雙方你死我活的搏鬥場面，是出自進一步加劇戲劇敵我矛盾衝突的需要。〔註 23〕從這個角度可以看出當時各地移植《奪印》的普遍心態，即為了圖解階級鬥爭理論，不顧事實、不惜筆墨去虛構「驚人」的農村階級鬥爭圖景。

　　受揚劇《奪印》影響，據同一通訊題材創作的劇目還有揚劇《東風解凍》、錫劇《金紅梅》、通劇《好書記》等戲曲，〔註 24〕在揚劇《奪印》之後，同類題材的作品諸如揚劇《紅色家譜》、京劇《箭杆河邊》、話劇《珠江春曉》、淮劇《海港的早晨》等也先後問世，它們無一例外地為了圖解階級鬥爭理論而虛構出農村的一幅幅尖銳的階級鬥爭圖景。

　　揚劇《紅色家譜》的戲劇衝突，表面上是一場反對封建禮教習俗的鬥爭，但作者真正要表現的，是隱藏在這種習俗鬥爭背後的所謂「封建殘餘勢力利

〔註 22〕揚州專區揚劇團：《創作〈奪印〉的體會》，《文藝報》1963 年第 5 期。
〔註 23〕胡沙改編《奪印》（評劇），北京：中國戲劇出版社 1963 年版，第 94 頁。
〔註 24〕《中國戲曲志·江蘇卷》編輯委員會編：《中國戲曲志·江蘇卷》，北京：中國 ISBN 出版中心，第 196 頁。

用族權和禮教習俗破壞電灌站建設」的活動，戲劇劇情也圍繞這個主題而展開。新娘戴紅英在出嫁到胡家莊時，好像不是來結婚，而是來參與鬥爭似的，途中就為建電灌站的事而與壞分子胡雲慶「掐」上了。胡雲慶為了阻撓電灌站的建造，擡出了祠堂的花轎去接新娘，動機只有一個，通過封建禮教迫使新娘就範，從而達到阻撓電灌站建設的目的。對於胡雲慶，李希凡曾撰文說他是「直接被推翻的地主分子，既沒有發言權，又不敢公開露面」〔註25〕，這樣的人，其破壞電站的動機和目的何在呢？劇中的說法難以令人置信。京劇《箭杆河邊》虛構發生在北京郊區農村的階級鬥爭，劇情主要圍繞在老貧農、黨支部委員佟慶奎、年青的隊長佟玉柱、偽裝積極的壞分子佟善田和犯了錯誤的貧農青年二賴子四人之間展開的，幾乎是揚劇《奪印》的翻版。與這類題材同類的，還有由廣東話劇團推出的話劇《珠江春曉》。只不過相比《箭杆河邊》而言，《珠江春曉》人物、劇情衝突複雜了許多。《珠江春曉》描寫的是發生在珠江三角洲的有關農村合作化的故事。由金斗、沙湧兩個初級農業生產合作社合併成金沙高級農業社後，經歷了一場敵我雙方你死我活的階級鬥爭。這個套路，與揚劇《奪印》別無二致。先後出場的人物中，有政治鬥爭經驗豐富的周耀信，有在鬥爭中逐漸覺悟成長起來的貧下中農代表梁甜，有所謂階級鬥爭意識逐漸淡漠的合作社副主任郭有輝，有不甘心滅亡的敵對分子劉福。而劇中解放前曾是地主的狗腿子的郭細九，可謂揚劇《奪印》中陳廣西的「複製品」。而到了「社教運動」後期，隨著話劇《青松嶺》、京劇《龍江頌》等一批戲劇的推出，階級鬥爭的「驚人」程度也在明顯加劇。話劇《青松嶺》中將主要為搞活經濟走個人致富道路的「漏斗富農」錢廣刻畫成了搞陰謀破壞活動的敵對分子，而劇中的「奪鞭」鬥爭，幾乎如揚劇《奪印》那樣對階級鬥爭理念的直接圖解。而由同名話劇改編成京劇的《龍江頌》，劇中暗藏在龍江大隊的「階級敵人」黃國忠在話劇中只不過是一個熱衷於個人致富的「燒窯師傅」。隨著劇中敵我矛盾的人為設置，這些劇目的階級鬥爭主題均在人為的「拔高」。

　　由此可見，虛構農村的階級鬥爭圖景，不僅隨著揚劇《奪印》的推出一開始便呈現出「驚人」狀態，而且貫穿在了「社會主義教育劇」創作的始終，到了「社教運動」後期這種創作理念愈益凸現。作為「社會主義教育劇」的

〔註25〕李希凡：《在戲曲創作中反映社會主義農村的火熱鬥爭》，《戲劇報》1964年第5期。

主題之一，這種做法在圖解階級鬥爭理論的同時也產生了十分惡劣的影響：一方面，它試圖爲毛澤東藉口重提階級鬥爭理論提供現實依據；另一方面，它實際上爲「社教運動」提供了鬥爭範例和模式。

第二節 城市：把個人思想和舊思想等上綱爲階級鬥爭

在「社會主義教育劇」中，一批話劇如《千萬不要忘記》、《年青的一代》、《激流勇進》、《龍江頌》等劇目，把城鄉中的舊思想、舊習慣和舊勢力的影響等人民內部矛盾所導致的戲劇衝突，寫成了現實生活裏的階級鬥爭，這種現象無疑在對階級鬥爭理念作出了又一種形式的圖解。黨的八屆十中全會公報將「被推翻的反動統治階級」作爲階級鬥爭對象的同時，也將「資產階級的影響和舊社會的習慣勢力」、「一部分小生產者的自發的資本主義傾向」、「一些沒有受到社會主義改造的人」作爲了階級鬥爭的對象。〔註26〕《千萬不要忘記》等戲劇將農村中的舊思想、舊觀念的存在，以及城市中小業主行爲的影響等等，都當作現實中的階級鬥爭現象進行描寫，由此虛構出另一種形式的驚人的階級鬥爭圖景，仍然是戲劇服務於「社教運動」階級鬥爭理念的體現；換言之，是戲劇從另一個角度在試圖爲毛澤東藉口重提階級鬥爭理論提供現實依據。

以話劇《千萬不要忘記》爲例。該劇講述的是 1962 年春發生在某機電廠一個工人家庭裏的故事，主要描寫青年工人丁少純在成長道路上的一段思想波折。劇中寫他結婚後受小業主岳母的舊意識影響，滋長了虛榮享樂的思想。爲改善生活，他買毛料子衣服穿，下班去打野鴨子，因而影響了工作。在一次作業中將身上的鑰匙掉在電機機槽裏，險些釀成了一起事故。最後在其父丁海寬和事實的教育下幡然悔悟。

從劇情看，劇作者顯然把姚母視作了階級鬥爭的對象。爲了展示階級鬥爭主題，作者對姚母這個人物的設計可謂匠心獨運。作爲丁少純的岳母，劇中的姚母慫恿他抽煙、買毛料褲子穿、打野鴨子賣，成了他思想「滑坡」的主要原因。因爲有姚母的存在，劇中丁少純這些思想的變化便歸結成爲姚母的「有毒的舊思想，就像散佈在空氣裏的病菌一樣，無孔不入，常常在你不知不覺之間損害你的思想健康」〔註27〕而導致的結果。丁少純在工作中忘

〔註26〕《中國共產黨第八屆中央委員會第十次全體會議公報》，《紅旗》1962 年第 19 期。
〔註27〕叢深：《千萬不要忘記》，中國戲劇出版社 1964 年版，第 128 頁。

記開加熱爐電門，在打野鴨時一時性起誤了回程列車而出現曠工現象，不慎
將鑰匙掉進電機定子槽裏險些釀成生產事故等等，也因此成了姚母「舊社會
的頑固勢力」「浸染無產階級、腐化無產階級」的「階級鬥爭」。〔註28〕於
是，該劇在全劇謝幕前，通過老工人丁海寬這樣警醒大家：「這種階級鬥爭，
沒有槍聲，沒有炮聲，有時候就在說說笑笑之間進行著，這是一種不容易看
得清楚的階級鬥爭。這是一種不容易看得清楚的階級鬥爭，可是我們必須學
會看清它！這是一種容易被人忘記的階級鬥爭，可是我們千萬不要忘記！」
〔註29〕在電影劇本中，該劇甚至再三作出強調：「……千萬，千萬不要忘記
啊！」〔註30〕顯然，作者將本來是青年人的思想成長變化以及人民內部的
矛盾，拔高爲了「錯綜複雜的階級鬥爭」〔註31〕。

　　但是，話劇《千萬不要忘記》將姚母歸於小資產階級一類並視作階級鬥
爭的對象，且通過丁海寬的口，把姚母說成是「舊社會的頑固勢力」〔註32〕，
顯然缺乏依據。所謂「小資產階級」，亦稱「小布爾喬亞」或「小資階級」（Petite
bourgeoisie），指以小筆資金獨立創業的人，他們可能雇傭少許的員工。在劇
中，姚母曾和丈夫一起開過「小鮮貨鋪子」，「賣個瓜果梨桃、煙酒汽水啥的」，
雇一個小夥計，「有點剝削」，「康德六年」（即1956年）就「合營」了〔註33〕。
於是，劇中的丁爺爺把她比作農村中的富裕中農〔註34〕，作者叢深將她定位
於「小業主」〔註35〕，亦即所謂「小資產階級」。但是，小資產階級畢竟不同
於上層、中層資產階級，並非是馬克思主義認爲的那個與無產階級在本質上
呈互相敵對的「資產階級」的主體。而且在1956年隨著社會主義「三大改造」
完成之後，小鮮貨鋪子被「合營」後的姚母就不再是小商人、小業主了，劇
中也沒有提及她在這之後有什麼經濟活動。劇中寫她準備套賣衛生球，40多
斤實際上只賣出了3.5斤，拿現在的話來說，屬於做小本生意買賣而且被套
牢，眼看著是要蝕本的。這類做法尚若將之歸於「資產階級行爲」視作「階

〔註28〕叢深：《〈千萬不要忘記〉主題的形成》，《戲劇報》1964年第4期。
〔註29〕叢深：《千萬不要忘記》，中國戲劇出版社1964年版，第128頁。
〔註30〕叢深原著，謝鐵驪、叢深改編：《千萬不要忘記》，北京：中國電影出版社1965
　　　　年版，第98頁。
〔註31〕叢深：《〈千萬不要忘記〉主題的形成》，《戲劇報》1964年第4期。
〔註32〕叢深：《千萬不要忘記》，中國戲劇出版社1964年版，第128頁。
〔註33〕叢深：《千萬不要忘記》，中國戲劇出版社1964年版，第38頁。
〔註34〕叢深：《千萬不要忘記》，中國戲劇出版社1964年版，第38頁。
〔註35〕叢深：《〈千萬不要忘記〉主題的形成》，《戲劇報》1964年第4期。

級鬥爭」，則十分地牽強，起碼是在概念上作了偷換。另外，隨著劇情的展開，姚母的所作所爲並未有敵對社會主義的行爲，她慫恿女婿丁少純利用業餘時間打野鴨子賣，目的是爲了賺錢改善生活，並非教唆丁少純走資本主義道路；她私自配了把鑰匙給丁少純，欺騙他說是那把掉進電機定子槽裏的鑰匙，是擔心丁少純因此受到處罰，並非是有意在經濟上搞破壞活動。因爲劇中的鑰匙掉進電機定子槽在先，姚母知道後採取的「補救措施」在後。作者將導致這一事件的發生，當作是姚母「舊社會的頑固勢力」的「作祟」，「不容易看得清楚的階級鬥爭」，顯然是缺乏理論支撐和現實依據的。

所謂「階級鬥爭」，是指「階級與階級之間因基本經濟利益根本對立和衝突而發生的鬥爭」〔註36〕，它包括「經濟鬥爭、政治鬥爭和思想鬥爭」三種形式〔註37〕。儘管，馬克思、恩格斯曾經指出「一切社會的歷史都是階級鬥爭的歷史」，但它的前題是「有階級對立」。〔註38〕在話劇《千萬不要忘記》中，姚母沒有在政治、經濟利益上與無產階級形成根本對立的條件和依據，那麼剩下的只有在思想意識上的「對立」了。事實上，該劇將丁少純思想的變化歸結爲遭受姚母「有毒的舊思想」「浸染」、「腐化」的結果，正是從「思想鬥爭」作出判斷的。在劇中，丁少純遭受姚母思想的「浸染」、「腐化」，主要也是體現在抽煙、買毛料子衣服穿和打野鴨子賣等三個方面。但是，抽煙與個人習慣有關，頂多只能說它是個「不良的習慣」，不能將它與階級扯在一起；而買毛料子衣服和打野鴨子賣，是對個人生活方式和權利的一種選擇，與生活是否儉樸等有關，與是否走資本主義道路卻是兩碼事，二者沒有必然聯繫。話劇《千萬不要忘記》把姚母在生活上對丁少純的這些不良影響，說成是「有意無意地總要」把他「培養成資產階級的接班人」〔註39〕，顯然是荒謬且難以讓人信服的。

在馬克思主義看來，屬於意識形態階級鬥爭的「思想鬥爭」是有著深刻的經濟根源和政治目的的，「首先是爲了經濟利益而進行的」〔註40〕，爲了本

〔註36〕劉炳瑛主編：《馬克思主義原理辭典》，杭州：浙江人民出版社1988年版，第308頁。

〔註37〕李淮春主編：《馬克思主義哲學全書》，北京：中國人民大學出版社1996年月版，第289頁。

〔註38〕中共中央馬克思列寧斯大林著作編譯局編：《馬克思恩格斯選集》（第一卷），北京：人民出版社1972版，第250頁。

〔註39〕叢深：《千萬不要忘記》，中國戲劇出版社1964年版，第128頁。

〔註40〕中共中央馬克思列寧斯大林著作編譯局編：《馬克思恩格斯選集》（第四卷），

階級的經濟利益而去推翻另一個階級的政權。但是，話劇《千萬不要忘記》卻沒有姚母仇視社會主義的情節依據。在劇中，姚母的行爲頂多只是對丁母、丁爺爺儉樸的生活方式等不理解、不認可，爲了改善生活對女兒女婿「八小時之外」的生活作出一些安排，慫恿丁少純打野鴨子賣，等等。這些現象，從以人爲本的角度去看，還有著個人追求幸福生活的合理性，不能對其一概地予以否定。然而，劇作者爲了在劇中發出「千萬不要忘記階級鬥爭」的呼喚，精心安排了丁少純忘記開加熱爐電門、曠工和將鑰匙掉進電機機槽等三個事件，將它們與「打野鴨子」這件事聯繫在一起並構成因果關係，說明這是受到姚母的思想影響和行爲唆使後產生的必然結果，從而得出「這是一場階級鬥爭」的結論，顯然是荒謬的。因爲，這個「因果關係」前因後果的必然性值得推敲處頗多。首先，劇中的丁少純是個「大大咧咧」的年青人，劇中寫他「是一個精力旺盛的小夥子」，「粗手大腳」，「上身穿著一件皮夾克，敞著懷」，「下是褲腳掃地的灰工褲，上面油漬斑斑」。〔註41〕劇中三個事件的發生，諸如忘了開電門、因誤了回程火車而曠工、將鑰匙掉進電機槽，均都帶有一定偶然因素，與其說是丁少純打野鴨子所致，倒不如與其個人「大大咧咧」的性格聯繫起來讓人可信。從某程度上說，後者才可構成前因後果的必然聯繫。除此之外，三個事件的發生還可與車間的管理制度、安全檢查制度的建立與執行是否嚴格等掛起鉤來解釋，那樣解釋起來更合乎情理。該劇硬將丁少純「打野鴨子」與上述三個事件聯繫在一起，歸於受到姚母的「舊思想」影響所致，從而提升到「階級鬥爭」高度去作評判，顯然是出於圖解階級鬥爭理論的需要。

　　話劇《千萬不要忘記》原名《祝你健康》，1963年底由哈爾濱話劇院首演，1964年初，全國出現了爭演《千萬不要忘記》的熱潮〔註42〕。僅在北京，就有十多個劇院、劇團演出該劇，甚至出現一個劇團排出三臺戲同時演出的現象。〔註43〕該劇劇本以《祝你健康》劇名刊載於《劇本》1963年第10～11期，

　　　　北京：人民出版社1972版，第246頁。
〔註41〕叢深：《祝你健康》，《劇本》1963年第10～11期。
〔註42〕北京、天津、上海等人藝，中國青藝，杭州滑稽劇團，中央戲劇學院，武漢、
　　　　鄭州、貴州、廣州、江西、新疆等省、市、自治區話劇團爭相移植上演。劉
　　　　孝文、梁思睿編纂《1949～1984：中國上演話劇劇目綜覽》，成都：巴蜀書社
　　　　2002年版，第270頁。
〔註43〕田本相總主編：《中國話劇藝術通史》（第2卷），濟南：山東教育出版社2008
　　　　版，第105頁。

之後又於翌年 3 月以《千萬不要忘記》劇名由中國戲劇出版社出版單行本發行全國，1965 年 9 月由著名導演謝鐵驪和原著作者叢深一起改編成電演劇本，由中國電影出版社出版。與此同時，《紅旗》雜誌、《人民日報》、《光明日報》等國內多家主流報刊連篇累牘發表了該劇劇評文章，這種現象，說明了已被政治工具化了的該劇在當時炙手可熱的程度。

話劇《千萬不要忘記》受到如此推崇，顯然是其上述創作題材和主題很好地適應了主流意識形態的需要。對於這齣戲的創作主題，作者叢深說，剛開始，他受到列寧在《共產主運動中的「左派」幼稚病》中關於「小商品生產者」評價的啓發：「消滅階級不僅僅是驅逐地主和資本家，——這個我們已經比較容易做到了，——還要消滅小商品生產者。」〔註44〕後來，黨的八屆十中全會召開以後，他通過學習《公報》，進一步認識到「千百萬人的習慣勢力」，小業主的「日常的、瑣碎的、看不見摸不著的腐化活動」，「小資產階級的自發勢力從各方面來包圍無產階級，浸染無產階級，腐化無產階級」等等生活現象，就是現實生活中的階級鬥爭。於是他「試著聯繫自己在生活中碰到的實際問題」來反映這樣「一種階級鬥爭」。〔註45〕由此可見，叢深是以先入為主的階級鬥爭理念去規範主題的。

對於「聯繫自己在生活中碰到的實際問題」，叢深說他遇到了這樣一個現實素材：一個原本「思想純潔、朝氣蓬勃」的年青工作，結婚後因其工資少，受到出身小業主的岳母奚落和影響，為多掙些錢「解脫」手頭不寬裕的困境，跟社會上不三不四的人一起幹私活。後來掙錢多了，吃穿好了，小夥子的工作和學習卻落後了，變得「上班眼睛像條線，下班眼睛像個蛋」，結果工作出了個不小的事故。於是，叢深從那位小夥子的岳母及社會上「不三不四的人「身上聯想到「小業主」對人思想產生的影響，聯想到「八屆十中全會所提錯綜複雜的階級鬥爭及無產階級與資產階級對年青一代的爭奪戰」，於是寫了《祝你健康》。〔註46〕這樣看來，作者形成創作主題時是採取了「對號入座」的方式，在把小業主行為視作「小資產階級的自發勢力」的影響，並作為階級鬥爭的對象及存在依據的之後，再去「尋找」姚母這個人物。顯然，作者叢深形成戲劇主題的過程，是一個「按圖索驥」的過程，有這個過程，對主

〔註44〕中共中央馬克思恩格斯列寧斯大林著作編譯局編：《列寧選集》（第 4 卷），北京：人民出版社 1995 年版，第 211～212 頁。

〔註45〕叢深：《〈千萬不要忘記〉主題的形成》，《戲劇報》1964 年第 4 期。

〔註46〕叢深：《〈千萬不要忘記〉主題的形成》，《戲劇報》1964 年第 4 期。

題作出任何形式的拔高、想像和虛構，就不足爲訓了。

　　但是，話劇《千萬不要忘記》是當時戲劇創作的一種普遍性的現象。在
「社會主義教育劇」中，一批如話劇《年青的一代》、《激流勇進》、《龍江頌》
等劇目，均有將生活中的舊思想、舊習慣等視作「資產階級思想的影響」而
拔高爲「階級鬥爭」現象的。這類創作現象，其實仍是極左路線及其思潮在
戲劇中的反映，是劇作者爲演繹時政而對階級鬥爭圖景作出的另一種方式的
虛構。《年青的一代》中的林育生大學畢業後想留在上海，而不願去地處邊疆
的青海地質隊工作，這是他對個人生活方式及權利的一種選擇，固然反映出
他「精心」爲個人打算，有人性自私的一面，劇中有他爲此不惜「裝病」的
情節。但是，劇作者將這種現象歸於受到資產階級思想的影響則十分勉強。
在劇中，這種「影響」主要體現在兩個方面：一是劇中未出場的小吳是一個
資產階級的子弟，林育生的思想是被他感染的，到醫院開假證也是受到了他
的教唆；二是大上海是個「大染缸」，劇中爲此通過林堅說丁少純「從小寄養
在沈大夫家裏，一直在上海長大」，因而發出詰問「腦子裏資產階級思想還少
得了嗎？」〔註47〕劇中寫他忘了先烈的革命傳統也歸因於這個原因。這種對
所謂「階級鬥爭」的提升方式，明顯帶有反啓蒙、反現代的文化色彩。在五
場話劇《龍江頌》中，具有一定的私有觀念和自私自利行爲的富裕中農錢常
富，亦被作爲資本主義自發勢力的代表來批判。其實，劇中的錢常富僅僅是
作爲「利己主義者」出現的。雖然他的損公利己的行爲十分嚴重，劇本也爲
此對他進行了辛辣的諷刺，但是他的「個人主義傾向和本位主義傾向」〔註48〕
仍然屬於人民內部矛盾問題。這主要體現在兩個方面：一是他的所作所爲僅
僅是「自私自利」且與社會潮流相違背，並沒有企圖復辟、變天的幻想；二
是劇中大家都去支持抗旱的時候，他僅僅表現爲孤立，並沒有破壞意圖和行
爲，他在徘徊、彷徨中，還是支部書記鄭強適時地「拉他一把」，〔註49〕讓他
「跟上了」大夥。在「社會主義教育劇」中，類似話劇《龍江頌》這樣將錢
常富的自私自利思想行爲上綱爲「階級鬥爭」現象進行批判的，還有話劇《激
流勇進》、《一家人》、《灣溪河邊》、《李雙雙》等一批劇目，《激流勇進》將青

〔註47〕中國話劇藝術研究會編：《中國話劇百年劇作選》（第 11 卷），北京：中國對
　　　　外翻譯出版公司 2007 年版，第 431 頁。
〔註48〕郭小川：《話劇・〈龍江頌〉・革命化》，《戲劇報》1964 年第 2 期。
〔註49〕江文等編劇：《龍江頌》，《劇本》1964 年第 3 期。

年技術員歐陽俊產生的個人名利思想，歸結爲受到技術科副科長丁旺的「具有嚴重的資產階級思想」的影響〔註50〕，劇中方書記說丁旺是「在舊社會受的那種舊思想舊習氣太深的人」〔註51〕。

應該看到，上述戲劇將城鄉中的舊思想、舊習慣和舊勢力的影響寫成「階級鬥爭」，仍然是對現實生活的一種虛構與歪曲。建國後，諸如話劇《李雙雙》、《千萬不要忘記》等戲劇中的小農經濟現象和小業主行爲的影響，在現實裏其和生存空間已十分有限。五十年代初期，隨著社會主義「三大改造」的加快推進，小商品經濟行爲長時期受到嚴重衝擊，爲此嚴重影響到了城鄉生活。對此，中共中央曾於1954年專門發文要求「商業首先應考慮在城市零售陣地上作必要的退讓」，「應允許農民自由買賣」〔註52〕。這種現象隨著極左路線的演進愈益走向偏激，對此，薄一波後來撰文反思時說，當時「我們在發動三大改造高潮的時候，批判『四大自由』（實即批判商品經濟），並認爲連『小自由』都搞掉」〔註53〕。在這樣的歷史背景下，作爲商品經濟一部分的私有經濟、小業主行爲一直處於打壓狀態，國家在「三大改造」完成後，「就建立了一套實際上是嚴格限制價值規律發生作用的高度集中的經濟體制」〔註54〕；加上「大躍進」時期的「吃大鍋飯」、「全民大煉鋼鐵」、「一大二公」現象，是建立在對私有經濟行爲的取締和批判基礎上的。在此過程中，農村的小農經濟思想和城市小業主行爲的經濟基礎已蕩然無存。從這方面看，話劇《李雙雙》、《千萬不要忘記》等戲劇所描寫的階級鬥爭圖景，

〔註50〕 王彥：《爲反映偉大的社會主義時代而努力——記華東區話劇觀摩演出》，《劇本》1964年第2期。

〔註51〕 胡萬春等編劇：《激流勇進》，《劇本》1964年第3期。

〔註52〕 中共中央《關於進一步加強市場領導，改造私商，改進農村購銷工作的指示》（1955年4月12日）。《指示》說，1954年入秋以來，在對私營商業的社會主義改造中，由於國營和零售商業進展太快，城市私商的營業額大部分下降，經營困難。據武漢、天津、廣州的調查，虧損戶約占50～60%；失業增加，上海一地即達12萬人。在農村購銷工作上，由於對糧食產量估計偏高，給農民留量不足，對他們在副食品和飼料等方面的需要照顧不夠，而農民需要的某些工業品又不容易買到，因此公私關係、農民和國家的關係都比較緊張。轉引自劉魯風、何流、唐玉芳主編《中華人民共和國要事錄》，濟南：山東人民出版社1989年版，第122頁。

〔註53〕 薄一波：《若干重大決策與事件的回顧》，北京：中共中央黨校出版社1993年版，第463頁。

〔註54〕 薄一波：《若干重大決策與事件的回顧》，北京：中共中央黨校出版社1993年版，第463頁。

如同揚劇《奪印》一樣，不是對社會現實和實際生活現象的拔高，便是作出嚴重的虛構和歪曲。話劇《李雙雙》是在 1963 年由中國青年藝術劇院根據李準的同名小說改編而成的〔註55〕。李準於 1958 年推出小說《李雙雙小說》後，又於 1962 年前後將它改編成電影和七場豫劇。〔註56〕但是，話劇《李雙雙》是中國青年藝術劇院參加農村「社教運動」期間改編的。1963 年 4 月份，中國青年藝術劇院組成農村演出隊下鄉來到河南商丘，在四個多月的下鄉演出過程中，改編、排練成了話劇《李雙雙》。〔註57〕導演陳顒在談到這齣戲的改編、排演過程時說，他們是根據當時的「農村鬥爭生活」將孫有夫妻改編成「自發資本主義勢力的代表」，並且「嚴格地把他與金樵夫婦、喜旺區別開來」，〔註58〕這樣，金樵的自私自利行為，在話劇《李雙雙》中改成了受到孫有夫妻的影響所致。話劇《李雙雙》在情節和人物上作了新的虛構，將矛盾和鬥爭進一步尖銳化，顯然是出於圖解階級鬥爭理論需要將之「拔高」所致。

總而言之，「社會主義教育劇」從「敵我矛盾」和「人民內部矛盾」兩方面虛構城鄉階級鬥爭圖景，顯然是對八屆十中全會階級鬥爭理論的演繹和圖解。這種演繹和圖解既不是從藝術本體出發，也不是為了反映現實生活，恰恰相反的是在對社會現實和城鄉實際生活現狀作出虛構和歪曲。這是它為「社教運動」服務，成為政治鬥爭工具的性質決定的，目的是為極左路線和權力鬥爭正名，即為它們提供理論基礎和現實依據。

第三節　階級鬥爭的模式化構建

在「社會主義教育劇」中，如果說揚劇《奪印》、話劇《龍江頌》等劇目均游離於現實生活之外，毫無生活基礎，那也是不切實際的。這些戲劇之所以影響廣泛，風靡一時，一個重要原因恰恰是在一些素材上來源於生活。揚

〔註55〕黃維均：《生活土壤裏開放出來的鮮花——記青藝農村演出隊排演話劇〈李雙雙〉的過程》，《戲劇報》1963 年第 12 期。

〔註56〕李準：《我喜愛農村新人——關於寫〈李雙雙〉的幾點感受》，《電影藝術》1962 年第 6 期。

〔註57〕黃維均：《生活土壤裏開放出來的鮮花——記青藝農村演出隊排演話劇〈李雙雙〉的過程》，《戲劇報》1963 年第 12 期。

〔註58〕陳顒：《為社會主義農村新人雕像——關於話劇〈李雙雙〉的排演》，《戲劇報》1963 年第 12 期。

劇《奪印》援引了通訊報導《老賀到了小耿家》，而話劇《龍江頌》的推出，則借鑒了三份材料：一是山東曲阜縣陳莊公社陳家莊大隊，在黨支部書記、全國勞動模範陳以梅的領導下，從一九五二年就開始組織農業生產合作社，三年內糧食增產百分之六十七，曾被毛澤東稱讚爲「一個辦得很好的合作社」〔註59〕；二是福建省龍海縣榜山公社龍江大隊的抗旱鬥爭；三是1963年河北大水從山東分洪的事實，山東省爲了顧大局而犧牲了自己的利益，僅在恩縣窪一個地方，就因分洪淹沒良田幾十萬畝。〔註60〕這種事迹如果屬實，無疑是值得充分肯定且應予以大力弘揚的。只是，《奪印》、《龍江頌》等在反映這些事迹不是從實際生活出發，而是爲了演繹政策圖解政治，導致戲劇完全走樣。在《奪印》等戲劇中，政治理念斧鑿的痕迹十分明顯，材料取捨服務於「社教運動」主題需要，更爲主要的是當現實生活不能滿足創作主題時，均無一例外的人爲地虛構了大量情節故事。這些戲劇在創作中，不是情節來源於現實生活，而是現實生活爲虛構情節服務，於是想反映出什麼樣形式的階級鬥爭，就會編織、撮合出什麼樣形式的「現實生活」去呼應，然後，以這些虛構拼湊的故事去指導現實生活。揚劇《奪印》等戲劇就是這樣被推出的。因此，這些戲劇在創作中所援引的通訊報導和經驗材料對整個戲劇創作來說，是以部分素材的眞實掩蓋主題思想上的虛假。

在「社會主義教育劇」中，「大虛假」的另一表現形式是，以局部的眞實掩蓋了整體的虛假，以及藝術層面上的眞實掩蓋了思想內容上的虛假。這種現象，在《豐收之後》、《年青的一代》、《千萬不要忘記》等戲劇中十分突出。以《豐收之後》爲例，該劇在編劇技巧上值得稱道處頗多。戲劇一開場，作者就將靠山莊人面對小麥大豐收後的各種矛盾心態展露出來。正在大家猶疑不決的時候，村黨支部書記趙五嬸登場了。於是，戲劇衝突就此展開，而圍繞著趙五嬸進行的鬥爭情節線也就此展開：一條是她與王學禮、王老四等壞分子之間的鬥爭，另一條是她和趙大川、王寶山之間的思想衝突和性格衝突。前者是對敵鬥爭，是副線；後者是人民內部矛盾衝突，是情節主線。作者正是通過這兩條情節線反覆向人們發出詰問：是只顧個人和小集體，還是以整個國家的利益爲重？從而巧妙地烘托出戲劇主題——「個人利益服從集體利

〔註59〕 毛澤東：《〈中國農村的社會主義高潮〉的按語》，《毛澤東選集》第5卷，北京：人民出版社1977年版，第257頁。

〔註60〕 參見柯慶施：《大力發展和繁榮社會主義戲劇，更好地爲社會主義的經濟基礎服務》，《紅旗》1964年第15期。

益、集體利益服從國家利益，這是我們社會主義時代的嶄新主題」〔註61〕。

　　較之揚劇《奪印》、京劇《箭杆河邊》，儘管話劇《豐收之後》的題材、出場人物與它們有相同之處，但《豐收之後》顯然沒有去一味虛構農村階級鬥爭場景。《豐收之後》虛構的思想主題更深，更開闊，更具有政治宣教作用，這與它在人物形象刻畫上的可圈可點密不可分。這其中，趙五嬸這個人物形象的刻畫起到了關鍵作用。作者一開始就交代她是一個出身革命老區有著 20 多年黨齡的基層幹部，不僅將她始終置入戲劇設置的階級鬥爭漩渦之中，而且通過這些鬥爭細膩地揭示了她內心世界中精神價值取向的一面。戲劇開始不久，作者寫她從縣黨校學習回來，寧肯步行，省下坐汽車的錢，給鄉親們買鞋、手電筒、墊肩等；在第四幕中，為了說服教育老戰友王寶山而流下「苦惱和激情」的淚〔註62〕，等等，這些比起話劇《李雙雙》中的李雙雙來，形象要豐滿得多，也較容易為人所接受。正因為如此，就容易對劇中虛構的她與王學禮、王老四等壞分子之間的鬥爭，和趙大川、王寶山之間矛盾的性質作自圓其說。最主要的是，作者通過她傳遞出「糧食關係到國家、集體和個人的利益，三者都應該照顧到，可是咱們應該先照顧國家的需要」這一戲劇主題，就易被局部的真實混淆視聽，在讓人們認可的同時，達到戲劇演繹政治理念的目的。

　　「小真實」與「大虛假」本是兩個不同的概念，但二者在「社會主義教育劇」中儼然成為對立統一關係。對於「社會主義教育劇」來說，部分素材取自現實生活以及它在藝術層面上的可圈可點等等，無疑對虛構城鄉階級鬥爭圖景起到了很大的幫助作用，而造成「大虛假」的根本原因，在於戲劇創作的模式化。

　　這是因為，從戲劇創作過程看，「社會主義教育劇」虛構城鄉階級鬥爭圖景，始終沒有脫離黨的八屆十中全會公報圈定的階級鬥爭範圍，階級鬥爭已經在此過程中獲得了模式化的構建，而這種模式化的圖景，是根本虛假的。具體來說，它主要包括兩個部分：一是與敵對分子之間的鬥爭圖景，即與「被推翻的反動階級」之間的鬥爭，他們「不甘心於滅亡，總是企圖復辟」。這種形式的「階級鬥爭」在揚劇《奪印》、戲曲《花生種》、京劇《五把鑰匙》等

〔註61〕張保莘：《歌頌社會主義新事物的勝利──談話劇〈豐收之後〉和〈龍江頌〉》，《文藝報》1964 年第 2 期。

〔註62〕張保莘：《歌頌社會主義新事物的勝利──談話劇〈豐收之後〉和〈龍江頌〉》，《文藝報》1964 年第 2 期。

戲劇中得到了集中反映。二是與具有舊習慣、舊思想或資產階級意識的人之間的鬥爭圖景。這些人在戲劇中被寫成具有「資產階級的影響和舊社會的習慣勢力」，以及「小生產者的自發的資本主義傾向」一類的人，他們「一有機會，就企圖離開社會主主義道路，走資本主義道路」。〔註63〕這其中的代表作品是話劇《千萬不要忘記》、《龍江頌》等劇目。

在上述兩類戲劇中，揚劇《奪印》可謂是描寫與敵對分子作「階級鬥爭」一類劇目的典範。該劇通過新來的大隊書記何文進同壞分子陳景宜之間的「奪印」與「反奪印」鬥爭，實際上爲後來的同類題材的戲劇創作提供了一種典型的創作模式。而且，與它同類題材的戲劇紛紛推出，顯然也是受到了這種創作模式的影響，揚劇《紅色家譜》、《東風解凍》和京劇《箭杆河邊》、《五把鑰匙》，以及話劇《珠江春曉》、戲曲《花生種》就是其中的代表。在這些戲劇中，不僅可以找到情節設置與揚劇《奪印》的類似，而且出場人物也十分雷同。以《五把鑰匙》、《花生種》爲例，由長春市京劇團推出的《五把鑰匙》的劇作者將故事發生時間放在了臺灣特務竄犯大陸的 1962 年〔註64〕。劇作者寫平時僞裝老實接受改造的地主分子仇夢復誤認爲變天時機以到，於是利用盜竊分子杜志灰和富裕中農徐二等作掩護，展開了一系列的「復辟變天」活動。與揚劇《奪印》雷同的是，《五把鑰匙》的主要場景也是在糧食倉庫展開，只是倉庫的鑰匙是通過杜志灰盜得，仇夢復進倉庫的目的是爲了取出他的變天帳和槍支彈藥。這個顯然缺乏推敲的虛構的情節，反映了與揚劇《奪印》同樣的創作主題，即「被推翻的反動統治階級不甘心於滅亡，他們總是企圖復辟」。四場戲曲《花生種》刊載於《劇本》雜誌 1963 年第 12 期。從劇本推出時間看，是先有揚劇《奪印》後才有戲曲《花生種》的。揚劇《奪印》中陳景宜等壞分子想通過盜竊三千斤稻種，達到破壞春耕、擠走大隊支書何文進和攝取大隊「印把子」的目的。四場戲曲《花生種》中壞分子張德誠也是想通過盜竊生產隊花生種達到破壞生產隊種植花生的目的。二者在創作主題上一致，在情節設置上也雷同。譬如《花生種》中的第二場戲「盜種」，幾乎是揚劇《奪印》的翻版，劇中寫壞分子張德誠在深夜偷進倉庫盜得花生種，然後又嫁禍於生產隊社員張財貴身上。而張財貴是倉庫保管員趙珍紅的

〔註63〕 《中國共產黨第八屆中央委員會第十次全體會議的公報》，《紅旗》1962 年第 19 期。

〔註64〕 欣秋：《看三齣反映社會主義新農村的京劇》，《戲劇報》1964 年第 7 期。

丈夫，不僅有監守自盜之嫌，而且在劇中被刻畫成「受了資產階級思想影響」的人〔註65〕。而在描寫與具有舊習慣、舊思想或資產階級意識的人之間鬥爭的戲劇中，話劇《千萬不要忘記》爲發出「千萬不要忘記階級鬥爭」呼喚，在創作中刻意拔高主題的現象，同樣形成了一種主題模式，在話劇《年青的一代》、《激流勇進》、《龍江頌》等劇目中均不同程度地得到了體現。

其實，在「社會主義教育劇」中，揚劇《奪印》、話劇《年青的一代》等戲劇創作的主題模式化，也在戲劇構思、結構上影響了這類戲劇的創作類型化。在戲劇構思上，以四幕話劇《山村姐妹》與小戲曲《鬥書場》、《遊鄉》、《烘房飄香》爲例。這四出戲均虛構出回鄉知青與舊的傳統觀念作鬥爭的圖景，將知青響應號召回鄉務農概括成「千千萬萬下鄉知識青年革命精神」。〔註66〕四幕話劇《山村姐妹》中的女主人公祁金雁，是在家鄉遭受嚴重的「自然災害」情況下，放棄學校工作申請回鄉當社員的。她在劇中說道：「黨把咱放到哪兒，咱就應該在哪兒紮根、開花、結果！眼下咱山區生產比較落後，更需要知識青年發揮作用！」〔註67〕顯然，這是作者所刻意彰顯的戲劇主題之一。戲劇爲了服務於這一主題，於是寫她回鄉後很快過了勞動關，同時開展果樹嫁接技術實驗，並同有舊思想的富農分子錢氏展開針鋒相對的思想鬥爭，對受了錢氏舊思想影響的親屬進行教育和幫助等等，情節構思和戲劇推進均是緊密圍繞著戲劇的主題而展開的。在《遊鄉》中，該劇主人公女售貨員杜娟，是一個剛從中學畢業的青年學生。劇中寫她思想覺悟高，事業心強，「山村野道我不嫌遠，坡陡路險不怕難。爲支持農業大發展，踏遍青山心也甜」〔註68〕。在同沒有改造好的老商販姚三元的鬥爭中，她立場堅定，目光敏銳，終於迫使姚三元認錯，把「發黴的思想攤出來曬太陽」〔註69〕，戲劇構思也是圍繞著創作主題而展開的。三場河南越調《鬥書場》爲了描寫知識青年同舊的封建思想作鬥爭這一創作主題，劇情均是圍繞著團支部書記大鳳同半職業舊藝人錢有聲鬥說書的情節展開。大鳳在同錢有聲的鬥說書過程中，第一個回合失敗了，她沒有氣餒。而是鼓勵小巧「道路不平咱要踩，

〔註65〕舒羽、蕭臨：《花生種》，《劇本》1963年第12期。

〔註66〕本刊評論員：《英雄的時代，英雄的戲劇——祝賀華北區話劇歌劇觀摩演出會的成就》，《文藝報》1965年第4期。

〔註67〕劉厚明：《山村姐妹》（四幕話劇），《人民文學》1964年第12期，第73頁。

〔註68〕河南項城縣劇目組集體創作、趙淑忍執筆、張路整理：《遊鄉》，《劇本》1965年增刊第3號。

〔註69〕本刊評論員：《歡呼小型革命現代戲的新成就》，《文藝報》1965年第10期。

咱要學好本領，把壞書趕下臺」〔註70〕。最後她不僅將錢有聲比垮，而且還把他教育了過來。而湖南花鼓戲《烘房飄香》，為了突出這類戲劇題材的創作主題，虛構了知識青年林裏香同具有自私自利思想的宋喬貴之間鬥爭情節。如此看來，《山村姐妹》這四出戲儘管劇情、人物性格特徵各不相同，但都有一個共同特點，即它們都描寫了知識青年回鄉務農的必要性和價值取向的唯一性，都虛構了這些知識青年勇於同舊思想和舊勢力等行為作鬥爭的場景，目的是為了鼓動青年回鄉務農，積極參加農村的「階級鬥爭」。而且，它們與豫劇《朝陽溝》的主題模式和結構模式基本雷同，這說明了它們在創作中陷入了相同的構思過程，即構思模式化了。

　　以此審視在「社會主義教育劇」中，將城市中的舊習慣、舊思想或資產階級意識上綱為階級鬥爭的圖景，可以清晰地看到這樣一種模式：戲劇主人公常常被設計為有個人主義思想的人，他們本來僅僅是關心個人利益，為了追求個人的幸福生活等等，這些思想行為並不具備階級鬥爭的性質，但戲劇常常在他們的身邊安排了具有舊觀念或「資產階級思想」的人。這就同剝削階級思想扯上了關係，最後總是安排主人公出事故的情節，出了事故，就見出了個人思想、利己行為等會造成嚴重後果，也見出了由此造成了對無產階級事業的嚴重損害，於是戲劇一一能夠將之上昇到階級鬥爭了。這種創作模式在話劇《千萬不要忘記》、《年青的一代》、《激流勇進》、《龍江頌》等戲劇中均可看到，它從根本上講仍然是思想內容上的虛假所致。

　　在「社會主義教育劇」中，戲劇創作中的的主題模式化決定了構思模式化。從藝術創作角度講，在戲劇審美創造過程中，最能反映劇作家的創作個性的還是構思，一部戲劇史，從某種意義上講就是戲劇構思的嬗變史。因為戲劇構思是其審美創造過程的中介環節，「它擔負著規劃作家的創作欲望，孕育著審美意識系統和預設其固化形態的任務，既涉及到寫什麼，又涉及到怎能樣寫和為什麼寫的問題」〔註71〕。因此，戲劇創作應是先有在體驗認知後的構思，然後才能形成在此基礎上創作主題。但是，作為「社教運動」政治工具的「社會主義教育劇」，為了虛構城鄉的階級鬥爭圖景，劇作家在創作中幾乎沒有其他的選擇權利和餘地，構思戲劇一律屈從服務階級鬥爭主題

〔註70〕河南商水縣劇目組集體創作、許洪執筆：《鬥書場》，《劇本》1965 年增刊第 3
　　　　號，第 12 頁。
〔註71〕許志英、鄒恬主編：《中國現代文學主潮》（下），南京：南京大學出版社 2008
　　　　年版，第 1159 頁。

的需要。這樣一來，他們在戲劇構思時，不是以親身體驗生活後的反饋和感悟作基礎，而是以先入的階級鬥爭理念為主導進行創作。在戲劇創作中，他們大都經歷過領導出思想、群眾出生活、作家出技巧的所謂「三結合」創作過程，主題的模式化在不斷規約著戲劇的創作構思，使戲劇構思不斷走向「雷同」。於是，在虛構與敵對分子作鬥爭的戲劇時，《奪印》、《箭杆河邊》、《五把鑰匙》、《珠江春曉》、《紅色家譜》、《東風解凍》、《花生種》等構思相同的戲劇便先後推出；在虛構回鄉知青同舊的傳統觀念作鬥爭的劇目中，《鬥書場》、《遊鄉》、《烘房飄香》、《山村姐妹》等戲劇便一一出現；在虛構與「舊思想、舊習慣」等作鬥爭的劇目中，出現了話劇《千萬不要忘記》、《李雙雙》和《龍江頌》一類構思雷同的作品。

　　在「社會主義教育劇」中，戲劇創作的主題和構思模式化，最終使戲劇結構也呈現出類型化。仍以揚劇《奪印》為例，該劇創作呈現出了當時頗為流行的結構模式：「隊長犯錯誤，支書來幫助，老貧農訴了一陣苦，最後揪出個老地主。」〔註72〕《奪印》先後出場的演員在 20 人以上，但真正有戲份的則不到三分之一。這主要集中在小陳莊生產大隊隊長陳廣清，大隊黨支部書記何文進，貧農社員陳友才，以及總是企圖攥住大隊「印把子」、妄圖復辟變天的「假貧農」陳景宜，還有充當陳景宜「狗腿子」的大隊會計陳廣西。在戲劇結構上，揚劇《奪印》是這樣建構的，它首先虛構了小陳莊生產大隊被壞分子陳景宜一夥「篡奪」了大隊領導權，於是大隊生產落後，大批稻種失竊，社員生活貧困，正在這時，公社黨委派來了大隊黨支部書記何文進，形勢頓時發生了逆轉。貧農陳友才為陳景宜一夥脅迫、利用，大隊長陳廣清嫌棄他，正當他再次被利用面臨滅頂之災的時候，黨支書何文進及時上門問苦，幫助他擺脫陳景宜，脫離了危險。最後，何文進依靠群眾挫敗了陳景宜的陰謀，教育了大隊長陳廣清，奪回了生產大隊的「印把子」。

　　綜上分析可以看出，揚劇《奪印》儘管全劇人物眾多，但始終圍繞著大隊長陳廣清、黨支書何文進、貧農陳友才、壞分子陳景宜之間展開。每到關鍵時刻，總是大隊長陳廣清犯錯，黨支書何文進指正，從而挫敗了陳景宜的陰謀，取得「奪印」鬥爭的勝利。這種戲劇結構方式，在虛構農村階級鬥爭過程中很快成為創作模式。這種模式常將抓業務、搞經濟、忙生產的幹部當

〔註72〕田本相總主編：《中國話劇藝術通史》（第 2 卷），濟南：山東教育出版社 2008 年版，第 104 頁。

作「只管低頭拉車，不問擡頭看路」的一類人，這類人的最大特點是易犯政治錯誤，而黨支部書記則均是黨的形象的化身。與這種戲劇結構模式相類似的，還有回鄉知青與封建舊觀念作鬥爭的結構模式，生產集體同舊的習慣勢力之間的鬥爭結構模式，等等。

總而言之，「社會主義教育劇」因爲虛構城鄉階級鬥爭圖景，因而形成了創作模式化現象。「社會主義教育劇」虛構城鄉階級鬥爭圖景的性質，決定了其戲劇無論以何種題材創作，均要表現階級鬥爭這一主題，人爲設置兩個階級、兩條道路之間的鬥爭，從而不可避免地陷入構思的模式化和結構的模式化創作當中，這也反映出它虛構城鄉階級鬥爭圖景這一創作主題的獨特性和唯一性。另外，在其模式化創作中，構思、結構模式化是爲主題模式化服務的，而主題模式化又取決於階級鬥爭圖景的虛構。因此，戲劇模式化是創作本身虛構城鄉階級鬥爭圖景的必然反映。

第四章　以「反修防修」的名義否定個人權利——「社會主義教育劇」主題研究之二

在「社會主義教育劇」中，有一種創作現象就是，在「反修防修」的旗幟下，進行了對所謂「個人主義」的批判。體現在話劇《年青的一代》、《遠方青年》、《千萬不要忘記》、《豐收之後》等一批劇目中，其特徵就是將個人利益、個人自由和個人權利，亦即對個人追求幸福的基本權利視作「個人主義」和受到「資產階級思想的影響」，將它與所謂國家、集體利益對立起來，對它作價值觀上的根本否定，從而在思想內容上呈現出嚴重的非人化現象。這種創作現象，實際上構成了「社會主義教育劇」的又一創作主題。

第一節　個人權利被視為「個人主義」

一、全盤否定：個人基本權利被一概「清除」

在話劇《年青的一代》、《遠方青年》、《千萬不要忘記》、《李雙雙》等一批「社會主義教育劇」中，一個顯著特徵就是，儘管它們都在反映「社教運動」的階級鬥爭、「反修防修」主題，但都是建立在對人的個性、自由以及個人的權利等予以排斥、否定基礎上的。這類戲劇在將個人意識、個人動機、個人觀點、個人自由以及個人自主價值取向等視作「個人主義」進行批判的同時，實際上是對個人追求幸福的基本權利予以根本否定。

　　以《年青的一代》爲例。這齣戲在當時曾紅極一時，是一個炙手可熱的劇目。該劇由上海戲劇學院教師劇團首演後，立即風靡全國。上海市青年話劇團、北京人藝、中國兒藝以及湖北、河南、廣東等地的絕大多數話劇團均演出了該劇。該劇曾獲 1964 年文化部「1963 年以來優秀話劇演出獎」，甚至被移植到了日本。〔註 1〕該劇炙手可熱，得益的仍是其生逢其時的創作題材和主題。該劇劇情主要是圍繞蕭繼業和林育生二人展開的。二人均在青海的一個勘探隊工作，且在大學時是同學。劇中寫蕭繼業不畏寒風烈日，登山探礦，甚至當他的腿因救人受傷需要截肢的時候，仍表示要紮根在勘探隊工作。而作爲烈士後代的林育生則堅持調回上海，想回到他的母校地質學院做研究工作。爲此，他藉口患關節炎回到了上海，並勸阻他即將畢業的未婚妻夏倩如亦留在上海工作。林育生的養父林堅對此深爲痛惜，認爲他走入了岐途，在對他進行一番教育後拿出了他父親的遺書，使他一下子醒悟了過來。最後，夏倩如隨同林育生前往青海工作。

　　綜觀該劇，劇中涉及的階級鬥爭以及青年一代教育問題的主題，主要是建立在對劇中主人公林育生的思想行爲否定基礎上的。劇作者認爲他「受到了資產階級思想的侵蝕，一心追求安逸舒適的生活」〔註2〕，這主要體現在兩個方面：一是工作去向上，即林育生想離開青海回到上海工作。二是在生活態度上，林育生不僅自己想回上海，而且也想把即將大學畢業的愛人夏倩如也留在上海工作。

　　對此，劇中林育生分別作出了解釋。在工作去向上，林育生在勸夏倩如留在上海工作的那段話，也說明了他自己的想法：「我眞不明白，留在上海有什麼不對呢？撇開個人問題不談，就拿國家需要來說，你也應該主動爭取留在上海。你是我們學院的高材生，你有條件，也有義務在地質科學上做出比別人更多的貢獻，到邊疆去能做到這一點嗎？上海可就不同了，這裡不光有大量的資料文獻，而且隨時隨地都能得到專家們的指導，這對你將來科學上的成就有多大的好處啊……」〔註3〕看來，林育生想回母校工作，不僅僅是「一心追求安逸舒適的生活」，充分利用母校的環境條件和資源優勢做好

〔註 1〕　劉孝文、梁思睿編纂：《1949～1984：中國上演話劇劇目綜覽》，成都：巴蜀
　　　　　書社 2002 年版，第 279 頁。
〔註 2〕　劉孝文、梁思睿編纂：《1949～1984：中國上演話劇劇目綜覽》，成都：巴蜀
　　　　　書社 2002 年版，第 279 頁。
〔註 3〕　陳耘：《年青的一代》（四幕話劇），《劇本》1963 年第 8 期。

學問以利學以致用，是其主要目的之一，也是他對人生的一種價值取向。而在生活態度上，主要體現在他對將來婚姻生活的嚮往上。在劇中，林育生對夏倩如這樣說道：「要是眞的把你留在上海，那該多好啊。想想看，白天我們一起去上班，晚上回來就聽聽音樂，看看小說，讀讀詩，看看電影，星期天上公園，或者找幾個朋友聊聊天……」顯然，這是處在戀愛期的年青人對未來生活一種設計，爲了說明它與工作並無矛盾，林育生同時說道：「當然，工作是一定要做好的，工作做不好的人，在新社會裏是不會有他的地位的，一定要在業務上好好幹出一些成績來。」〔註 4〕由此可見，劇中林育生將未來設計是建立在上海工作和生活這一基礎上的。爲了說明這樣做並無不妥，他還這樣勸說夏倩如：「爭取留在上海，其實在哪兒不一樣爲人民服務？個人利益和整體利益可以統一的時候，爲什麼一定要人爲地把它對立起來？」〔註 5〕

這樣看來，劇中的林育生在工作、生活方面的打算既體現在他的工作態度和事業心上，也體現在他對個人幸福生活的嚮往和追求上。應該看到，這種「打算」無論是出於「公心」還是「私利」，均是他對個人價值的一種取向，屬於他個人選擇生活的基本權利。但在劇中，他的這種思想行爲首先被蕭繼業視作了「庸俗的生活」——「成天沉醉在愛情裏，關心的只是個人的小天地，滿足於平庸瑣碎的生活，貪戀眼前一點小小的安逸」〔註 6〕。對於這樣做會導致的後果，劇作者通過蕭繼業這樣做出解釋：「危險就在於它會不知不覺地腐蝕人的靈魂，毀滅人的理想，消沉人的鬥志，使人變成一個只能在個人主義的軀殼裏爬行的軟體動物。」〔註 7〕這裡，劇作者將林育生追求個人幸福生活的思想行爲與個人主義劃上了等號。爲了挖根溯源以此證明這種「個人主義」的危害性，戲劇設置了林育生爲回上海去醫院去開了患關節炎的假證明的情節，並將之歸於受到了未出場的小吳的資產階級的影響。這樣一來，「個人主義」產生的根源是「資產階級影響」造成的，戲劇「階級鬥爭」現象於是也發生了，這顯然是站不住腳的。因爲小吳僅僅是給林育生到醫院開假證明「支招」，這種做法，不是「資產階級」也會這樣做，二者沒有必然的聯繫；同樣的道理，到醫院開假證明，沒有受「資產階級影響」

〔註 4〕 陳耘：《年青的一代》（四幕話劇），《劇本》1963 年第 8 期。
〔註 5〕 陳耘：《年青的一代》（四幕話劇），《劇本》1963 年第 8 期。
〔註 6〕 陳耘：《年青的一代》（四幕話劇），《劇本》1963 年第 8 期。
〔註 7〕 陳耘：《年青的一代》（四幕話劇），《劇本》1963 年第 8 期。

的人也會這樣做，二者也沒有必然聯繫。但是，戲劇不僅聯繫了起來，而且根據這條情節線安排有展示「血書」的場景，並藉此通過林堅之口發出警示：「我們這代人千辛萬苦打下的江山，我們的下一代呢？他們都會繼承我們的事業，還是可能出現一些敗家子呢？我們走的是一條艱難，但卻是通向勝利的道路，他們呢？全都會沿著我們的道路走到底嗎？」〔註8〕顯然，這種詰問，是《年青的一代》所要傳遞出的戲劇主題思想，即將林育生的思想行爲扣上「個人主義」、「資產階級」的帽子予以批判，在根本上否定了他個人追求幸福生活的基本權利。

所謂個人主義，在我國長期以來被解釋爲「一切從個人出發，把個人利益放在集體利益之上，只顧自己，不顧別人的錯誤思想」，「個人主義是生產資料私有制的產物，是資產階級世界觀的核心。它的表現形式是多方面的，如個人英雄主義、自由主義、本位主義」，〔註9〕等等。也就是說，個人主義在被解釋爲一種帶有嚴重資產階級思想的自私自利行爲的同時，也將「私」與「公」，「個體的人」與「國家」、「集體」等尖銳對立了起來。以這樣的解釋，《年青一代》中的林育生的思想行爲顯然不在此列，因爲他對工作、事業、生活上的追求並未將「公」與「私」對立起來，恰恰相反，他常常是二者兼顧，相輔相成，無論在思想還是行爲均呈現出非個人主義特徵：在工作上，並非「做」與「不做」的矛盾，只是留在上海還是去青海的問題；在事業追求上，並沒有將「個人」與「集體」、「國家」三者利益對立起來，只是實現方式表現出是在母校實驗室還是去野外地質隊的區別而已；在生活上，他既追求個人的幸福，同時表示「工作是一定要做好的」，將二者兼顧起來，於「公」與於「私」並不矛盾。但是，劇作者還是將之視作「個人主義」，同時爲了說明這種「個人主義」的危害性，不僅將林育生的思想行爲歸於受到小吳的「資產階級影響」，而且設計了蕭繼業和林嵐這兩位有著「非個人主義」思想行爲的年青人與他作出對比：劇中的蕭繼業不畏寒風烈日，登山探礦，當他的腿因救人而受傷可能需要截肢的時候，仍然表示要前往野外勘探隊工作；林嵐義無反顧地前往井岡山農場插隊，爲此放棄了考電影學院的機會。現在看來，蕭繼業將現場探礦（應該是表更多地現「紮根邊疆」情結）作爲唯一有價值意義的事業去追求，則明顯帶有當時左的思潮烙印。最起碼

<hr>

〔註8〕 陳耘：《年青的一代》（四幕話劇），《劇本》1963 年第 8 期。
〔註9〕 中國社會科學院語言研究所詞典編輯室編：《現代漢語詞典（修訂本）》，北京：商務印書館 1996 年版，第 426 頁。

來講，蕭繼業真的截肢之後，更適合在室內工作而非野外勘探。而林嵐的前往農場，顯然是戲劇出於演繹「上山下鄉」政治理念的需要。這樣看來，該劇通過蕭繼業和林嵐的形象刻畫將個人權利與國家、集體利益對立起來，實際上是通過他二人傳遞主流意識形態話語，以此作為批判「個人主義」的代言人冀以說服觀眾，則是蒼白且無力的。

綜觀「社會主義教育劇」，諸如話劇《年青的一代》那樣對所謂「個人主義」進行批判的，在《遠方青年》、《千萬不要忘記》、《李雙雙》、《豐收之後》、《龍江頌》、《白秀娥》等劇目中十分普遍。如果將其作大致分類，這些戲劇中的「個人主義」大致體現在三個方面：

一是在個人利益追求上。在話劇《李雙雙》中，喜旺、孫有和金樵的「個人主義」體現在與集體利益相矛盾上。喜旺的老好人作風，拿他自己的話來說就是「多栽花，少栽刺。維持個人是條路，得罪個人是堵牆」；孫有和金樵積極搞副業撈外快，均被視作與集體利益不相容的「個人主義」的東西而受到批判。《龍江頌》中農民為減少大水淹沒農田而採取的一些自救行為也被視作了「個人主義」。《向陽川》中主人公常翠林為了將救災糧食趕快送往災區，在妹妹因救別人不慎跌落浪急灘險的大水之中時棄之而不顧，繼續指揮一筏人撐筏前行，其原因也是因為糧食體現了「公」，救妹妹體現了「私」。劇作者試圖告訴人們，儘管這個「私」是可能以個人生命為代價，但是這方面的閃念仍是「個人主義」而理應放棄。

二是在個人對生活方式的選擇上。《千萬不要忘記》中的丁少純學抽煙、買毛料子衣服穿、下班打野鴨子等屬於個人對生活的一種選擇方式，在劇中被視作「空虛」、「落後」行為，劇作者認為這些行為會導致「忘了開電門，忘了上班，忘了我們的國家正在奮發圖強，忘了世界革命」，〔註10〕於是將這些行為視為「個人主義」進行批判。這與《遠方青年》中的艾利、《年青的一代》中的林育生均因選擇留在城市工作而被視作「個人主義」是相一致的。《遠方青年》中艾利到牧場實習時並沒有打算留在那裡工作一輩子。這是他對個人工作去向及生活方式的一種選擇權力，也被當作「個人主義」。諸如劇中他在談到實習的目的時對阿米娜說：「為了趕著把我這次勘察新草場布群，消滅馬群多瘦春乏的實驗總結寫出來，帶迴學院，要求工作。」〔註11〕

〔註10〕叢深：《祝你健康》（四幕五場話劇），《劇本》第 10、11 期。
〔註11〕武玉笑：《遠方青年》，《劇本》1962 年第 12 期。

這就說明，他有事業上的追求，只不過在劇中這種追求與在牧場工作一輩子相矛盾而被否定。而在獨幕話劇《白秀娥》中，主人公白秀娥是一個 30 歲的寡婦，她在勸「追」她的 45 歲的鰥夫李鳳時說「只要你熱心給社裏辦事，多關心集體，想找個中意的人還不容易？」而最終她中意趙永剛，而沒有選擇李鳳爲夫，是因爲趙永剛是「下放回鄉的工人」，是「榜樣」；李鳳儘管「蒔弄園田地，擺弄大莊稼，耕耩鋤耪，裝車卸套，也都是高人一等」，但李鳳喜歡跑「小市」（城裏的自由市場），是「個人主義」。〔註12〕這樣，白秀娥的擇婚前提是對「個人主義」生活予以否定。

三是否定對個人價值的追求。在《激流勇進》中，鋼鐵廠平爐車間技術員歐陽俊設計出了一個「新字三號」方案，這個方案如試驗成功將大幅度提高鋼的產量和質量，這正是生產所需要的。但是，歐陽俊在此過程中表現出的「做一個有名望的工程師」的思想，被視作個人主義思想而受到譴責。在劇中，他將這一願望告訴女朋友黃萍時，受到她的批評「理想是可貴的，可是，歐陽，在理想中千萬不要摻雜個人的成分」。對此，黃萍隨後說出的理由是：「歐陽，我並不是沒有個人主義，我的腦子裏個人問題想得多的時候，就會立即想到我父親，想到許許多多忘我勞動的人，我自己立刻就會感到臉紅，我就努力去克服那些個人的東西。」這裡，主流意識形態是評判是否「個人主義」的標準，這在劇中方書記批評歐陽俊的話裏也可以看出：「原來你搞新字三號方案是件好事，一摻雜了個人的東西，急於求成，就要犯錯誤。」〔註13〕對歐陽俊的這種「個人主義」的評判標準，在《遠方青年》、《年青的一代》等劇目中也得到體現，《遠方青年》中的艾利也搞實驗，但實驗是爲了將它「總結寫出來，帶迴學院，要求工作」而受到批判。《年青的一代》中的林育生也想搞科研工作，但因他想留在上海而予以否定。

二、尖銳對立：以「國家需要」否定集體、個人利益

在《豐收之後》、《龍江頌》、《向陽川》、《王二小接閨女》等一批「社會主義教育劇」中，一個顯著特徵是將國家、集體、個人三者利益對立起來，亦即以「國家利益」（實際上是「國家需要」）消解集體、個人利益。

以話劇《豐收之後》爲例。該劇描寫的是膠東老解放區的靠山莊大隊在

〔註12〕 劉沄：《白秀娥》（獨幕話劇），《劇本》1962 年第 12 期。
〔註13〕 胡萬春等：《激流勇進》，《劇本》1964 年第 3 期。

獲得小麥大豐收後，圍繞餘糧問題展開的思想鬥爭和矛盾衝突。生產大隊長趙大川主張以集體的名義換馬，給集體添置農耕需要的設施；副大隊長王寶山則主張把餘糧分給社員，他也好能為女兒置辦嫁妝；商人、驢販子出身的王學禮、王老四則企圖用這批餘糧去做投機生意；而村黨支部書記趙五嬸和團員王小梅以及徐大叔、王爺爺等人則主張把餘糧賣給國家，支持國家建設。在這齣戲中，上述幾種態度膠著在一起形成了尖銳的矛盾衝突。劇作者以此揭示了這樣一個主題，即劇中主人公趙五嬸說的那樣「糧食關係到國家、集體和個人的利益」、「咱們應該先照顧國家的需要」。〔註14〕

在劇中，矛盾的焦點集中在餘糧上。對於「餘糧」，劇中通過趙五嬸作出了這樣的解釋，即它是在交足徵購糧和留足口糧的基礎上多餘的糧食。在劇中對餘糧的處理，與趙五嬸持不同意見的，除了王學禮、王老四，還有趙大川、王寶山等人。趙大川主張將餘糧換騾馬，可以作出這樣的解釋，鑒於地處偏遠山區的靠山莊交通不便及生產需要，應該先為隊裏添幾頭大牲口，這樣既可減輕社員的勞動強度，也有利於擴大再生產，從而更好地為國家作出貢獻。王寶山等人認為「大夥受了累，就應該多分點糧食」，在劇中，這種主張更多地是站在社員立場，為社員的切身利益考慮：豐收了，大夥辛苦了一年，分些餘糧既能改善大夥生活，也有利於休養生息，來年讓大夥更好地投入生產。從尊重現實、適應民情角度講，趙大川、王寶山等人的意見都是合理的。但是，這個「合理意見」多年來在靠山莊均屬空談，原因在於，歉收之年自然無餘糧可分，豐收之年餘糧又被國家無條件徵購，這在王老四的一句臺詞中可以看到：「哼！頭年秋天的莊稼長得也挺好，還不是把餘糧都有賣給國家了？咱鬧個狗咬屎泡空歡喜！」〔註15〕這幾句臺詞固然帶有怨懟情緒，但未嘗沒有它的道理，這就是社員們辛苦一年打下的糧食，在交足徵購糧與留足口糧的基礎上，自主支配餘糧的權力被剝奪了：多分點給個人改善生活，買幾匹騾馬利於來年生產，便被扣上「自私自利」、「本位主義」的帽子受到批判。這其中，所謂「國家利益」是建立在損害集體和個人利益基礎上的。

綜觀《豐收之後》戲劇劇情，矛盾的焦點主要還是集中在趙五嬸和趙大川之間的。劇本第三幕有一場他們二人之間因餘糧問題發生的爭持。在談到

〔註14〕 蘭澄：《豐收之後》，《劇本》1964 年第 2 期。
〔註15〕 蘭澄：《豐收之後》，《劇本》1964 年第 2 期。

運走餘糧去換取騾馬時，作爲主管大隊生產的大隊長，趙大川曾激動地說「運走也不是爲了我自己」，他當了多少年的幹部，但卻說自己：「從來沒吃過一粒昧心糧，沒化過一文昧心錢，拿糧換牲口，這是爲大夥，也不是我吃私貪污！」反映出了他恪盡職守的道德和良心。對此，趙五孀針鋒相對地予以「反擊」：「把餘糧賣給國家，也不是爲了個人。」二人都說不是爲了個人，但各自的含義卻迥然不同。在趙五孀看來，有了國家利益就有了個人、集體利益，在餘糧問題上，集體、個人利益是無足輕重的，是與國家利益相衝突和對立的。於是，她在劇中道出「大河有水小河滿，大河無水小河干」，這集中反映了她的主導思想，也是劇作者通過她要突出的主題思想。反觀趙大川，心裏也並非沒有裝著國家：「對上邊交給的任務，從沒打過折扣，沒講過價錢。」他執意要用餘糧換騾馬，也是因爲「等把咱隊的生產搞好了，將來再多支持國家」。〔註16〕這反映出他是根據大隊和社員的實際情況，從發展的眼光看待國家、集體、個人三者利益關係問題。但是，劇中趙大川的這種無論從眼前來看還是出於長遠利益考慮，都有利於休養生息和發展集體經濟的觀念卻受到了批判。原因在於這是與趙五孀所說的「國家利益」相衝突的。

現在看來，劇中趙五孀所說的「國家利益」，其實是建立在損害集體和個人利益基礎之上的。在劇中，趙五孀是作爲農村優秀黨員幹部形象塑造的。劇作者寫她從小受苦，解放戰爭時期曾是「支前」模範，是黨教育培養了她，因此她對黨和國家有著一種樸素的階級感情。於是，作者想「順理成章」地將她忠實地執行上級的指示，爲此不惜置集體和個人利益於不顧，將三者關係對立起來構成絕對矛盾，顯然是不能令人信服的：畢竟「忠誠」並不等於「盲從」，二者是不同的概念。劇中有著「全局觀念」和「主人翁精神」趙五孀無條件地執行上級指示，這樣的幹部往往「好心」辦了壞事，五十年代至六十年代初已讓農民吃了不少苦頭。「大躍進」時代的「吃大鍋飯」、「全民大煉鋼鐵」，以及「浮誇風」下的不顧民生、民情一味徵購糧食的做法等等，從而導致全國大量餓死人的現象發生，讓歷史已經走了一個「大馬鞍形」〔註17〕，這些現象的發生，是極左路線和思潮導致的惡果，也是與這類的「好心」幹部盲目地執行上級指示精神密切相關。

〔註16〕蘭澄：《豐收之後》，《劇本》1964 年第 2 期。

〔註17〕薄一波：《若干重大決策與事件的回顧》，北京：中共中央黨校出版社 1993 年版，第 1145 頁。

然而,《豐收之後》恰恰想通過趙五嬸這樣的「好心」幹部去詮釋如何處理國家、集體、個人利益三者關係的。這在「社會主義教育劇」中,還不是偶然的創作現象,諸如《龍江頌》、《戰洪圖》、《子牙河戰歌》、《向陽川》等戲劇,無一不是通過大隊黨支部書記鄭強、丁震洪、劉元興、常翠林等大隊黨支書去對此作出詮釋的。他們均以「國家利益」為重,而以集體利益為重、與他們持不同觀念的大隊或生產隊幹部林立本、鄭阿擺、劉大勇、朱勇坤等人均被視為「本位主義者」,而富裕中農錢常富、富農朱恒有等,或被戴上了「自私自利」的帽子,或被視作了一心搞破壞的敵對分子。這類戲劇大都是以抗旱與抗洪作為創作題材的,對於《戰洪圖》〔註18〕中的丁震洪形象,劇作者之一魯速曾這樣說過「我們試圖塑造一個高大的農村支部書記的形象,力求把這個人物寫得有膽有識。所謂有膽,是不怕困難,敢於鬥爭,敢於勝利;有識是覺悟高,對於個人、集體、國家三者的關係看得透、擺得正」〔註19〕,這也可看出劇作本身的思想主題定位。與話劇《戰洪圖》相同,河北梆子《子牙河戰歌》〔註20〕也是以分洪保「大局」為創作題材,且與歌劇《向陽川》一樣傳遞出了相同的思想主題。五場歌劇《向陽川》〔註21〕描寫向陽川大隊豐收後準備建電站,當他們得知古牛灣生產大隊正在遭受嚴重的水災這一消息,於是決定推遲原來的計劃,把準備換取水電站設備的一萬五千斤糧食,拿去支持受災的古牛灣大隊。不僅如此,他們還不顧生命危險,在洪災泛濫期間沿著浪急灘險的隴河,撐筏把糧食送到古牛灣去。為此,戲劇主人公常翠林的妹妹常翠華還跌入河中被洪水卷走,差點付出生命的代價。顯然,劇作者刻意突出的這種「舍己為人」思想主題,是建立在漠視集體和個人利益竟至不顧人的生命安危基礎上的,且不說洪災泛濫之時有否讓一幫女子撐筏送糧的可行性與必要性,如果有必要的話,那也是缺乏人性及現實依據的。

在上述戲劇中,創作主題與《豐收之後》較為貼近的要數五場話劇《龍

〔註18〕 河北省話劇院集體討論、魯速執筆:《戰洪圖》(七場話劇),《收穫》1965 年第 3 期。

〔註19〕 魯速:《認識英雄,理解英雄》,1965 年 3 月 14 日《北京日報》。轉引自劉永年、蘇慶昌《光輝的英雄形象——談話劇〈戰洪圖〉丁震洪形象的塑造》,《河北文學》1965 年第 7 期。

〔註20〕 河北省河此梆子劇院集體討論、王昌言執筆:《子牙河戰歌》(七場戲曲),《河北文學》1964 年戲劇增刊第 2 期。

〔註21〕 甘肅省歌劇團集體創作:《向陽川》(五場歌劇),《劇本》1965 年第 6 期。

江頌》。該劇描寫福建省某縣遭受了百年未遇的旱災威脅，縣委決定堵截九龍江，引水灌漑受旱地區，這樣，龍江大隊的三百多畝小麥將被淹掉。龍江大隊在大隊黨支部書記鄭強和農會主任鄭堅帶領下，爲執行上級指示毅然堵江，不僅如此，在堵江過程中，爲瞭解全縣十萬畝田旱情之急還不惜提高水位加快流速，致使大隊二千畝良田受淹。顯然，這種「保車丟卒」的做法是該劇刻意彰顯的主題。劇作者意在通過這個主題，詮釋農村幹部和農民應如何對待小集體和大集體、局部和全局的關係問題，爲此，還精心設置了另外兩種人物登場：一是考慮如何使自己的自留地免去受淹的富裕中農錢常富，在劇中他被視作「利己主義者」；二是站在集體立場考慮問題的大隊長林立本和生產隊長鄭阿擺，二人被說成是「本位主義者」。〔註22〕但是，這種「保車丟卒」維護「大局利益」的做法是以損害集體與局部利益爲前提的，這與《豐收之後》是相一致的。而且，戲劇通過劇中一位青年農民的話，傳遞出了與《豐收之後》相同的主導思想：「大河沒水小河干，大鍋沒飯小碗光，只要大面積有收成，我們還怕沒有好日子過？」〔註23〕

「大河有水小河滿，大河無水小河干」，對於《豐收之後》、《龍江頌》等戲劇傳遞出的這種主題思想，如果我們審視「十七年」歷史就會發現，其中隱含著太多的辛酸與苦澀。1963年前後，「大躍進」帶來的「三年困難時期」剛剛度過，農村許多社隊在「餓死人現象」之後還沒有緩過勁來，不少農民連飯都吃不飽，賣餘糧更是奢談。在當時，糧食及休養生息問題仍是關乎農民直接也是最切身的利益問題。這不僅需要國家在政策上的扶持及幫助，而且還要靠社隊及社員個人通過自身努力改善生活條件，發展農業生產。而後者，在地處偏遠的農村更顯得必要。《豐收之後》等戲劇無視農村的這種個人、集體利益與需求，一味將它們與所謂「國家利益」亦即「國家需要」對立起來，實際上仍是在勸導人們沿襲1958年前後已走過的老路。

早在「大躍進」時期，「浮誇風」之下的糧食高徵購、吃大鍋飯、「全民大煉鋼鐵」下的砸鍋煉鐵等現象造成的惡果，均是建立在對個人利益和社隊利益造成嚴重傷害的基礎上的。1959年底，據國家統計局統計，全國農村已辦公共食堂391.9萬個，就餐的人數約4億人。〔註24〕糧食供應緊張是極

〔註22〕郭小川：《話劇·〈龍江頌〉·革命化》，《戲劇報》1964年第4期。
〔註23〕江文等：《龍江頌》（五場話劇），《劇本》1964年第3期。
〔註24〕《1959年年底全國農村公共食堂發展情況》，見《中國共產黨歷史大辭典》編

左路線造成生產和消費脫節的結果。據甘肅史載，在「人民公社化」後，從1959 年冬季至 1960 年春，全省動員了 70～80%的農村勞動力大搞水利、養豬場、商品基地、豐產方法等，結果使農村浮腫病、非正常死人現象明顯加重，〔註25〕這正是在「共產風」下無視民生、民情，一再對個人權利消解的結果。在全國各地農村，直到「文革」結束，許多地方仍將搞活市場經濟的行為，冠以「走資本主義道路」予以取締和批判，結果是農村許多社隊隨便沒收社員的自留地、開荒地，有的甚至組織幹部、民兵、學生前往「拔青苗「活動，把這些自留地、開荒地上已經長得齊腰高的莊稼砍掉。在少數民族地區，出現社隊把社員的自留牧畜和羊隻，全部收歸集體所有的現象。〔註26〕「社教運動」時期，全國各地對自留地種植等現象當作「資本主義尾巴」予以清除，結果使農村個體經濟一再下滑。1965 年 9 月 5 日，中共中央、國務院甚至專門作出批示，要求發展副業，理由是副業生產已下滑到低於 1957 年的水平，「許多生產隊資金缺乏，社員手中錢少；許多產品供不應求，影響到生產等多方面的需求」。〔註27〕而「生產力資金缺乏，社員手中錢少」，正是話劇《龍江頌》中對錢常富等經營自留地及「有一手燒窯技術」等行為的限制，在話劇《李雙雙》中對喜旺、孫有和金樵等人幫助生產隊外出搞副業等行為的批判，在《豐收之後》中對大隊長趙大川、副大隊長王寶山等人自主處理餘糧進行遏制等做法的結果。從這方面看，「社會主義教育劇」所極力彰顯的東西，正在對城鄉經濟發展等造成危害，它在將人的基本權益及生活需要指責為個人主義進行批判的同時，也在為「社教運動」和極左路線正名，即將物質匱乏和人的生活貧困現象歪曲成是「個人主義」等原因造成的。

輯委員會編《中國共產黨歷史大辭典（社會主義時期）》，北京：中共中央黨校出版社 1991 年版，第 205 頁。

〔註25〕《中共中央轉發甘肅省委〈關於貫徹中央緊急指示信的第四次報告〉的重要批示》，中共中央文獻研究室編《建國以來重要文獻選編》（第十三冊），北京：中央文獻出版社 1996 年版，第 729～741 頁。

〔註26〕參見《中共中央關於當前農村工作問題的指示》，中共中央文獻研究室編《建國以來重要文獻選編》（第二十冊），北京：中央文獻出版社 1998 年版，第 353～355 頁。

〔註27〕《中共中央、國務院關於大力發展農村副業生產的指示》，中共中央文獻研究室編《建國以來重要文獻選編》（第二十冊），北京：中央文獻出版社 1998 年版，第 498～505 頁。

第二節　以「反修防修」名義清除「個人主義」

　　在「社會主義教育劇」中，《豐收之後》、《千萬不要忘記》、《年青的一代》等話劇對人的基本權利的否定，是以「反修防修」的名義推出的。

　　仍以《豐收之後》為例。該劇矛盾衝突主要集中在趙五嬸與趙大川、王寶山之間展開，它們之間的矛盾分別代表了國家利益與集體、個人利益之間的矛盾。這其中，趙五嬸與趙大川之間矛盾衝突又佔據了主導地位，五幕戲劇除第一和第五幕外，其餘三幕均是寫到了他們二人之間的正面衝突，而且，按照戲劇情節發展，這種矛盾衝突是不易調和的，原因之一，劇中趙大川、王寶山主張將餘糧換騾馬和分給社員並非出於私心。

　　譬如趙大川，他反對弄虛作假，瞞報私分；反對將糧食拉到集市去賣，說「違反政策的事我不幹」。面對豐收，他唯一的考慮是用餘糧給隊裏換來牲口用於發展生產，而且「早就有這個打算」。這與王老四、王學禮的投機倒把活動沒有必然的聯繫，如果沒有後者的存在，趙大川的想法依然會是「換牲口」。而作為副大隊長的王寶山主張將糧食分給社員並非出於私心，這在第四幕趙五嬸為此夜訪他時可以看出。對於餘糧，王寶山在劇中有一句話「其實豐收了，就應該叫群眾多分點嘛」，可以看出他處理餘糧的主導思想。面對趙五嬸勸說，王寶山擺出他的理由是：「如今搞建設了，日子應該過的更好點，這才能調動群眾的生產積極性」，「硬牽著鼻子把糧賣給國家，怕惹起群眾的不滿，到時候後悔也來不及啦」，「社員拿著糧食當眼珠子，裏裏外外全靠它」。最後，王寶山離開趙五嬸時甚至「氣憤地」說：「她五嬸啊！你就不必為我操這份心了吧！我有些事想不通，可俺又不會裝！」〔註28〕可見他對餘糧處理的「固執」態度。由此可見，如果王老四等人不搞「投機倒把」，劇中趙大川、王寶山的上述觀點是很難被改變的，其實劇情也告訴了我們，王老四的「投機倒把」活動被揭發之前，對於趙五嬸來說，不僅趙大川沒被說服，而且王寶山的思想也未做通。

　　但是，因為王老四、王學禮等人的投機倒把活動，趙大川、王寶山二人在劇中最後均放棄了自己的主張。王寶山還為此痛哭流淚：「我……我對不起黨！」接著表示：「我明天帶頭送糧去。」〔註29〕顯然，劇作者將二人思想轉變的原因歸於「階級鬥爭」，因為「階級鬥爭」的存在，王寶山、趙大川的思

〔註28〕蘭澄：《豐收之後》（五幕話劇），《劇本》1964 年第 2 期。
〔註29〕蘭澄：《豐收之後》（五幕話劇），《劇本》1964 年第 2 期。

想來了個一百八十度的大轉變，於是，騍馬不換了，餘糧不分了，全部賣給了國家。爲了凸現這種「階級鬥爭」，劇作者在這之前還作了情節鋪墊：對於趙大川來說，換騍馬的餘糧是他交到王老四等人手裏的；而王寶山爲女兒購買的嫁妝，也是王老四幫他置辦的，不僅如此，王老四還賣了一件老羊皮襖送給他。於是，趙大川、王寶山對餘糧的做法和主張不僅被視作了「本位主義」、「個人主義」，而且是「階級鬥爭」現象，是上了壞分子王老四的當的結果。作者也據此揭示了這樣一個主題：因爲「階級鬥爭」的存在，所以要警惕「走資本主義道路」，而任何「本位主義」、「個人主義」，均是滋生「走資本主義道路」的溫床，而應一律予以取締。在《豐收之後》中，有一段對話還成爲了這個主題的「點睛之筆」：當趙大川說「買牲口是爲了發展集體生產，沒別的思想」時，趙洪奎反駁說：「沒有？我看你就有點資本主義思想」，徐大叔補充道「對了！本位主義的老根子就是資本主義思想」，趙大嬸最後予以肯定「一點不錯」。

在「社會主義教育劇」中，類似《豐收之後》這樣將個人追求幸福生活權利視爲「走資本主義道路」予以批判的，還有話劇《年青的一代》、《千萬不要忘記》、《激流勇進》、《遠方青年》、《龍江頌》等一批戲劇。這些戲劇以「資本主義思想」、「走資本主義道路」的大帽子壓抑人們正當的工作和生活要求，將個人利益、個人自由等放置在「國家利益」的對立面，通過人爲的戲劇衝突對之進行批判，於是，職工爲改善生活穿毛料褲子穿，利用業餘時間打幾隻野鴨子賣，被視作是資產階級的「侵染」、「腐蝕」現象；年青人想留在城裏工作、生活，被說成是受到了資產階級思想的影響乃至「教唆」的結果，等等。這實際上形成了戲劇創作的又一主題，對所謂「個人主義」即對個人追求幸福生活的基本權利進行否定，而且是以「反修防修」的名義。

其實，「社教運動」的「反修防修」主題，反映在「社會主義教育劇」中，其特徵之一正是對個人追求幸福生活的基本權利予以根本否定。如果說這種現象，反映在話劇《豐收之後》、《龍江頌》等戲劇中較爲隱晦的話，那麼在《年青的一代》、《千萬不要忘記》、《激流勇進》、《遠方青年》等以「年青一代」爲主要宣教對象的戲劇中，則體現得十分明顯。這也體現了「社會主義教育劇」的一個創作現象，即在戲劇中易受資產階級思想行爲「侵染」、「腐蝕」的人，常常是像丁少純那樣的「年青一代」。「丁少純」，如果將這個名字化解，可取「年少而單純」之意，猶如一張白紙，可以畫出「最新最美的革

命圖畫」，也容易受到腐蝕和污染。劇作者也常常是這個意思。而且，「反修防修」本身將主要教育對象也定位於年青人身上，正如楊洪波所說，「培養革命新一代，是一場無產階級與資產階級爭奪青年的嚴重鬥爭」，因為「我們的敵人懂得，如果把我們這一代青年爭取過去，這不僅是得到了目前的社會主義陣地，而且也是爭奪了整個的未來」。〔註30〕

當時，「九評」及中蘇論爭造成的輿論影響，也為上述說法提供了支撐。這種輿論所造成的廣泛影響是，現代修正主義者為了適應帝國主義「和平演變」戰略的需要，正在對年青一代大放毒素，極力施展政治欺騙；說他們用政治上的「和平演變」，思想上的「人道主義」，經濟上的「福利主義」對青年進行思想麻醉和物質誘惑。其目的是消蝕青年的革命理想，丟掉無產階級的革命氣節，使青年成為資產階級「糖衣炮彈」的俘虜。為此，主流意識形態要求年青一代「站得穩，頂得住」。〔註31〕當時，構成「九評」的理論依據之一，是自1958年起時任美國國務卿杜勒斯針對所謂「遠東」問題，為推動「和平演變」先後發表了三篇演說，認為美國在發動朝鮮戰爭等做法均告失敗後，把「和平演變」的希望放在中國的「第三代」身上。〔註32〕中蘇論爭等營造出這樣的氛圍，意在告訴人們應把「反修防修」的「主戰場」放在防止「和平演變」上。

從表面看來，「反修防修」主要針對的就是這種「和平演變」，實際上並非如此，如前文所述，它是出自毛澤東對權力鬥爭的憂慮。中蘇關係破裂使毛澤東的這重憂慮加深，表面看來他發動「反修防修」防止「和平演變」是出於這樣的現實考慮：「在政治思想領域內，社會主義同資本主義之間誰勝誰負的鬥爭，需要一個很長的時間內才能解決。幾十年內是不行的，需要一百年的時間才能成功。」〔註33〕其深層憂慮是出自他對個人權力是否穩固的擔

〔註30〕楊海波：《把革命的火炬舉得更高，燃燒得更旺》，《戲劇報》1963年第10期。

〔註31〕參見馬鐵丁：《革命的警鐘，戰鬥的號角——漫談幾個有關青年問題的戲》，《劇本》1964年第3期。

〔註32〕杜勒斯的三篇演說為：1958年12月4日在加利福尼亞州商會的演說《對遠東的政策》，1959年1月28日在美國眾議院外交委員會的一次秘密會議的證詞，1959年1月31日在紐約州律師協會授獎宴會上的演說《法律在和平事業中的作用》。見陸定一《在中國文學藝術工作者第三次代表大會上的祝詞》，轉引自馬鐵丁《革命的警鐘，戰鬥的號角——漫談幾個有關青年問題的戲》，《劇本》1964年第3期。

〔註33〕毛澤東：《對〈關於赫魯曉夫的假共產主義及其在世界歷史上的教訓〉稿的修

憂：「要特別警惕像赫魯曉夫那樣的個人野心家和陰謀家，防止這樣的壞人篡奪黨和國家的各級領導。」〔註34〕為了防止個人權力的喪失，於是教育年青一代的成長問題、培養接班人的問題、教育制度改革問題等等，就成為了他這種憂慮下的具體關注點。而解決這些問題的辦法，也一一「寫」進了中央所發系列文件之中。如中共中央、國務院於 1964 年 9 月 11 日聯合發出的《關於組織高等學校文科師生參加社會主義教育運動的通知》，以及中共中央於 1964 年 11 月 17 日發出的《關於發展半工（耕）半讀教育制度問題的批示》，等等〔註35〕。這其中，「讓青年學生參加『四清』運動，在實際鬥爭中進行鍛鍊」〔註36〕，讓年青人「在革命大風大浪的鍛鍊中成長」〔註37〕，均是他為推動「社教運動」開展而尋找的託詞或藉口。這種「託詞和藉口」意在作出這樣的解釋：建國以來長期推行極左路線造成「餓死人現象」等惡果，原因在於城鄉中「階級鬥爭」與資產階級影響的存在；而「和平演變」等現象之所以會發生，正是「資產階級思想」在不斷蔓延，「資本主義道路」的土壤在不斷滋生的結果。

　　這種「託詞或藉口」體現在「社會主義教育劇」中，首先是要根除「資本主義產生的土壤」，於是，我們常常看到了這樣一種戲劇現象，在「三大改造」完成之後，人們為追求幸福生活的一些基本權利，如物質生活的改善、精神文明的追求，個人權益、個人自由以及發展集體生產、搞活市場經濟等等，一旦與「國家需要」相違背，則一律被視為是受到了資產階級思想的影響、走資本主義道路的表現。話劇《千萬不要忘記》、《年青的一代》、《激流勇進》、《豐收之後》、《遠方青年》等戲劇就是這樣作出演繹和定義的。《千萬不要忘記》中的青年工人丁少純為改善自己的物質生活而買毛料褲子穿、打野鴨子賣的行為，視作思想上被侵染」、「腐化」，受到了姚母「資產階級思想」

改》，《建國以來毛澤東文稿》（1964 年 1 月～1965 年 12 月），北京：中國文獻出版社 1990 年版，第 102 頁。

〔註34〕《關於赫魯曉夫的假共產主義及其在世界歷史上的教訓》，1964 年 7 月 14 日《人民日報》。

〔註35〕參見薄一波：《若干重大決策與事件的回顧》，北京：中共中央黨校出版社 1993 年版，第 1165～1166 頁。

〔註36〕《中共中央關於發展半工（耕）半讀教育制度問題的批示》，中共中央文獻研究室編《建國以來重要文獻選編》（第十九冊），北京：中央文獻出版社 1998 年版，第 394 頁。

〔註37〕《關於赫魯曉夫的假共產主義及其在世界歷史上的教訓》，1964 年 7 月 14 日《人民日報》。

影響的結果。《年青的一代》中的林育生大學畢業後想留在上海生活，不願到艱苦的地質隊去工作，因爲與「國家需要」發生矛盾，於是被說成是受到了小吳的資產階級思想的影響，忘了父輩革命傳統的結果。當然，不能說林育生、丁少純的行爲完全正當，因爲林育生假開了患病證明瞞騙了組織，丁少純至少是粗枝大葉將鑰匙掉進電機槽裏使生產受到了影響，但它們與「資產階級影響」沒有必然的聯繫，劇作者將林育生等寫成「充滿著『資產階級世界觀』的無志青年」〔註 38〕，是沒有道理的。類似林育生、丁少純等人物塑造的，還有話劇《激流勇進》中的歐陽俊、《遠方青年》中的艾利等等。而在《豐收之後》、《龍江頌》等戲劇中的趙大川、王寶山、林立本、鄭阿擺等大隊或生產隊幹部，他們出於集體利益考慮的思想行爲均被視爲「本位主義者」，都被設置成受到「走資本主義道路」的腐蝕和影響，這也是缺乏依據的。但是，《年青的一代》、《豐收之後》等劇本，就是這樣將人們正當的物質或精神的追求扣上「資產階級」的帽子進行批判，視之爲是受到資產階級的影響。它意在告訴人們，城鄉現實生活的困境不是長期推行極左路線導致的，而是「個人主義」、「自私自利」、「本位主義」等造成的，是受到了「資產階級影響」的結果。這種戲劇主題的彰顯，顯然是爲了圖解當時階級鬥爭、「反修防修」的政治理念，並通過這種理念的詮釋，爲極左路線和權力鬥爭正名。

第三節　戲劇創作步入嚴重「非人化」

在話劇《年青的一代》、《千萬不要忘記》、《遠方青年》、《豐收之後》等戲劇中，隨著人的個性、自由，人對日常幸福生活追求的權利等等被排斥和否定，戲劇創作中的非人化現象已十分嚴重，這也是「社會主義教育劇」的一個顯著特徵。

所謂非人化，亦即去人性、人情化，即對人的本性，包括正常的生理和心理需求等等作價值觀上的根本否定。戲劇創作中的非人化現象，不僅體現在對劇中個人利益、個人自由和權利的根本否定，而且體現在劇作家的創作過程當中，正如董健所說，這種現象「一是作家主體性與創作個性的泯滅，二是戲劇作品中有個性的人物的消失。」〔註 39〕

在「社會主義教育劇」中，對於戲劇創作中的非人化，如果站在當代「人

〔註 38〕陳耘：《年青的一代》，載《劇本》1963 年第 8 期。
〔註 39〕董健：《戲劇與時代》，北京：人民文學出版社 2004 年版，第 98 頁。

本主義心理學之父」的馬斯洛的思想立場進行分析，是對人的「生存需要」
的全部否定。

　　1951 年，馬斯洛出於人的生存需要考慮以及站在人本主義立場推出了他
的「需求層次理論」。在「需求層次理論」中，他指出人之爲人是有基本的生
存需要的，他將這個需要喻爲「生存需要」。這個需要同時是呈等級的（見附
表一：《亞伯拉罕‧馬斯洛的需要等級表》），它包括人的「基本需要」和「發
展需要」兩部分。而「基本需要」是「驅使人類若干始終不變的、遺傳的、
本能的需要」，「是人類眞正的內在本質，但卻是很脆弱的，很容易被扭曲的，
往往被不正確的學習、習慣以及傳統所征服」，但它「不是醜惡的，而是中性
的或者是良好的」。〔註40〕

　　馬斯洛的「需求層次理論」告訴我們，人的生存需要分作基本需要、發
展需要兩大部分，其中每一部分又有它各自不同的層面和內容，他們是相互
獨立而又彼此依賴的，不能因爲其中某一層面的缺陷而將其他層面也予否
定。建國初戲劇創作在思想內容上的非人化不甚嚴重，原因之一也正因爲如
此。比喻話劇《紅旗歌》中的主人公馬芬姐，該劇否定的是她思想覺悟不高
的一面。這個在舊社會受過壓迫欺辱的普通紡織女工，進入新社會一開始對
工廠抱有對立情緒，經常曠工、偷懶，甚至把廢品扔到別人車斗裏，經過教
育、幫助，後來轉變了思想。用馬斯洛的「需求層次理論」解釋，馬芬姐的
問題是她在「生存需要」的「觀念行爲」這一層面上出了問題，即工作中的
對立情緒和行爲，並未否定她在「生存需要」其他層面的東西，也就是說沒
有否定她整個的人。但是，《遠方青年》、《年青的一代》、《豐收之後》等一批
「社會主義教育劇」卻不同，無論人的「生存需要」是否存在缺陷，只要它
在某一個層面上與「國家利益」相違背，於是整個人均視作「個人主義」、「本
位主義」等而予以否定，從人的「生存需要」來看，也就是對它的所有層面
予以否定。換句話說，即個人對工作和生活上的選擇、追求一旦與「國家利
益」（在劇中均表現爲「國家需要」）相違背，無論正確與否，是否正當合理，
均被視作「走資本主義道路」或受到「資產階級思想的影響」被一概否定，
成爲批判對象。

〔註40〕〔美〕亞伯拉罕‧哈羅德‧馬斯洛：《實現人生價值》，馮化平編譯，呼和浩
　　　　特：內蒙古人民出版社 2003 年版，第 25〜27 頁。

附表一　亞伯拉罕‧馬斯洛的等級表

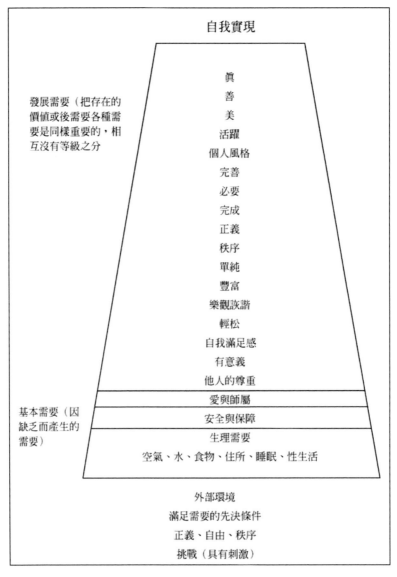

在五場話劇《遠方青年》中，維族青年艾利是作為「好逸惡勞、驕傲專斷」〔註41〕的人物形象塑造的。劇中寫他由於錯誤地勘察了草場，幾乎造成大批懷胎母馬流產丟胎的嚴重事故。作為還未畢業的實習學生，這種更多地是由於經驗不足造成的事故，在劇中被被視作「好大喜功」和責任心有問題；

〔註41〕劉孝文、梁思睿編纂：《1949～1984：中國上演話劇劇目綜覽》，成都：巴蜀書社 2002 年版，第 283 頁。

因爲不相信土法手術能解決馬的「腸阻塞」這一醫學難題,被說成是「個人主義」觀念行爲所致;他對阿米娜表白「我愛你聰明,我愛你漂亮,愛你美麗,你是我的黃鶯鴿;學院裏最好看的一朵花」,也被視作「純粹資產階級的愛情」,〔註42〕等等。劇中艾利之所以被否定且受到批判,是因爲他到農場是爲了實習而不想一輩子紮下根來。儘管,他在事業上也有個人的理想和追求,且實地勘察草場,是爲了趕著把「消滅馬群多瘦春乏的實驗總結寫出來,帶迴學院,要求工作」〔註43〕,而且這些想法和做法對他一個實習生來說是正當合理的。但是,未考慮或不想紮根牧馬場工作,這是與所謂「國家需要」相違背的,是不會得到「幸福」的,而戲劇所指的「幸福」標準,正如顧仲彝所說,做爲年青一代,要「在農村牧區安定下來」,與牧民打成一片,關心他們的生活及馬群,注重向「有經驗的土專家請教」,走「土洋結合」的科學發展道路,這樣才會得到「生活中最大的幸福」。〔註44〕顯然,艾利個人選擇生活的權利不管如何正當合理,卻是有違這個「幸福」標準的,因此,他被視爲受到資產階級思想的影響,且「毛病的根源是一切從個人利益出發,好逸惡勞,圖名求譽」〔註45〕,也就成爲必然。

在劇中,艾利個人的「生存需要」顯然是與紮根牧馬場尖銳對立了起來,也就是說,他個人選擇生活的正當權利與「國家需要」對立了起來。戲劇到最後,有這樣一個情節,即維族青年亞爾買賣提因爲艾利不願留在牧場「紮根」,於是想要回當初送給艾利的獵槍,說寧可「摧毀」也不送給艾利,艾利最後只好拖著被折斷了槍柄的獵槍悻悻而去。這也可以看出艾利在劇中被排斥、否定是全方位的。但是,以馬斯洛的「需求層次理論」解釋,艾利是否紮根牧馬場也只是他在「發展需要」層次上的「有意義」、「完善」等層面的選擇而已,而且還不能說明這個層次上的「美」、「善」、「眞」等層面上有問題。《遠方青年》以某個層面上的選擇與否而對「生存需要」其他所有層面作出臧否評判,從而對艾利的思想行爲作一概否定,這種做法,顯然在漠視艾利的「生存需要」的同時,在思想內容上也是非人化的。這種創作現象,同樣體現在話劇《年青的一代》、《千萬不要忘記》、《激流勇進》等一批「社會主義教育劇」當中。而且,這些戲劇都將原因歸於主人公受到了資產階思想

〔註42〕顧仲彝:《初讀新劇本〈遠方青年〉》,《戲劇報》1963年第4期。
〔註43〕武玉笑:《遠方青年》,《劇本》1962年第12期。
〔註44〕顧仲彝:《初讀新劇本〈遠方青年〉》,《戲劇報》1963年第4期。
〔註45〕顧仲彝:《初讀新劇本〈遠方青年〉》,《戲劇報》1963年第4期。

的影響，戲劇創作在步入公式化、模式化的同時，也體現出「作家主體性與創作個性的泯滅」並非個別現象。

在《實現人生價值》一書中，馬斯洛在闡述「需求層次理論」時還說，人只有全部或部分滿足基本需要時，「生命才會存在，才有自我實現的基礎」，也才能去談「發展需要」。〔註46〕這其實也詮釋了一個樸素道理，即人的生存需要是他賴以生存的前提和基礎，離開了它，任何別的需要諸如國家、集體利益等無異於空談，只會成為「空中樓閣」。《豐收之後》、《龍江頌》、《向陽川》等「社會主義教育劇」將整個人的「生存需要」與所謂「國家、集體利益」對立起來，從而對人的「生存需要」作出整體否定，其顯著特徵就是在打造這樣的「空中樓閣」。

總而言之，「社會主義教育劇」以「反修防修」的名義清除「個人主義」，在對這種「個人主義」作價值觀上的根本否定的同時，戲劇創作在思想內容上就不可避免地走向了嚴重非人化，即戲劇中的人不能夠有私心雜念，亦不是為了個人活著，否則是與集體主義思想和革命的行為相牴牾的，是應成為被批判和鬥爭的對象。嚴重非人化將個人利益、個人自由和個人權利等人的正常需求一概否定，視為「個人主義」予以清除，在否定個人追求幸福的的基本權利的同時，也將它與集體利益、國家利益絕對對立起來，目的是為「反修防修」即左傾路線正名，服務「社教運動」政治鬥爭的需要。

〔註46〕〔美〕亞伯拉罕‧哈羅德‧馬斯洛：《實現人生價值》，馮化平編譯，呼和浩特：內蒙古人民出版社 2003 年版，第 25～27 頁。

第五章　「做共產主義新人」
——「社會主義教育劇」主題研究之三

　　在《雷鋒》、《代代紅》等話劇中，隨著雷鋒、張志成等「毛主席的好戰士」被推出且形成廣泛的社會影響，「做共產主義新人」這一創作主題便日益凸現出來，成爲「社會主義教育劇」的一種主要創作現象。

　　在「社教運動」時期，能夠實證這種創作現象的非國內主流媒體莫屬。在這些媒體連篇累牘推出的戲劇評論文章中，許多是直接以「共產主義新人」（以下簡稱「新人」）做標題的，如《文匯報》的《爲一代共產主義新人塑像——談話劇〈代代紅〉思想成就和形象創造》〔註1〕；與此同時，《中國青年報》、《光明日報》、《大公報》、《文藝報》等報刊推出的《要有甘當「馬刷子精神」》、《社會主義革命時代的青春之歌》、《社會主義時代的新人》、《一代新人的頌歌》標題文章〔註2〕，標題含義與「新人」雷同。綜觀這些文章對「新人」所作評論，比較集中針對的仍是《雷鋒》、《代代紅》等劇目。話劇《雷鋒》推出當年，國內主要報刊雜誌均連篇累牘爲它發表了評論文章〔註3〕。這其中，圍繞雷鋒「做毛主席的好戰士」這一主題展開的評論佔據了大多數，

〔註1〕　譚霈生：《爲一代共產主義新人塑像——談話劇〈代代紅〉思想成就和形象創造》，1965年4月29日《文匯報》。

〔註2〕　即：姚文元《社會主義革命時代的青春之歌——評〈年青的一代〉》，《文藝報》1963年第10期；鳳子《社會主義時代的新人——談〈豐收之後〉的趙五嬸》，1964年2月20日《大公報》；鳳子《一代新人的頌歌——〈山村姐妹〉觀後》，《北京文藝》1964年第11期；

〔註3〕　《革命現代戲——研究資料索引》，江蘇省文聯資料室、南京大學中文系資料室1965年5月編印（內部資料），第238～240頁。

諸如《共產主義戰士的光輝形象》、《一曲英雄讚歌》、《新的時代新的人物》等劇評〔註4〕。這種評論現象，貫穿了「社教運動」時期戲劇創作的整個過程中。它同時說明，「做共產主義新人」這一戲劇主題的展示，決不是曇花一現的創作表現，而是「社會主義教育劇」中舉足輕重的創作現象。

第一節 「共產主義新人」：「政治工具」的代名詞

以六場話劇《雷鋒》（賈六）為例。關於該劇的創作背景，《中國新聞周刊》於 2009 年 4 月 20 日發表了《被「修改」的雷鋒》一文，從該文可見端倪。文章由該刊記者楊時暘所作，素材主要通過採訪 79 歲的老人張峻所得。張峻當年曾為瀋陽軍區的宣傳幹事，與雷鋒有過 9 次接觸，參與了雷鋒事迹的主要採訪報導，為雷鋒拍攝過 223 張照片。

文章披露，雷鋒首次被新聞媒體「發現」是在 1960 年 8 月下旬。那時，張峻收到從雷鋒所在連隊轉來的兩封感謝信，兩封信分別來自撫順和平人民公社和遼陽市委，信中都提到一個叫做雷鋒的戰士捐款的事迹。張峻於是在雷鋒連隊採訪了一周，寫出報導《節約標兵雷鋒》交給瀋陽軍區《前進報》總編輯。由於文中提到雷鋒勤儉節約的故事以及苦大仇深的家庭出身，總編看後要求將文章改寫成憶苦思甜報導，因為瀋陽軍區當時正要找這樣的人物典型。於是，連同新華社駐瀋陽軍區的兩位記者在內，張峻和他們一共 4 人組成採訪組對雷鋒進行二度採訪，寫出以《毛主席的好戰士》為題的報導發表在 1960 年 11 月 26 日的《前進報》上。

因為兩封感謝信和雷鋒的出身，雷鋒首先被安排在自己的連隊做憶苦報告。《前進報》的文章發表之後，雷鋒被安排到瀋陽實驗中學、旅順口海軍基地等地進行「憶苦思甜」巡迴演講。張峻說「那時，中國面臨著很多困難：三年饑荒、蘇聯撤走專家、美國對華經濟封鎖……急需一個光輝的典型鼓舞士氣」，雷鋒的出身和表現被視為完美典型形象的代表，《解放軍畫報》、《解放軍報》很快轉載了《前進報》文章。1961 年 2 月，張峻接到軍區通知為雷鋒拍一組專題照片，刊登在《解放軍畫報》上。張峻說雷鋒「入伍一年零一

〔註4〕 即：繆依杭《共產主義戰士的光輝形象——看「雷鋒參軍」和「普通一兵」》，《上海戲劇》1963 年第 3 期；王志敏《一曲英雄讚歌——談歌劇〈雷鋒〉》，1963 年 6 月 13 日《廣西日報》；丁帆《新的時代的人物——談話劇〈雷鋒〉》，《鴨綠江》1963 年第 7 期。

個月，就上了《解放軍畫報》專題，這個到現在都還沒再出現過」。這組攝影專題發表後，雷鋒聲名大噪，《中國青年報》等全國大報轉載這一專題，雷鋒事迹開始從軍隊向全國擴展。1962 年春節前後，解放軍總政治部下達指示，要爲雷鋒個人舉辦學習毛主席著作標兵的專題展覽。但是，雷鋒於 1962 年 8 月 15 日因公突然離世，原本用於「學毛著標兵」的展覽被用作了規模更大的對雷鋒的追憶儀式上。〔註 5〕

對於雷鋒由一名入伍不久的普通士兵成爲共和國英雄，張峻後來呼籲「雷鋒是人，不是神」，應「把雷鋒從神壇上拉下來」。〔註 6〕但在當時，雷鋒被「祭上神壇」不可逆轉。1963 年，毛澤東爲雷鋒題詞「向雷鋒同志學習」，並於 3 月 5 日發表在《人民日報》上。隨後，黨和國家領導人劉少奇、周恩來、朱德等紛紛爲雷鋒題詞。全國性地學雷鋒運動於是迅速展開且掀起高潮。據史料記載，毛澤東如此爲個人題詞，建國後只有雷鋒一人。而在建國前，對於英雄人物，毛澤東也僅爲白求恩、張思德、劉胡蘭三人寫過文章或題詞過〔註 7〕，可見雷鋒作爲典型人物推出的分量之重，「在中國這個崇拜權威的社會裏，借助權威而實現的政治傳播效果自然非同一般」〔註 8〕。六場話劇《雷鋒》就是在這樣的創作語境下出臺的。

「急需一個光輝的典型鼓舞士氣」，這是張峻得出雷鋒被「祭上神壇」的主要原因，但是詳細分析六場話劇《雷鋒》，就會發現問題並非如此簡單。在六場話劇《雷鋒》中，雷鋒是作爲「毛主席的好戰士」形象刻畫的。劇中描寫他苦大仇深，對舊社會充滿了刻骨仇恨。他在劇中說道「在我六歲的時候，爸爸就被舊社會逼死了，留下我們母子四人，無依無靠，飢寒交迫。小弟弟因爲沒有奶吃，活活餓死了」；12 歲的哥哥「在工廠當童工，因爲勞累過度，害了重病，又叫機器軋了手，被黑心的資本家趕出了工廠」後，很快死去；母親爲了生計被迫在地主家當傭人，在雷鋒的弟弟、哥哥相繼死去後懸梁自盡。雷鋒 7 歲成爲孤兒，身上留下許多舊社會「仇恨的刀疤」。在劇中，雷鋒的這種「仇恨」轉化爲了對新社會的熱愛，對黨和毛主席的感激之情：「是毛

〔註 5〕 參見楊時暘：《被「修改」的雷鋒》，2009 年 4 月 20 日《中國新聞周刊》。

〔註 6〕 楊時暘：《被「修改」的雷鋒》，2009 年 4 月 20 日《中國新聞周刊》。

〔註 7〕 分別見《紀念白求恩》（1939）、《爲人民服務》（1944）以及給劉胡蘭的題詞「生的偉大，死的光榮」（1947），見《毛澤東選集》第二卷，第 620～622 頁；《毛澤東選集》第三卷，第 954～955 頁。

〔註 8〕 袁爲：《建國以來政治形象人物的塑造與傳播──以雷鋒爲例的考察》，《黑河學刊》2008 年第 3 期。

主席救了我，是黨救了我，是解放軍為我報了仇！」〔註9〕這是六場話劇《雷鋒》首先傳遞出的一種主題思想。

因為有了「苦大仇深」、「根正苗紅」作鋪墊，隨著劇情的展開，雷鋒的「勤儉節約」意識、「助人為樂」和甘做「革命的螺絲釘」精神、「階級鬥爭」觀念等等，也一一被展示了出來。於是，雷鋒在第二場為了殺敵報仇，三番五次要求上福建前線。在第三場，雷鋒設有「節約箱」，為新成立的公社捐獻100元，為戰友生病的母親寄錢、買餅乾，自己卻在生活中捨不得掏三角錢喝一瓶汽水，捨不得吃一根冰棍、扔掉穿了多年的破襪子，不僅如此，他在看病途中還幫助建設工地運磚，等等。當戰友李厚亮對此提出質疑，認為這種做法「太傻」時，雷鋒說道：「如果祖國需要這樣的傻子，我就情願做一輩子這樣的傻子！」在第四場，雷鋒將舊社會的苦和恨轉化成了「全階級的仇恨」，不忘「階級鬥爭」和感謝黨給的「幸福的日子」，以此維繫對這種「幸福的日子」的滿足與熱愛。他在劇中說道：「在咱們幸福的日子裏，更不能忘掉別人的苦，今天祖國的臺灣還沒有解放，世界上還有三分之二的階級弟兄過著我童年那樣的悲慘生活，咱們決不能眼看著他們受欺凌，忘掉了階級，忘了鬥爭！」不忘階級鬥爭，在這裡成為了雷鋒形象承載的又一政治理念。為了凸現這一主題思想，劇中通過指導員這樣強調：「我們為什麼總是要狠狠地幹革命工作呢？就是為了階級，為了鬥爭才這樣做的。忘了階級，忘了鬥爭，忘了苦，忘了恨，眼光就短淺」，就會「陷到個人主義的泥坑裏去」。〔註10〕

但是，六場話劇《雷鋒》將雷鋒做為「毛主席的好戰士」形象推出，主要是建立在對毛澤東的萬分感激、無限忠誠和崇拜基礎上的。劇中有大量雷鋒「活學活用」毛澤東著作的情節。為了學好毛澤東著作，劇中雷鋒專門總結出了「釘子」精神，即「飯前飯後抓緊點，課外活動多看點，星期假日少玩點，行軍走路多想點」，並且做出強調：「我們學習毛主席著作，就要有釘子的精神，要有這種擠勁和鑽勁。」在劇中，這種「釘子」精神的作用是巨大的，雷鋒思想的轉變及成長進步，如明白「螺絲釘」與「方向盤」之間的關係，幫助戰友改正缺點、提高思想認識，提高憶苦思甜和階級鬥爭覺悟等等，均與這種學習精神密不可分。我們看到，該劇第二場落幕前，當雷鋒要求上前線殺敵未獲批准時，指導員引用《紀念白求恩》中的話開導雷鋒，使

〔註9〕貫六執筆：《雷鋒》（六場話劇），《解放軍文藝》1963 年第 7 期。
〔註10〕貫六執筆：《雷鋒》（六場話劇），《解放軍文藝》1963 年第 7 期。

雷鋒茅塞頓開；在第三場，當指導員問雷鋒每月六塊錢的津貼費如何花銷時，雷鋒回答除了理髮、洗澡，還要「買幾本毛主席著作」；第四場雷鋒外出開會回來，回來給班上戰士的禮物就是每人買一本「毛主席著作」；而在第五場，雷鋒開導戰友靳大利時，引用的就是毛澤東的那段話「一個人做事只憑動機，不問效果，等於一個醫生只顧開藥方，病人吃死了多少他是不管的」，等等。「活學活用」毛澤東思想，不僅成為了劇中雷鋒成長的動力和源泉，而且也在劇中使雷鋒充滿對領袖的崇拜、感激之情。為此，雷鋒在劇中表達了「我的家最幸福，家裏有咱毛主席」等話語，並發出「幹革命不學習毛主席著作行不行」的詰問。〔註 11〕作者賈六在劇中將雷鋒種種思想和行為一一展示的同時，也刻意將它們歸功於是「毛澤東思想武裝」的結果。這種「歸屬」與《雷鋒日記》的是一脈相承。在《雷鋒日記》中，雷鋒將在星期日休息時間帶病幫工地推磚，在乘火車時當服務員，把自己的麵包給一位老大爺吃，還給他一元錢買車票等等，歸於學習《為人民服務》、《紀念白求恩》、《中國社會各階級的分析》、《關於正確處理人民內部矛盾的問題》等文章後「心裏變得明亮了」的結果。〔註 12〕

　　這樣看來，作者在六場話劇《雷鋒》中刻意推出雷鋒這一人物形象，主導思想是建立在雷鋒「讀毛主席的書，聽毛主席的話，做毛主席的好戰士」，亦即對毛澤東無限忠誠和崇拜的基礎上，且這種主導思想成為了統領戲劇中的其它幾種思想的主線。這也在作者賈六關於該劇的創作談中得到了印證。賈六說，關於劇本的主題思想，他們曾經有過這樣幾種設想，例如「毫不利己，專門利人」、「平凡而偉大」、「做一個永不生銹的螺絲釘」以及「不忘過去苦，熱烈新社會」等等，但最後考慮到，雷鋒「是在軍委提出開展四好連隊、五好戰士運動中湧現出來的新英雄人物，是『五好戰士的傑出代表』，因此，應當通過他為什麼當兵、當什麼樣的兵，怎樣當好兵的貫串行動中，寫出他在革命的大洪爐裏鍛鍊成長為毛主席的好戰士，寫他共產主義世界觀的成長、發展和趨向完美」。〔註 13〕在這之前，中央軍委曾以總參謀長羅瑞卿的名義作出了這樣的學習倡議：「雷鋒同志值得學習的地方是很多的。但是，我

〔註11〕賈六執筆：《雷鋒》（六場話劇），《解放軍文藝》1963 年第 7 期。
〔註12〕戰春光、尹力、霍晶編：《雷鋒日記摘抄》，瀋陽：瀋陽出版社 1990 年版，第25、40 頁。
〔註13〕陳剛：《滿腔熱情地歌頌新英雄人物——訪抗敵話劇劇團〈雷鋒〉的作者》，《戲劇報》1963 年第 8 期。

覺得，最值得我們學習的，也是雷鋒之所以成爲一個偉大戰士的最根本、最突出的一條，就是他反反覆覆地讀毛主席的書，老老實實地聽毛主席的話，時時刻刻地按照毛主席的指示辦事，一心一意做毛主席的好戰士。他認準了毛澤東思想就是『糧食、武器、方向盤』……一句話，毛澤東思想就是他的英雄行爲和高貴品德的無盡的源泉。」〔註 14〕由此看來，雷鋒對毛澤東的無限忠誠和崇拜，不僅是六場話劇《雷鋒》在傳遞的主題思想，而且也是當時主流意識形態對雷鋒這一形象的主要思想定位。這同樣可以看出，戲劇中的「雷鋒」與現實生活中的雷鋒相去甚遠，如同張峻所說是「神」與「人」之間的差別。

綜上分析，六場話劇《雷鋒》除了主要賦予雷鋒對領袖無限忠誠和崇拜這一政治理念外，還讓雷鋒這一形象承載了階級鬥爭理念、以憶苦來維繫人們對現實的滿足與對未來的信念、個人甘做「革命的螺絲釘」等主流意識形態在當時要傳遞給人們的多種主導思想。不惟如此，該劇第六場有雷鋒的戰友、少先隊員爭相在車站學雷鋒做好事的情節，這喻示著雷鋒精神在延續和發揚光大，在引領著一代又一代人的「茁壯成長」。由此看來，雷鋒形象塑造的過程，是一個爲主流意識形態主導的高度政治理念化的過程。正是這種目的，戲劇界如同文藝界其他團體一樣，一時雷鋒戲劇如雨後春筍爭相推出。全國有 15 家話劇團體同時編演了以雷鋒爲題材的話劇，其中 11 家以《雷鋒》劇名推出。〔註 15〕另外，還有一批編演雷鋒的戲曲現代戲，諸如北京曲藝團推出的《毛主席的好戰士——雷鋒》，陝西省戲曲劇院編演的鄜鄠劇《雷鋒》也相繼應運而生。全國戲劇團體如此聲勢浩大地集中推出同一題材戲劇作品，只能說明一個問題，即戲劇適應主流意識形態需要而「跟風」的迹象十分明顯。這種現象反映出一個問題：即宣傳雷鋒主要不是在宣傳雷鋒這個個體的人，而是雷鋒作爲時代需要而存在的「特定的人」。於是，這些戲劇中的雷鋒無一不是作爲「毛主席的好戰士」形象推出的，或是把《雷鋒日記》中涉及到的人物故事加以藝術概括，如鄜鄠劇《雷鋒》、歌劇《雷鋒》等；〔註 16〕或通過雷鋒日常工作及在學習毛澤東著作時的「心得」和「細

〔註 14〕羅瑞卿：《學習雷鋒——寫給〈中國青年〉》，《解放軍文藝》1963 年第 3 期。
〔註 15〕劉孝文、梁思睿編纂：《1949～1984：中國上演話劇劇目綜覽》，成都：巴蜀書社 2002 年版，第 689～694 頁。
〔註 16〕左正：《〈雷鋒〉戲劇述評》，《延河》1963 年第 6 期。

節」進行加工，如話劇《雷鋒》、曲劇《毛主席的好戰士——雷鋒》〔註 17〕，等等。這些戲劇創作都有一個特點，它們在將雷鋒塑造成「毛主席的好戰士」的同時，亦將雷鋒人性的一面完全消解，即因圖解政治理念而將雷鋒塑造成爲了「非人」。譬如現實中雷鋒「留著個劉海頭」、因爲「飯不夠吃」而到連隊廚房「拿」過飯鍋巴〔註 18〕；他也穿皮夾克、料子褲，也戴英納格牌手錶，也談戀愛，也給自己存下了一筆錢，甚至還私自外出照相犯了部隊紀律。〔註 19〕但戲劇對此均未作出反映，棄置一邊將雷鋒所謂「閃光」的一面呈現在觀眾面前，於是，雷鋒成了一個沒有私心雜念、沒有個人情思，不僅是一心做好事，而且成了各種政治理念和思想人格化的形象代表。依馬斯洛的「需求層次理論」作出解釋，也就是雷鋒被摒除這些作爲普通人的「生存需要」所有層面的東西。於是，戲劇舞臺上的雷鋒便成爲了嚴重的「非人」——一個主要表現爲忠於和崇拜領袖的形象代表，一個典型地圖解多種政治理念的「符號」和工具。以此審視戲劇中雷鋒這一人物形象塑造，可以論定六場話劇《雷鋒》從創作實踐到文化理想都帶有虛假的性質。

但是，在「社會主義教育劇」以「新人」爲主題的劇目中，像六場話劇《雷鋒》那樣讓雷鋒成爲政治「符號」和「工具」的，卻是一種普遍創作現象。譬如《山村姐妹》中的祁金雁、《代代紅》中的張志成、《女飛行員》中的林雪徵等「新人」，他（她）們均是作爲「毛主席的好戰士」形象推出的，劇中的他（她）們差不多個個都反覆閱讀過《爲人民服務》、《紀念白求恩》、《愚公移山》等毛澤東著作，無一不是用毛澤東思想武裝頭腦，成爲主流意識形態主導思想的圖解者和承載者。在話劇《代代紅》中，主人公張志成如同話劇中的雷鋒一樣，也是作爲政治「符號」和工具推出的。因爲「地主分子的挑撥和一些落後群眾的譏諷」〔註 20〕，張志成在劇中被稱爲「馬館兒」，虛構出一種針鋒相對的階級鬥爭現象；劇中還有張志成憶苦思甜情節，描寫他「幹一行愛一行」，有「馬刷子」精神：農村需要他放羊，他就把羊放好，部隊需要他當二炮手，就當二炮手，需要他喂馬，他就喂馬，並且成爲了「愛馬標兵」，等等。這些政治理念在劇中也是通過「做毛主席的好戰士」這一主

〔註 17〕其雨：《舞臺上雷鋒的光輝形象》，《戲劇報》1963 年第 8 期。
〔註 18〕楊時暘《被「修改」的雷鋒》，2009 年 4 月 20 日《中國新聞周刊》。
〔註 19〕高煒、佟靜：《雷鋒鮮爲人知的一面》，《縱橫》2003 年第 5 期。
〔註 20〕劉厚生：《〈代代紅〉給予我們的啓示》，《戲劇報》1965 年第 2 期。

題思想主導著。劇中張志成不僅自覺學習毛澤東著作，而且是毛澤東思想的積極傳播者，他在第一幕向父親要毛澤東著作，第四幕給全家講毛澤東著作，並且還組織避雨的鄉親們學習毛澤東著作，等等。這種創作方法在「社會主義教育劇」中形成了一種模式，《山村花正紅》（劉佳）、《王杰愛人民》（焦乃積）、《朝陽》（謝民）、《向陽路上》（傅振貽執筆）、《帶兵的人》（蕭玉執筆）等戲劇主人公，無一不是作為諸如雷鋒那樣的「毛主席的好戰士」形象推出的。無獨有偶，這種創作模式還體現在了工業、農業題材戲劇推出的「新人」中，諸如《山村姐妹》、《遠方青年》、《年青的一代》、《豐收之後》、《戰洪圖》等戲劇中的祁金雁、沙特克、蕭繼業、趙五嬸、丁震洪等等，他們或承載著主流意識形態鼓動青年上山下鄉、紮根邊疆的政治理念；或以國家利益消解集體、個人利益，詮釋「大河有水小河滿，大河無水小河干」極左文化思想，等等。這些戲劇體現出一個共同地創作特徵，即「新人」均成為了被主流意識形態思想人格化了的政治符號，如巴金所說的是「用一片片金葉貼起來的大神」〔註21〕。

第二節　「做共產主義新人」：舒緩「後革命焦慮」

對於塑造「新人」，最早可見於前蘇聯時期。早在 1861 年，車爾尼雪夫斯基就在他的小說《怎麼辦？》提出了「新人」這一概念。小說主人公拉赫美托夫是以「新人」——一個致力於社會改造的革命家的形象呈現的。為了瞭解社會，拉赫美托夫靠雙腳走遍俄羅斯，和伐木工人一起砍樹，和縴夫一起背縴，甚至躺在布滿鐵釘的床上，為的是培養自己強健的體魄和堅定的意志。這個「新人」對當時俄國許多人產生了極大影響，「從實行革命暴力和恐怖行動的彼得・札切涅夫斯基到謝爾蓋・涅察也夫，到『走向民間』的民粹派知識分子再到列寧都是如此」〔註22〕。1907 年，高爾基在發表長篇小說《母親》不久，還號召進步文學家「創建新生活的具有新型心理的人」〔註23〕。小說《母親》因為描寫普通的工人家庭婦女尼洛夫娜在戰爭中自覺地成長為

〔註21〕巴金：《隨想錄》，生活・讀書・新知三聯書店 1987 年版，第 811 頁。
〔註22〕程映紅：《塑造新人：蘇聯、中國和古巴共產黨革命的比較研究》，《當代中國研究》2005 年第 3 期。
〔註23〕〔蘇〕B・科瓦廖夫主編：《蘇聯文學史》，張耳、王健夫、李桅譯，天津人民出版社 1982 年版，第 39 頁。

一名革命戰士，而被列寧稱作「一本非常及時的書」，「很多的工人都是不自覺地、自發地參加了革命運動，現在他們讀一讀《母親》，一定會得到很大的益處」。〔註24〕，而在上世紀被公認為「教育小說」的代表作〔註25〕，且影響了我國一代青年的長篇小說《鋼鐵是怎樣煉成的》，其主人公保爾·柯察金也是一個「新人」形象。這位「新人」生活原型即作者尼古拉·奧斯特洛夫斯基自己，他在少年時就加入蘇聯紅軍，在戰鬥中受傷致殘，雙目失明，全身癱瘓，靠頑強毅力在病榻上完成了《鋼鐵是怎樣煉成的》這部自傳體小說。尼古拉·奧斯特洛夫斯基的名字也因此被譽為「勇氣的同義詞」〔註26〕。拉赫美托夫、尼洛夫娜、保爾·柯察金這些「蘇維埃新人」，既有著圖解政治理念及非人化的一面，也有著人情、人性及苦難意識的一面。在上世紀五六十年代，這些「蘇維埃新人」不同程度地對我國文學創作產生了影響，如《把一生獻給黨》中的傷殘軍人吳運鐸，他在 1950 年代被稱為是中國的「保爾·柯察金」。

但是，「蘇維埃新人」與「社會主義教育劇」中「新人」與卻著明顯區別。這種區別在於，「蘇維埃新人」仍有人性、人情閃光的一面，非人化程度不能一概以「嚴重」二字認定；而後者不同，它已完全淪為了政治的「符號」和工具。以話劇《山村姐妹》、《教育新篇》和曲劇《遊鄉》、越調《鬥書場》為例。在這些戲劇中，主人公祁金雁、劉玉蘭、杜娟、大鳳等之所以作為「共產主義新人」推出，主要是滿足了兩個條件：一是作為知青紮根農村，有的還捨棄了城市工作的機會，如祁金雁、劉玉蘭；二是在農村施展一番抱負，或搞「科技創新」，或「教書育人」，或與舊觀念、舊勢力作鬥爭，承載了多方面的政治理念。但是，這些「新人」無一例外地存在著兩個問題：一、作為知識青年知識貯備有限；二、響應號召積極到農村插隊落戶，理想抱負和個人價值取向存在著盲從性。《山村姐妹》中的女主人公祁金雁，是在家鄉受災情況下放棄城裏工作回鄉當社員的。劇中寫她回鄉後「活學活用」毛澤東著作、與富農作鬥爭等等做法，是「千千萬萬下鄉知識青年革命精神的概括」

〔註24〕〔蘇〕Β·科瓦廖夫主編：《蘇聯文學史》，張耳、王健夫、李梡譯，天津人民出版社 1982 年版，第 23 頁。

〔註25〕葉永夫主編：《蘇聯文學史》（第一冊），北京：中國社會科學出版社 1994 年版，第 335 頁。

〔註26〕見羅曼·羅蘭 1939 年給奧斯特洛夫斯基的信，轉引自〔蘇〕尼·奧斯特洛夫斯基《鋼鐵是怎樣煉成的》，黃樹南等譯，桂林：灕江出版社 2000 年版，卷首頁。

〔註 27〕。拋開這種政治宣教因素不論，祁金雁紮根農村真正有意義的是搞果樹嫁接。但是，她搞果樹嫁接美其名曰「創新」，不如說是「現學現賣」，因為她既沒有系統地學過這方面的知識，也沒有上過農學院或農校，而且還缺乏農村生活的實踐。以此務農知識技能的不足去「創新」，貧乏，只能說明她作為「新人」回鄉的盲從。在《教育新篇》中，劉玉蘭在當時被稱作「新一代的人民教師」〔註 28〕。但是，作為「新人」，她整個的做法是反傳統、反文化的。她立志辦學的那一套，更多地是為了圖解當時的政治理念需要，把學校辦成「農校」、「半耕半讀」，意在同「白專」道路作鬥爭，驗證主流意識形態倡導的這種辦學形式的可行性和必要性。她同李校長的所謂「白專道路」之間的鬥爭，更多地顯示出她少文化的莽撞和對知識缺乏敬畏之心。越調《鬥書場》中的團支部書記大鳳，也被作者塑造成了一個佔領農村文化陣地的闖將。但是，由於她本人知識的欠缺，在和舊藝人錢有聲比說書第一個回合就敗下陣來，於是現學現賣。劇中寫她最後把錢有聲的「壞書」比垮，靠的是她不服輸的幹勁：「道路不平咱要踩，咱要學好本領，把壞書趕下臺」〔註 29〕。且不說當時這種「幹勁」的真正動力是否盲從，單憑在短時間內就能通過比說書「鬥垮」老藝人，也是對知識缺乏敬畏之心，顯示出這一人物形象的蒼白與無力。

顯然，祁金雁、劉玉蘭等戲劇中的「新人」不能算作是真正的共產主義新人的。所謂共產主義新人，首先應是一個人格心智十分健全的人，有著正常「生存需要」。這是人之所以能實現自我價值的前提條件，只有這樣，人才能談得上對社會有所付出，對國家作出奉獻。否則，正如馬斯洛在「需求層次理論」所說「一個人在生活中所有需要都沒有得到滿足，而且生理需要將主宰他的身體，那將會摒棄所有的其他需要，至少會變得很微弱」〔註 30〕。否定人的生存需要去談「奉獻、犧牲精神」是缺乏人性的，這也說明「新人」應首先是現實中的人。對於「現實中的人」，馬克思在《德意志意識形態》中對其思想行為曾作出這樣的解釋：「既不是……自我犧牲精神，也不會是利己

〔註 27〕 本刊評論員：《英雄的時代，英雄的戲劇——祝賀華北區話劇歌劇觀摩演出會的成就》，《文藝報》1965 年第 4 期。

〔註 28〕 景向農：《教育戰線上的新闖將——由話劇〈教育新篇〉談起》，《文藝報》1965年第 11 期。

〔註 29〕 集體創作：《鬥書場》（越調），《劇本》1965 年增刊第 3 號。

〔註 30〕 〔美〕亞伯拉罕·哈羅德·馬斯洛：《實現人生價值》，馮化平編譯，呼和浩特：內蒙古人民出版社 2003 年版，第 26～27 頁。

主義」，而是個人自由發展同人類社會發展的和諧一致。〔註 31〕這就告訴我們，共產主義新人既非利己主義者，也非完全消解個人的生存需要去「依照共同體的利益來活動」、「把他的本質力量、人格、個性和理想等都全部轉讓給集體」。〔註 32〕也就是說，並非如同《山村姐妹》、《教育新篇》中的祁金雁、劉玉蘭那樣，一味地成爲政治工具式的人。其次，共產主義新人不是文化虛無主義者，應該「愛學習」，然後才能「愛勞動」。1920 年 10 月，列寧在俄國共產主義青年團第三次全國代表大會上作《青年團的任務》的演講時說「一般青年的任務，尤其是共產主義青年團及其他一切組織的任務，可以用一句話來表示：就是要學習」，他針對俄國面臨的經濟任務，要求青年必須掌握現代知識，認爲只有這樣，才能適應新的生產方式和新的科學技術要求，否則共產主義只會成爲空談。〔註 33〕這裡，列寧所指的學習對象是「現代知識」，即青年必須「掌握現代知識」。以此對照《山村姐妹》、《教育新篇》中祁金雁、劉玉蘭等人，其「新人」形象顯然不在此列。

　　在上世紀五六十年代，所謂共產主義新人，在我國被長期被解釋爲具有高度的共產主義思想覺悟和道德品質的人。「共產主義」一詞，指的是「人類最理想的社會制度」〔註 34〕；「新人」，被解釋爲「具有新的道德品質的人」〔註 35〕。1959 年，《新觀察》第 7 期雜誌開闢「共產主義新人」欄目時，對此所作出的解釋也是「具有共產主義思想和風格的人」，並指出其表現是「要求人的甚少，給予人的甚多，爲了人民的事業，大公無私，不畏犧牲，敢想敢說敢幹」。這兩種解釋從文字上理解，均拋棄了作爲共產主義新人應具備的「生存需要」和「掌握現代知識」兩個要素。「生存需要」屬於人性範疇，「掌握現代知識」是「新人」豐富內涵和完善自我的必備條件，「社會主義教育劇」在塑造「共產主義新人」中將這兩者摒除，於是，「新人」便被解釋爲「社會主義時代英雄人物」，即「具有全心全意爲人民服務的思想，具

〔註 31〕　《馬克思恩格斯全集》第 3 卷，第 517 頁。轉引自：孫鼎國、李中華主編《人學大辭典》石家莊：河北人民出版社 1995 年版，第 549～626 頁。

〔註 32〕　孫鼎國、李中華主編：《人學大辭典》石家莊：河北人民出版社 1995 年版，第 549～626 頁。

〔註 33〕　《列寧選集》第 4 卷，第 344 頁。

〔註 34〕　中國社會科學院語言研究所詞典編輯室編：《現代漢語詞典（修訂本）》，北京：商務印書館 1996 年版，第 441 頁。

〔註 35〕　中國社會科學院語言研究所詞典編輯室編：《現代漢語詞典（修訂本）》，北京：商務印書館 1996 年版，第 1402 頁。

有階級鬥爭長期性、複雜性的觀念，具有不斷革命，永遠向前的戰鬥精神」的人〔註36〕。這樣一來，「新人」不是以「完整的人」形象推出，而是以「符號」和工具出現。追根溯源，這種「新人」解釋可在前蘇聯文學中看到，譬如高爾基的《論文學》中有這樣一段話：「這種新人就是共產黨人、集體主義者，這種人開始理解到，他工作不僅是爲自己，爲他所主宰的國家，而且爲了教育整個勞動人民世界、無產階級的世界。」〔註37〕不過，高爾基解釋的「新人」，工作是在「個人」、「國家」等層面展開，包括既爲了國家、集體，又爲了個人。但是，「社會主義教育劇」中的「新人」摒除了「爲個人」這一要素，雷鋒、張志成、祁金雁、劉玉蘭等戲劇中的「新人」，無一不是由此打造出的。諸如祁金雁、劉玉蘭等戲劇中「新人」，如果將她們同1950年代推出的豫劇《朝陽溝》中的銀環相比較，就會發現她們頗爲相似。二者所不同的是，銀環只是以自身形象鼓動知青上山下鄉，祁金雁、劉玉蘭等戲劇中的「新人」不僅引導知青上山下鄉，而且還以此虛構出階級鬥爭圖景，圖解「上山下鄉大有作爲」等「社教運動」政治理念。

從1958年起，社會盛行成績最好的高中畢業生棄考務農，這種現象形成風潮一直蔓延到了「社教運動」時期，「文革」期間更甚。不能否認，它與當時國家面臨的經濟困境（主要表現爲缺少糧食）有關，「社教運動」時期大批知識青年被鼓動上山下鄉，紮根農村和邊疆，與國家舒緩這方面的壓力有關，這在中央許多精減城鎮人口文件中可見一斑：「1963年，全國必須減少職工160萬人，減少城鎮人口800萬人」〔註38〕，等等。但是，大批知青被鼓動上山下鄉的原因，還不僅僅如此，這在毛澤東的諸多講話、批示中可以看出。1964年10月16日，在共青團中央辦公廳編印的《團的情況》增刊第34期轉發了南京市團委提供的材料，材料是南京師範學院附屬高中畢業生黃桂玉自述的摘要。摘要「反映她立志務農，爲了能參加農業生產，投身到勞動人民中間去，將自己鍛鍊成爲革命的接班人，而同家庭展開激烈的鬥爭，並最終取得勝利，到江蘇省盱眙縣馬壩公社插隊」。〔註39〕對這個摘要，毛澤東看後

〔註36〕黎之：《描寫英雄人物的報告文學》，《文學評論》1964年第4期。

〔註37〕高爾基：《論文學》，孟昌、曹葆華、戈寶權譯，北京：人民文學出版社1978版，第24頁。

〔註38〕《中共中央、國務院關於全部完成和力爭超額完成精減任務的決定》（1963年3月3日），中共中央文獻研究室編《建國以來重要文獻選編》（第十六冊），北京：中央文獻出版社1997年版，第190～195頁。

〔註39〕轉引自毛澤東《對〈一個立志務農的教授女兒和家庭展開的一場激烈鬥爭〉

作了「江青、李訥閱」的批示〔註40〕，從這個批示看，他對此事是表示贊同
的。或者可以這樣理解，這也是他希望看到的。知識分子走與工農相結合的
道路，並接受工農教育和改造，這在毛澤東看來，很有必要。這在毛澤東的
講話《打退資產階級右派進攻》等報告中可以找到部分答案。反右派運動以
來，毛澤東對知識分子一直採取敵視的態度。他在《打退資產階級右派進攻》
講話中曾這樣說過：「知識分子是最無知識的」，「過去知識分子這個『毛』是
附在五張『皮』上」，「現在沒有基礎了」，「要跟工人，農民交朋友」。〔註41〕
這段講話傳遞了他要求知識分子進廠、下鄉，有讓他們接受改造的打算。而
鼓動黃桂玉等青年學生立志務農，在很大程度上也是出於這種想法和打算。
這在其後發生的事件中得到了證明。1968 年 12 月 22 日，《人民日報》以《我
們也有兩隻手，不在城裏吃閒飯》為題，報導了甘肅省會寧縣部分城鎮居民
到農村安家落戶的事迹。編者按引述了毛澤東的指示「知識青年到農村去，
接受貧下中農的再教育，很有必要。要說服城裏幹部和其他人，把自己初中、
高中、大學畢業的子女，送到鄉下去，來一個動員。」〔註42〕於是，「文革」
以來的初中畢業生，除已回鄉和參加工作外，紛紛被動員去農村、邊疆落戶。
同時，各地還以「下放」為名，將大批城鎮居民，特別是將那些被認為「有
問題」的人遣散到農村去落戶。〔註43〕「文革」時期，有 1600 多萬知識青年
上山下鄉，他們當中的絕大多數人是以「做共產主義新人」的政治理念感召
下去的。由此可見，鼓動知青「上山下鄉」等做法很大程度上仍然是為了舒
緩「後革命焦慮」〔註44〕，即以此消解人們對推行極左路線以及堅持「階級
鬥爭年年講、月月講、天天講」等做法的顧慮和質疑。

　　從這樣的角度看，《山村姐妹》、《教育新篇》等戲劇中的「做共產主義新
人」主題的荒謬性立馬明晰可見。與之同樣荒謬的還有《遠方青年》、《電閃

　　　　材料的批語》，《建國以來毛澤東文稿》（1964 年 1 月～1965 年 12 月），北京：
　　　　中央文獻出版社，第 193 頁。
〔註40〕《對〈一個立志務農的教授女兒和家庭展開的一場激烈鬥爭〉材料的批語》，
　　　　《建國以來毛澤東文稿》（1964 年 1 月～1965 年 12 月），北京：中央文獻出
　　　　版社，第 193 頁。
〔註41〕《毛澤東選集》（第五卷），北京：人民出版社 1977 版，第 452～454 頁。
〔註42〕《關於知識青年到農村去的號召》，《建國以來毛澤東文稿》（1966 年 1 月～
　　　　1968 年 12 月），北京：中央文獻出版社，第 616 頁。
〔註43〕張晉藩主編：《中華人民共和國國史大辭典》，哈爾濱：黑龍江人民出版社 1992
　　　　年版，第 655 頁。
〔註44〕唐小兵編：《再解讀》，北京：北京大學出版社 2007 年版，第 229 頁。

雷鳴》、《英雄工兵》、《人歡馬叫》、《朝陽》等一批「社會主義教育劇」。這些戲劇中的沙特克、雷凱忠、丁成、吳廣興、林恒等，作爲「新人」最顯著的特徵是，人物形象被完全工具化了。在戲劇中，他們作爲「人」的基本權利被忽視和剝奪了，一個個被納入到了主流意識形態出於政治鬥爭需要爲他們度體量身製作的形象符號之中，均成爲了政治工具。如同六場話劇《雷鋒》中的雷鋒那樣，他在被打造成「毛主席的好戰士」，充滿著對領袖的無限忠誠與崇拜的同時，主流意識形態也在通過他這一「新人」形象，樹立起了一個社會楷模式的標杆。這個「標杆」在引領著人們朝它靠攏和向它學習的同時，也在影響和規訓著一代人的思想和行爲，使他們成爲雷鋒那樣的對領袖的「忠誠與崇拜」者。如此周而復始或循環往復，這是主流意識形態所希望的。這對於推行左的路線和傳遞「社教運動」政治理念，對於消解權力之憂和「後革命焦慮」等等，是有百利而無一害的：人人都成了雷鋒那樣的「新人」，就不愁「資本主義復辟」等現象的發生了。

總而言之，「做共產主義新人」作爲「社會主義教育劇」的一個創作主題，從創作實踐到文化理想都帶有虛假的性質。一方面，它是極左文化在「社會主義教育劇」中的集中反映，對圖解階級鬥爭和「反修防修」的政治理念，對舒緩「後革命焦慮」，對當時社會風尚的引導等，起到了其他宣傳工具無可替代的壞作用；另一方面，它所打造的「新人」成爲了各種政治理念的承載者，它在使「新人」淪爲嚴重非人的同時，也使他們成爲了政治符號和工具。

結論：一種極左文化的形成

　　新時期以來，對於「社會主義教育劇」的評價，一直是眾說紛紜，莫衷一是。在當代戲劇史上，「社會主義教育劇」仍處於一種晦暝不清的地位。一個現實問題也就擺在本文面前：對於「社會主義教育劇」的價值和在戲劇史上的位置，該怎樣認識？

　　新時期以來，人們對 1962～1965 年戲劇的認識主要有兩種：一種是劉厚生、趙尋、周揚、馮牧等人的觀念，他們對「十七年」戲劇持完全肯定態度，這裡面就包括「社會主義教育劇」。劉厚生認為「十七年」戲劇藝術的「大發展、大提高，是以革新力量為主力，堅持百花齊放、推陳出新的方針，同各種各樣的保守勢力和粗暴作風進行兩條戰線的韌性戰鬥的結果」〔註1〕。趙尋則將《霓虹燈下的哨兵》、《千萬不要忘記》、《第二個春天》、《激流勇進》、《雷鋒》、《年輕的一代》等話劇喻為「優秀劇目」，指出這批劇目主題「是建國以來話劇藝術的新成就，標誌著我國社會主義話劇藝術進入了一個新的歷史時期」，〔註2〕等等。在趙尋等人看來，1962～1965 年是戲劇繁榮的一個階段，「社會主義教育劇」被看成是正面的東西，是這種「繁榮」戲劇的一部分。另一種是傅瑾、田本相、董健等戲劇史家的認識，他們認為1962～1965 年是左的文化的時期，但代表這個時期的戲劇是引人注目的「樣板戲」，「社會主義教育劇」是相對次要的東西。傅瑾在《新中國戲劇史：1949

〔註1〕 劉厚生：《樹立革新、創造的主導思想——重溫毛主席關於戲曲工作的論述》，《人民戲劇》1982 年第 4 期。

〔註2〕 趙尋：《堅持「百花齊放，百家爭鳴」的方針，繁榮社會主義戲劇事業——中國戲劇家協會工作報告》，《中國戲曲志·北京卷》編輯委員會《中國戲曲志·北京卷》，中國 ISBN 中心 1999 年版，第 1580 頁。

～2000》中將 1963～1976 年戲劇統稱「高大全，三突出」時期〔註3〕，「高大全，三突出」是「樣板戲」的創作特徵，「社會主義教育劇」被遮蔽其中，處於次要地位。田本相在他主編的《中國話劇藝術通史》（第二卷）中，將「廣州會議」之後至「文革」時期的話劇統稱「瀕臨劫難的中國話劇」。這與董健、丁帆、王彬彬在他們主編的《中國當代文學史新稿》一書將 1962～1965 年戲劇歸於「1962～1971 年間的文學」的出發點相同，將那段時期的文學視爲極左文化的產物，「樣板戲」在那段時期居於戲劇主導地位。

在當代文學史中，涉及 1962～1965 年戲劇研究的著作不少，重要的有董健、胡星亮主編的《中國當代戲劇史稿》，傅謹的《新中國戲劇史：1949～2000》，田本相主編的《中國話劇藝術通史》高文升主編的《中國當代戲劇文學史》，王新民的《中國當代戲劇史綱》，董健、丁帆、王彬彬主編的《中國當代文學史新稿》，等等。這些著作在對 1962～1965 年的戲劇進行歷史分期時，主要有兩種分法：一種是把它歸於「十七年」，另一種是把它歸屬於 1962～1971 時期。前者按照通常文學史意義的時間段進行劃分，其中《中國當代戲劇史稿》可作爲代表。它將 1962～1965 年的戲劇歸於「十七年」戲劇，歸類的原因是「從 1949 年新政權建立到 1966 年『文革』的爆發，現在習稱『十七』年」；並且同時指出，這是「啓蒙理性與現代意識從淡化到消解的『十七年』」〔註4〕。作出這種劃分，顯然是按照當代文學史的傳統分類方法進行的，這種劃分方法在當代戲劇史中佔據了「主流」。《中國當代文學史新稿》把 1962～1965 年的戲劇歸於「1962～1971 時期文學」，主要是從戲劇思想內容及其文化表現上進行考慮的。該書將這段時間的戲劇終止時間定爲 1971 年，還有一個原因是那年 9 月 13 日，林彪因飛機墜毀而死於蒙古境內的溫都爾汗，這也標誌著「文革」在實際意義上的失敗。該書認爲「此前幾近凋零的文學創作也借這一契機，開始有所『復蘇』」〔註5〕也證明了這一點。諸如《中國當代文學史新稿》這類戲劇史時間段劃分的，還有《新中國戲劇史：1949～2000》等史著。《新中國戲劇史：1949～2000》將 1962～1965 年的戲劇歸於 1963～1976 年期間的戲劇，原因有如該書作者敘述的那樣，力求將這部書寫成「最

〔註3〕 傅謹：《新中國戲劇史 1949～2000》，長沙：湖南美術出版社 2000 年版，第105 頁。

〔註4〕 《緒論》，董健、胡星亮主編：《中國當代戲劇史稿》，北京：中國戲劇出版社2008 年版，第 9 頁。

〔註5〕 董健、丁帆、王彬彬主編：《中國當代文學史新稿》，北京：人民文學出版社2006 年版，第 275 頁。

近五十多年中國戲劇傳統的命運史和戲劇制度變遷史」〔註6〕，但具體到 1963 ～1976 年期間的戲劇，作者傅瑾以「高大全，三突出」作為它的總體特徵，原因與《中國當代文學史新稿》的劃分理由大致相同。

應該看到，上述兩種主要認識與兩種主要分類方法有值得商榷之處。對於上述兩種主要認識，本文認為分別存在對「社會主義教育劇」認識錯誤、認識不足和歷史地位論定不夠明確的問題。趙尋等人對「社會主義教育劇」的錯誤認識不難理解，傅瑾等戲劇史家儘管對 1962～1965 年戲劇的左的性質有明確的認識，但具體到「社會主義教育劇」，這種左的文化是否形成以及如何形成，是否佔據戲劇創作的主流等等，在《新中國戲劇史：1949～2000》等史著中未見作出明確的歷史地位。《中國當代戲劇史稿》儘管對「社教運動」時期的戲劇從運動思潮到具體創作等作出了詳細分析，對它在思想內容上的政治理念化與非人化等總體特徵有充分認識，但對它的形成過程及其歷史定位問題，仍然留下了較大地探討與追問的空間。《新中國戲劇史：1949～2000》將「社會主義教育劇」歸於「高大全，三突出」一類的戲劇，儘管「社會主義教育劇」不乏這類題材和主題的作品，但這種創作方法在戲劇史上主要是針對「樣板戲」而言的。該書在時間段上作出上述劃分，正如書中寫道，主要是為了「對樣板戲作出整體評價」〔註7〕。它在對「樣板戲」從政治和藝術兩個層面上追根溯源的同時，也留下了對「社會主義教育劇」的地位論定不足的缺憾。《中國當代文學史新稿》同樣對「社會主義教育劇」的歷史地位論定留有缺憾，該書將 1962～1965 年的戲劇歸於「1962～1971 年間的文學」，主要是針對那段時間的政治環境及文學史現象而言，重在對「樣板戲」作為戲劇創作主流問題的探討，正如該書指出的「1962 年至 1971 年，在大規模整肅了調整時期的創作之後，除了京劇現代戲在朝著『樣板戲』蛻變過程中因為得到政治權力的格外青睞而勃興外，其他體裁的創作均呈現出迅速衰退的態勢」〔註8〕。這樣，「社會主義教育劇」應有的戲劇史地位在該書不僅被遮蔽住，而且未能論定。

〔註6〕 付瑾：《新中國戲劇史：1949～2000》，長沙：湖南美術出版社 2002 年版，《導言》。

〔註7〕 付瑾：《新中國戲劇史：1949～2000》，長沙：湖南美術出版社 2002 年版，第 147 頁。

〔註8〕 董健、丁帆、王彬彬主編：《中國當代文學史新稿》，北京：人民文學出版社 2006 年版，第 237 頁。

基於以上分析及本文已有的研究，本文認為，「社會主義教育劇」作為應「社教運動」而生的戲劇，在思想內容及其文化精神實質上都構成了一種極左文化，它是那個時期創作的主要現象，是創作的主流。具體分析，它主要體現在以下三點：

一、根據本文的研究，「社會主義教育劇」無論從數量上還是從思想內容、文化精神實質上，都是 1962～1965 年戲劇的主流，而絕不是次要的戲劇現象。

二、「社會主義教育劇」的性質及其「三大主題」，構成了一種極左文化。這種極左文化的顯著特徵是戲劇淪為了政治運動的工具，而嚴重的非人化是它在思想內容上的根本特徵，它具體表現為：一是它明顯偏離了「五四」新文化運動的傳統方向。「十七年」戲劇在相當程度上承續著 1930 年代以來的左翼運動戲劇，尤其是 1942 年後的延安及各解放區的戲劇走向，這種走向的一個顯著特點是戲劇首當其衝為政治服務，政治理念化和「非人化」一貫存在且逐步升級，在「社教運動」時期走向了極致。二是它一開始便淪為了政治運動的工具，最後成為政治鬥爭的一部分。它的「三大主題」不過是它淪為政治工具的具體表現，這也是它與它之前的戲劇的本質區別所在，從而決定了它在精神上不可避免地存在著啟蒙理性和現代意識的雙重缺失。三是它不是從戲劇本體而是從政治理念出發創作出來的，這就導致它在思想內容上日益嚴重非人化，嚴重的非人化為社會走向「文革」作了鋪墊，建國後戲劇文學創作從那時起開始走向了衰微，也說明了它從那時起正式步入極左文化的軌道。這種具有極左文化特質戲劇，無論從思想內容及文化精神實質上都不是正面的戲劇，更不是那類雖有缺點卻永遠具有思想教育價值的戲劇，而是應從價值觀及文化思想上予以根本否定的戲劇。

三、「社會主義教育劇」孕育了「樣板戲」。「社會主義教育劇」的極左文化是從配合「社教運動」的創作熱潮中推出了「三大主題」而形成的，它不是從「樣板戲」中發展來的，恰恰相反，正是這種極左文化催生和孕育了「樣板戲」。「樣板戲」與「社會主義教育劇」的關係，是既有區別又有聯繫。這是因為，「樣板戲」首先不是「社會主義教育劇」。「樣板戲」是文藝領域政治鬥爭和批「鬼戲」的產物。「社教運動」伊始，隨著「大寫十三年」口號提出和毛澤東針對文藝界作出「兩個批示」，一場全國性的編演現代戲運動隨即展開。在全國京劇現代戲彙報演出期間，為了將政治鬥爭從文藝領域引向政治

領域，江青假以「攻克京劇這個頑固堡壘」〔註9〕，提出並主抓了「樣板戲」。但是，在前後推出的兩批「樣板戲」中，所有 19 個劇目幾乎全部是根據 1964 年全國京劇現代戲匯演和 1965 年華東地區京劇會演劇目改編而成的，沒有一部是出自「文革」期間的原創劇目，而且其中《龍江頌》、《海港》、《磐石灣》和芭蕾舞劇《草原兒女》等四個劇目〔註10〕是從「社會主義教育劇」中產生出來，經過精加工而成的。其餘劇目儘管不是「社會主義教育劇」，但這主要是它們的創作時間和題材原因所致，諸如第一批「樣板戲」中的《紅燈記》，其故事最初見於沉默君、羅靜 1962 年創作的電影劇本《自有後來人》（又名《紅燈志》），電影面世後很快被戲劇改編，有話劇《紅燈志》、歌劇《鐵骨紅梅》、京劇《革命自有後來人》、崑曲《紅燈傳》、滬劇《紅燈記》等，但最終成熟且定型的，是由翁偶虹、阿甲改編的十一場京劇《紅燈記》，劇本最早見於《劇本》1964 年第 11 期。這樣看來，《紅燈記》在創作時間上是符合「社會主義教育劇」要求的。類似《紅燈記》在「社教運動」時期改編且成熟的劇目，還有京劇《沙家浜》、《智取威虎山》、《奇襲白虎團》，等等。但是，它們不能算作「社會主義教育劇」，是因爲這些劇目均屬於革命歷史題材。同樣屬於革命歷史題材戲劇的，還有《杜鵑山》、《沂蒙頌》、《平原作戰》、《白毛女》、《智取威虎山》、《奇襲白虎團》等劇目。但這並不是說，「樣板戲」與「社會主義教育劇」沒有聯繫，恰恰相反，兩批「樣板戲」均是「社會主義教育劇」形成極左文化後催生和孕育的產物。它們一類是直接從「社會主義教育劇」中產生出來的，另一類描寫歷史上的革命鬥爭的戲劇，其思想主題主要是爲了展示「毛澤東思想」，以「毛澤東思想」作爲「文化革命的行動指南」〔註11〕，其極左文化特質與「社會主義教育劇」是一脈相承的，不僅受到了「社會主義教育劇」的「三大主題」的影響，而且也是「社教運動」將政治鬥爭引向極致的表現。從這些方面看，是「社會主義教育劇」孕育了「樣板戲」。

本文主要基於以上三點認爲，1962～1965 年在當代戲劇史上，應該命名爲「社會主義教育劇時期」。作出這種時間分期，並非在與《中國當代文學史

〔註9〕　《林彪同志委託江青同志召開的部隊文藝工作座談會紀要》，《紅旗》1967 年第 9 期。

〔註10〕芭蕾舞劇《草原兒女》由京劇《草原英雄小姐妹》改編而成。

〔註11〕《中國共產黨中央委員會關於無產階級文化大革命的決定》，《紅旗》1966 年第 10 期。

新稿》等戲劇史分類相詰難，恰恰相反，正是基於以上史著所作出的判斷而認定的。這主要基於以下兩點：一是《中國當代文學史新稿》把這一時期歸屬於 1962～1971 時期是有道理的，說明這一時期的戲劇儘管和「十七年」的一脈相承，但是形成了之前沒有成形的極左文化，因此和它之前的「十七年」戲劇有了文化性質上的不同，將它歸入「文革」文化的範疇了，說明「文革」文化實際上是從 1962 年開始的。二是《中國當代戲劇史稿》等戲劇史把這一時期歸屬於「十七年」戲劇也是有道理的。這種分期說明該時期與「十七年」文化一脈相承的性質。關於第二點，本文認為在此有作進一步闡明的必要。

　　建國以後，毛澤東無論從政治經濟還是在文化思想上一直推行著左的路線，這為「社會主義教育劇」在 1962～1965 年期間形成極左文化起到了重要作用。「在國際共產主義運動史中，領袖人物具有十分重要的作用，這是歷史已經反覆證明和不容置疑的」〔註12〕，「社教運動」時期的歷史也證明了這一點。事實上，對於中國革命，其起始點是以近代反帝反封建為標誌的。新中國雖然是通過革命鬥爭打碎舊制度贏得最終勝利建立起來的，但是革命鬥爭的終極目的，卻是建立起一個獨立富強的民主國家，而不是革命本身。作為革命手段的階級鬥爭，在完成建立社會主義制度的任務之後，隨著生產資料所有制改造的完成和階級對抗的消失，客觀上它也失去了其存在的理論依據和現實基礎。正因如此，1956 年在「三大改造」完成之後，國內的主要矛盾及時轉化成為「人民對於經濟文化迅速發展的需要同當前經濟文化不能滿足人民需要的狀況之間的矛盾」〔註13〕，黨的八大也據此提出全黨主要任務「是集中力量發展社會生產力，盡快地把中國從落後的農業國變為先進的工業國」〔註14〕，無疑是及時的明智之舉。但是後來的走向，明顯偏離了這個方向。造成這種理論邏輯發生錯位的原因就是，左的路線不僅繼續得到推行，而且較此之前有過之而無不及。「社教運動」時期，「左」傾思潮易於泛濫且能產生較廣泛的影響，階級鬥爭理論與「反修防修」理念能夠成為人們持守的信念且有著較深入的群眾基礎，其中重要原因正是這種左的路線長期

〔註12〕中共中央文獻研究室《關於建國以來黨的若干歷史問題的決議注釋本》，北京：人民出版社 1983 年版，第 39 頁。
〔註13〕劉魯風、何流、唐玉芳主編：《中華人民共和國要事錄（1949～1989）》，濟南：山東人民出版社 1989 年版，第 155 頁。
〔註14〕劉魯風、何流、唐玉芳主編：《中華人民共和國要事錄（1949～1989）》，濟南：山東人民出版社 1989 年版，第 155 頁。

推行的結果。這其中，階級鬥爭取代經濟建設成爲社會的主要矛盾和全黨的中心工作，本身就說明了這個問題。階級鬥爭之所以能夠取代社會生產力，成爲社會主義社會的基本綱領和發展動力，除了人爲的政治鬥爭等因素，一個重要原因在於極左思潮的長期影響下，人們對資產階級法權之類的的深重憂慮。建國以來，主流意識形態話語下的社會「公平、平等」，一直被當作了與階級分化、貧富差別等絕對對立的一面，灌輸給人們並成爲人們持守的原則。因此，人們爲了防止階級分化，必須大公無私，必須實現更高程度的所有制的公有。而實現這種目的的有效途徑和唯一手段，就是「階級鬥爭」。因此，當毛澤東在黨的八屆十中全會提出進行階級鬥爭「需要幾十年，甚至更多的時間」〔註15〕時，很快就爲人們認可並成爲了全黨的共識。極左路線得以順利推行，極左文化得以迅速形成，在很大程度上均得益於這一點。

從這樣的角度去看「社教運動」時期的種種烏托邦文化現象，人們耽於革命理想和堅守革命信念，積極投身於政治運動和鬥爭，以及視物欲爲邪惡、以奉獻爲己任的思想品德的樹立等等，都可以從中找到答案。儘管當時階級鬥爭、「反修防修」愈演愈烈，意識形態領域的大批判不斷升級等等，使社會緊張因素在不斷增加；但大多數人的政治熱情和精神追求並沒有離散，反而隨之得到強化與凝聚。這種現象只能說明一個問題，就是他們對「階級鬥爭」理論的普遍認同，以及對維護社會的絕對「均平」等現象的普遍認可，而這正是「社會主義教育劇」迅速形成極左文化的一個主要動力和深層原因。

總起來看，1962～1965年的戲劇主要是「社會主義教育劇」，這是一個特殊的時期，是一個極左文化形成，爲「文革」鋪平道路的承上啓下的時期。

〔註15〕《中國共產黨第八屆中央委員會第十次全體會議的公報》，《紅旗》1962年第19期。

參考文獻

一、政論、史哲類書目

1. 薄一波：《若干重大決策與事件的回顧》，北京：中共中央黨校出版社，1993。

2. 陳文斌等編：《中國共產黨執政五十年：1949～1999》，北京：中共黨史出版社，1997。

3. 陳雲：《陳雲文選》（第三卷），北京：人民出版社，1995。

4. 陳鐵健等：《蘇聯修正主義史學觀點批判》（第一輯），北京：人民出版社，1977。

5. 陳徒手：《人有病，天知否》，北京：人民文學出版社，2000。

6. 崔志遠：《現實主義的當代中國命運》，北京：人民文學出版社，2005。

7. 叢進：《曲折發展的歲月──1949～1989 年的中國（2）》，鄭州：河南人民出版社，1989。

8. 曹英、余敏輝編：《共和國洗冤錄》，北京：團結出版社，1993。

9. 《當代中國》叢書編輯部編：《當代中國外交》，北京：中國社會科學出版社，1988。

10. 方人、大奇編：《共產主義戰士──雷鋒》，北京：長征出版社，1989。

11. 高皋、嚴家其：《「文化大革命」十年史（1966～1976）》，天津人民出版社，1986。

12. 何理主編：《中華人民共和國史》，北京：檔案出版社，1989。

13. 胡繩主編：《中國共產黨的七十年》，北京：中共黨史出版社，1991。

14. 何理主編：《中華人民共和國史》，北京：檔案出版社，1989。

15. 華琪：《論雷鋒精神》，北京：解放軍出版社，1990。

16. 韓念龍主編：《當代中國外交》，北京：中國社會科學出版社，1988。

17. 雷鋒：《雷鋒全集》，北京：人民武警出版社，2004。

18. 李銳：《廬山會議實錄》，鄭州：河南人民出版社，1994。

19. 李淮春主編：《馬克思主義哲學全書》，北京：中國人民大學出版社，1996。

20. 劉炳瑛主編：《馬克思主義原理辭典》，杭州：浙江人民出版社，1988。

21. 劉魯風、何流、唐玉芳主編：《中華人民共和國要事錄（1949～1989）》，濟南：山東人民出版社，1989。

22. 劉曉：《出使蘇聯八年》，北京：中共黨史資料出版社，1986。

23. 劉文剑主編：《中美關係史（1949～1972）》，上海：人民出版社，1999。

24. 劉少奇：《劉少奇選集》（上、下卷），北京：人民出版社，1981。

25. 林蘊暉、范守信、張弓：《凱歌行進的是時期──1949～1989 年的中國（1）》，鄭州：河南人民出版社，1989。

26. 林誌堅主編：《新中國要事述評》，北京：中共黨史出版社，2005。

27. 馬龍閃：《蘇聯劇變的文化透視》，北京：中國社會科學出版社，2005。

28. 彭樹智：《修正主義的鼻祖──伯恩施坦》，西安：陝西人民出版社，1982。

29. 人民日報報史編輯組編：《人民日報回憶錄：1948～1988》，北京：人民日報出版社，1988。

30. 雲飛編：《雷鋒現象》，北京：解放軍出版社，2000。

31. 孫其明：《中蘇關係始末》，上海：人民出版社，2002。

32. 孫鼎國、李中華主編：《人學大辭典》石家莊：河北人民出版社，1995。

33. 盛平主編：《中國共產黨歷史大辭典》，北京：中國國際廣播出版社，1991。

34. 師永剛、劉瓊雄：《雷鋒 1940～1962》，北京：三聯書店，2006。

35. 童世駿主編：《意識形態新論》，上海人民出版社，2006。

36. 吳冷西：《十年論戰：1956～1966 中蘇關係回憶錄》，北京：中國文獻出版社，1999。

37. 汪介之：《回望與沉思──俄蘇文論在 20 世紀中國文壇》，北京大學出版社，2005。

38. 謝江平：《反烏托邦思想的哲學研究》，北京：中央社會科學出版社，2007。

39. 蕭冬連：《五十年國事紀要‧外交卷》，長沙：湖南人民出版社，1999。

40. 蕭冬連等：《求索中國：「文革」前十年史》，北京：紅旗出版社，1999。

41. 張素華：《變局──七千人大會始末》，北京：中國青年出版社，2006。

42. 張晉藩主編：《中華人民共和國國史大辭典》，哈爾濱：黑龍江人民出版社，1992 年版。

43. 朱建華、朱華主編：《中華人民共和國史稿》（1949～1989），哈爾濱：黑龍江人民出版，1989。

44. 戰春光、尹力、霍晶編：《雷鋒日記摘抄》，瀋陽：瀋陽出版社，1990。

45. 中共中央毛澤東主席著作編輯出版委員會編：《毛澤東著作選讀》（上、下冊），北京：人民出版社，1986。

46. 中共中央毛澤東主席著作編輯出版委員會編：《毛澤東選集》（第5卷），北京：人民出版社，1977。

47. 中國人民解放軍國防大學黨史黨建政工教研室編：《中共黨史教學參考資料》（第1～24冊），國防大學出版社（內部出版），1982。

48. 中國人民解放軍國防大學黨史黨建政工教研室編：《〈文化大革命〉研究資料》，國防大學出版社（內部出版），1988。

49. 中共中央文獻研究室編：《建國以來毛澤東文稿》（1～13冊），北京：中央文獻出版社，1990。

50. 中共中央文獻研究室編：《建國以來重要文獻選編》（第11～20冊），北京：中央文獻出版社，1995、1996、1997、1998。

51. 中共中央文獻研究室編：《毛澤東文集》（1～8卷），北京：人民出版社，1999。

52. 中共中央文獻研究室編：《毛澤東傳（1949～1976）》，北京：中央文獻出版社，2003。

53. 中共中央文獻研究室編：《劉少奇年譜（1898～1969）》，北京：中央文獻出版社，1996。

54. 中共中央文獻研究室編：《劉少奇傳》（下冊），北京：中央文獻出版社，1998。

55. 中共中央文獻研究室編：《周恩來傳（1949～1976）》（上、下卷），北京：中央文獻出版社，1998。

56. 中共四川省委研究室：《四川省情》，成都：四川人民出版社，1984。

57. 中共安徽省委黨史研究室編：《〈大躍進〉運動和六十年代國民經濟調整》，合肥：安徽人民出版社，2001。

58. 中共江蘇省委黨史研究室、江蘇省計劃與經濟委員會編：《六十年代國民經濟調整（江蘇卷）》，北京：中共黨史出版社，2000。

59. 中共中央文獻研究室編：《關於建國以來黨的若干歷史問題的決議注釋本》，北京：人民出版社，1983。

60. 《中國共產黨歷史大辭典》編輯委員會編：《中國共產黨歷史大辭典（社會主義時期）》，北京：中共中央黨校出版社，1991。

61. 中華人民共和國國家農業委員會辦公廳編：《農業集體化重要文件彙編》

（上、下冊），北京：中共中央黨校出版社，1981。

二、文學類書目

1. 巴金：《無題集》(《隨想錄》第五集)，北京：人民文學出版社，1986。

2. 陳白塵、董健主編：《中國現代戲劇史稿》，北京：中國戲劇出版社，1989。

3. 陳樹鳴主編：《二十世紀中國文學大典》(1930～1965)，上海教育出版社，1994。

4. 陳廣生、崔家駿：《雷鋒的故事》，北京：解放軍文藝出版社，2004。

5. 陳荒煤主編：《中國新文學大系（1949～1976)》(第 17、18 集：電影卷)，上海文藝出版社，1997。

6. 丁景唐主編：《中國新文學大系（1949～1976)》(第 19、20 集：史料‧索引卷)，上海文藝出版社，1997。

7. 董健、馬俊山：《戲劇藝術十五講》，北京：北京大學出版社，2004。

8. 董健、胡星亮：《中國當代戲劇史稿》，北京：中國戲劇出版社，2008。

9. 董健、丁帆、王彬彬主編：《中國當代文學史新稿》，北京：人民文學出版社，2005。

10. 董健：《戲劇與時代》，北京：人民文學出版社，2004。

11. 傅謹：《新中國戲劇史 1949～2000》，長沙：湖南美術出版社，2000。

12. 傅謹：《二十世紀中國戲劇導論》，長沙：中國社會科學出版社，2004。

13. 馮牧主編：《中國新文學大系（1949～1976)》(第 1、2 集：文學理論卷)，上海文藝出版社，1997。

14. 葛一虹：《中國話劇通史》，北京：文化藝術出版社，1990。

15. 《革命現代戲──研究資料索引》(內部資料)，江蘇省文聯資料室、南京大學中文系資料室，1965。

16. 高義龍、李曉主編：《中國戲曲現代戲史》，上海文化出版社，1999。

17. 何玉人：《新時期中國戲曲創作概論》，北京：文化藝術出版社，2005。

18. 胡星亮：《二十世紀中國戲劇思潮》，南京：江蘇文藝出版社，1995。

19. 胡星亮：《中國話劇與中國戲曲》，上海：學林出版社，2000。

20. 金漢、馮雲青、李新宇主編：《新編中國當代文學發展史》，杭州大學出版社，1992。

21. 羅藝軍主編：《中國新文學大系（電影集)》(下卷)，北京：中國文獻出版公司，1989。

22. 南京大學戲劇影視研究所編：《南大戲劇論叢》(1～3 集)，北京：中華書局，2005、2006、2007。

23. 李揚：《中國當代文學思潮史》，上海：上海社會科學院出版社，2005。

24. 劉孝文、梁思睿編纂：《1949～1984：中國上演話劇劇目綜覽》，成都：巴蜀書社，2000。

25. 劉文飛編：《蘇聯文學反思》，北京：中國社會科學出版社，2005。

26. 陸貴山主編：《中國當代文藝思潮概論》，北京：中國人民大學出版社，1989。

27. 林偉民：《中國左翼文學思潮》，上海：華東師範大學出版社，2005。

28. 牛運清：《中國當代文學精神》，濟南：山東教育出版社，2003。

29. 馬少波主編：《中國京劇史》（下卷第一分冊），北京：中國戲劇出版社，2000。

30. 孫慶升：《中國現代戲劇思潮史》，北京：北京大學出版社，1994。

31. 田本相主編：《中國話劇研究》第 6、9 期，北京：文化藝術出版社，1993、1996。

32. 田本相主編：《中國現代比較戲劇史》，北京：文化藝術出版社，1993。

33. 田本相、焦尚志：《中國話劇史研究概述》，天津：天津古籍出版社，1993。

34. 田本相總主編：《中國話劇藝術通史》（第 2 卷），濟南：山東教育出版社，2008。

35. 田禽：《中國戲劇運動》，上海：商務印書館，1946。

36. 唐小兵編：《再解讀》，北京：北京大學出版社，2007。

37. 吳祖光主編：《中國新文學大系（1949～1976）》（第 15、16 集），上海文藝出版社，1997。

38. 王新民：《中國當代戲劇史綱》，北京：社會科學文獻出版社，1997。

39. 王新民：《中國當代話劇藝術演變史》，杭州：浙江大學出版社，2000。

40. 余從、王安葵主編：《中國當代戲曲史》，北京：學苑出版社，2005。

41. 許志英、鄒恬主編：《中國現代文學主潮》（上、下冊），南京：南京大學出版社，2008。

42. 葉長海：《中國戲劇研究》，福州：福建人民出版社，2006。

43. 葉永夫主編：《蘇聯文學史》（第一冊），北京：中國社會科學出版社，1994。

44. 張光芒：《中國當代啟蒙文學思潮論》，上海：上海三聯書店，2006。

45. 張未民、孟春蕊、朱競：《新世紀文學研究》，北京：人民文學出版社，2007。

46. 周揚：《周揚文集》（第 4、5 卷），北京：人民文學出版社，1991、1994。

47. 周揚編：《馬克思主義與文藝》，北京：作家出版社，1984。

48. 中國話劇藝術研究會編：《中國話劇百年劇作選》（第 8～13 卷），北京：中國對外翻譯出版公司，2007。

49. 中國社會科學院文學研究所圖書資料室編：《周恩來與文藝》（上、下冊），北京：中國社會科學出版社，1980。

50. 中共中央書記處研究室文化組編：《黨和國家領導人論文藝》，北京：文化藝術出版社，1982。

51. 《中國新文學大系》（第1～2集，第15～20集），上海文藝出版社，1997。

52. 《中國戲曲志・北京卷》編輯委員會編：《中國戲曲志・北京卷》，中國ISBN中心，1999。

53. 《中國戲曲志・江蘇卷》編輯委員會編：《中國戲曲志・江蘇卷》，中國ISBN中心，1992。

54. 《中國戲曲志・廣東卷》編輯委員會編：《中國戲曲志・廣東卷》，中國ISBN中心，1993。

55. 《中國戲曲志・甘肅卷》編輯委員會編：《中國戲曲志・甘肅卷》，中國ISBN中心，1995。

56. 《中國戲曲志・雲南卷》編輯委員會編：《中國戲曲志・雲南卷》，中國ISBN中心，1994。

57. 《中國戲曲志・陝西卷》編輯委員會編：《中國戲曲志・陝西卷》，中國ISBN中心，1995。

58. 《中國戲曲志・浙江卷》編輯委員會編：《中國戲曲志・浙江卷》，中國ISBN中心，1997。

59. 中國戲曲志編輯委員會編：《中國戲曲志・山西卷》，北京：文化藝術出版社，1990。

60. 中國戲曲志編輯委員會編：《中國戲曲志・湖南卷》，北京：文化藝術出版社，1990。

61. 中國戲曲志編輯委員會編：《中國戲曲志・河南卷》，北京：文化藝術出版社，1992。

三、譯著書目

1. 〔美〕艾愷：《世界範圍內的反現代化思潮：論文化守成主義》，貴陽：貴州人民出版社，1991。

2. 〔德〕彼得・斯叢狄：《現代戲劇理論（1880－1950）》，王建譯，北京：北京大學出版社，2006。

3. 〔蘇〕波諾馬廖夫主編：《蘇聯共產黨歷史》，上海人民出版社，1974。

4. 〔蘇〕高爾基：《論文學》，孟昌、曹葆華、戈寶權譯，北京：人民文學出版社1978。

5. 〔美〕哈佛燕京學社編：《啟蒙的反思》，宋繼傑等譯，南京：江蘇教育出版社，2005。

6. 〔英〕J.L.斯泰恩：《現代戲劇理論與實踐》，劉國彬等譯，北京：中國戲劇出版社，2002。

7. 〔蘇〕B・科瓦廖夫主編：《蘇聯文學史》，張耳、王健夫、李桅譯，天津人民出版社，1982。

8. 〔美〕莫里斯・邁斯納：《毛澤東與馬克思主義、烏托邦主義》（內部發行），中共中央文獻研究室《國外研究毛澤東思想資料選輯》編輯組編譯，北京：中央文獻出版社，1991。

9. 〔英〕史蒂文・盧克斯：《個人主義》，閻克文譯，南京：江蘇人民出版社，2001。

10. 〔英〕史蒂文・盧克斯：《個人主義：分析與批判》，朱紅文、孔德龍譯，北京：中國廣播電視出版社，1993。

11. 〔美〕斯圖爾特殊・R・施拉姆：《毛澤東的思想》，田松華、楊德等譯，北京：中國人民大學出版社，2006。

12. 〔英〕托馬斯・莫爾：《烏托邦》，Ralph Robinson 譯，北京：外語教學與研究出版社，1998。

13. 〔法〕夏爾・貝蘭特：《蘇聯國內階段鬥爭》，《國際問題資料》編輯組譯，上海：上海人民出版社，1975。

14. 〔西班牙〕烏納穆諾：《生命的悲劇意識》，北方文藝出版社，1987。

15. 〔蘇〕Ⅱ・維霍采夫：《五十～六十年代的蘇聯文學》，魏荒弩等譯，北京大學出版社，1981。

16. 〔美〕亞伯拉罕・哈羅德・馬斯洛：《實現人生價值》，馮化平編譯，呼和浩特：內蒙古人民出版社，2003。

17. 〔美〕詹姆斯・施密特編：《啓蒙運動與現代性》，徐向東、盧華萍譯，上海：上海人民出版社，2005。

18. 《馬克思恩格斯選集》（第一卷），中共中央馬克思恩格斯列寧斯大林著作編譯局編譯，北京：人民出版社，1972。

19. 《列寧選集》（第 1～4 卷），中共中央馬克思恩格斯列寧斯大林著作編譯局編譯，北京：人民出版社，1995。

四、報刊雜誌篇目

1. 陸煒：《三起三落的新中國戲劇》，《文藝爭鳴》2009 年第 5 期。

2. 楊時暘：《被「修改」的雷鋒》，2009 年 4 月 20 日《中國新聞周刊》

3. 袁爲：《建國以來政治形象人物的塑造與傳播——以雷鋒爲例的考察》，《黑河學刊》2008 年第 3 期。

4. 程映紅：《塑造新人：蘇聯、中國和古巴共產黨革命的比較研究》，《當代

中國研究》2005 年第 3 期。

5. 高煒、佟靜：《雷鋒鮮爲人知的一面》，《縱橫》2003 年第 5 期。

6. 漢雁：《溫馨的回憶——〈霓虹燈下的哨兵〉生活、創作紀實》，《劇本》1990 年第 8 期。

7. 劉厚生：《樹立革新、創造的主導思想——重溫毛主席關於戲曲工作的論述》，《人民戲劇》1982 年第 4 期。

8. 吳瑜瓏：《〈豐收之後〉再認識》，《戲劇藝術》1980 年第 4 期。

9. 馮守棠：《究竟應該怎樣——評價話劇〈千萬不要忘記〉》，《戲劇藝術》1980 年第 3 期。

10. 陳耘：《〈年青的一代〉的厄運》，《上海戲劇》1979 年第 4 期。

11. 馮牧：《對當前戲劇工作的幾點意見》，《人民戲劇》1978 年第 9 期。

12. 郭漢城：《十年重話〈朝陽溝〉》，《人民戲劇》1978 年第 6 期。

13. 周揚：《重看豫劇〈朝陽溝〉》，《人民戲劇》1978 年第 6 期。

14. 柯文平：《爲堅持文藝的工農兵方向而鬥爭——批判「四人幫「背叛工農兵方向的的謬論》，《人民戲劇》1977 年第 4 期。

15. 瀋陽部隊第一通訊總站評論組：《紅旗永不倒，光輝永不滅——喜看話劇〈雷鋒〉》，《人民戲劇》1977 年第 4 期。

16. 社論：《話劇藝術的戰鬥任務——用共產主義思想教育人民》，《戲劇報》1960 年第 5 期。

17. 東方明：《談揚劇〈奪印〉的成就》，《戲劇報》1963 年第 2 期。

18. 欣秋：《看三齣反映社會主義新農村的京劇》，《戲劇報》1964 年第 7 期。

19. 《中國共產黨第八屆中央委員會第十次全體會議公報》，《紅旗》1962 年第 19 期。

20. 本刊評論員：《英雄的時代，英雄的戲劇——祝賀華北區話劇歌劇觀摩演出會的成就》，《文藝報》1965 年第 4 期。

21. 路坎：《談話劇〈李雙雙〉》，《文學評論》1964 年第 1 期。

22. 馮牧：《舞臺上的沸騰的生活——從近年來話劇創作的成就談起》，《文藝報》1964 年第 2 期。

23. 社論：《今年夏季大豐收說明了什麽》，1958 年 7 月 23 日《人民日報》

24. 社論：《列寧主義和現代修正主義》，《紅旗》1963 年第 1 期。

25. 社論：《駁蘇共新領導的所謂「聯合行動」》，《紅旗》1965 年第 12 期。

26. 《南斯拉夫是社會主義國家嗎？——三評蘇共中央的公開信》，1963 年 9 月 26 日《人民日報》

27. 社論：《陶里亞蒂同志同我們的分歧》，《人民日報》1962 年 12 月 31 日

28. 《關於赫魯曉夫的假共產主義及其在世界歷史上的教訓——九評蘇共中央的公開信》,《紅旗》1964 年第 13 期。

29. 《關於斯大林問題——二評蘇共中央的公開信》,《紅旗》1963 年第 18 期。

30. 《林彪同志委託江青同志召開的部隊文藝工作座談會紀要》,《紅旗》1967 年第 9 期。

31. 《中國共產黨中央委員會通知》(1966 年 5 月 16 日),《紅旗》1967 年第 7 期。

32. 揚州專區揚劇團:《創作揚劇〈奪印〉的體會》,《文藝報》1963 年第 5 期。

33. 本刊記者:《各地劇團紛紛下鄉爲農民演出》,《戲劇報》1962 年第 12 期。

34. 黃維均:《生活土壤裏開放出來的鮮花——記青藝農村演出隊排演話劇〈李雙雙〉的過程》,《戲劇報》1963 年第 12 期。

35. 劉厚明:《在群衆中學習和鍛鍊——下鄉一年雜感》,《戲劇報》1964 年第 4 期。

36. 《社會主義話劇藝術的花朵燦爛盛開——1963 年華東區話劇觀摩演出記要》,《戲劇報》1964 年第 1 期。

37. 韋啓玄:《廣東戲劇戰線上的一次豐收——廣東省 1963 年支持農業優秀劇目彙報演出觀摩散記》,《戲劇報》1964 年第 1 期。

38. 趙寰:《聽黨的話,深入生活——〈南海長城〉創作體會》,《戲劇報》1964 年第 4 期。

39. 柯慶施:《大力發展和繁榮社會主義戲劇,更好地爲社會主義的經濟基礎服務——在一九六三年底到一九六四年初華東地區話劇觀摩演出會上的講話》,《戲劇報》1964 年第 8 期。

40. 白揚:《社會主義新人物的塑造——看華東區話劇觀摩演出》,《戲劇報》1964 年第 2 期。

41. 周揚:《高舉毛澤東思想紅旗,做又會勞動又會創作的文藝戰士——1965 年 11 月 29 日在全國青年業餘文學創作積極分子大會上的講話》,《戲劇報》1965 年第 12 期。

42. 祁宣:《活學活用毛澤東思想的成果》,《文藝報》1965 年第 4 期。

43. 記者:《社會主義話劇藝術的花朵燦爛盛開——1963 年華東區話劇觀摩演出記要》,《戲劇報》1964 年第 1 期。

44. 貫霽:《新人新事新主題——談 1963 年話劇創作的幾點收穫》,《戲劇報》1964 年第 2 期。

45. 梅阡:《一曲階級鬥爭的凱歌——試評評劇〈奪印〉的演出》,《戲劇報》1963 年第 3 期。

46. 本刊評論員：《爲農民寫出更多的好劇本》，《劇本》1963 年第 3 期。

47. 蕭譚：《讀揚劇〈奪印〉淺得》，《劇本》1963 年第 3 期。

48. 李希凡：《在戲曲創作中反映社會主義農村的火熱鬥爭》，《戲劇報》1964 年第 5 期。

49. 劉厚明：《相信、理解和「吃透」》，《北京文藝》1965 年第 5 期。

50. 鄭士存：《一齣反映階級鬥爭的好戲——評話劇〈青松嶺〉》，《河北文學》1965 年第 3 期。

51. 叢深：《〈千萬不要忘記〉主題的形成》，《戲劇報》1964 年第 4 期。

52. 郭小川：《話劇·〈龍江頌〉·革命化》，《戲劇報》1964 年第 2 期。

53. 魏照風：《談〈龍江頌〉中林立本的形象》，《上海戲劇》1964 年第 1 期。

54. 王彥：《爲反映偉大的社會主義時代而努力——記華東區話劇觀摩演出》，《劇本》1964 年第 2 期。

55. 李時釗：《新的題材，新的主題，新的英雄人物》，《上海戲劇》1964 年第 1 期。

56. 胡錫濤：《現代劇反映人民內部矛盾三題》，《上海戲劇》1964 年第 5 期。

57. 譚家健：《從歐陽俊這個人物談起》，《上海戲劇》1964 年第 6 期。

58. 蘇堃：《一齣引人注目的新戲——簡論〈年青的一代〉主題的現實意義》，《上海戲劇》1963 年第 6 期。

59. 張仲朋：《寫英雄，學英雄——談談〈青松嶺〉中張萬有的塑造過程》，《河北文學》1965 年第 6 期。

60. 叢深：《革命的作者必須聽毛主席的話》，《文藝報》1965 年第 5 期。

61. 曹菲亞：《喜看話劇〈汾水長流〉》，《北京文藝》1963 年第 12 期。

62. 黃維均：《生活土壤裏開放出來的鮮花——記青藝農村演出隊排演話劇〈李雙雙〉的過程》，《戲劇報》1963 年第 12 期。

63. 陳顒：《爲社會主義農村新人雕像——關於話劇〈李雙雙〉的排演》，《戲劇報》1963 年第 12 期。

64. 張保莘：《歌頌社會主義新事物的勝利——談話劇〈豐收之後〉和〈龍江頌〉》，《文藝報》1964 年第 2 期。

65. 張庚等：《〈奪印〉·評劇·現代戲》，《文藝報》1963 年第 3 期。

66. 評論員：《歡呼小型革命現代戲的新成就》，《文藝報》1965 第 10 期。

67. 黎弘：《第四種劇本——評〈布穀鳥又叫了〉》，1957 年 6 月 11 日《南京日報》

68. 周揚：《建設社會主義文學的任務——在中國作家協會第二次理事會會議（擴大）上的報告》，《文藝報》1956 年第 5、6 期。

69. 吳啓文：《歌頌偉大的時代，讚美革命的英雄—— 一年來話劇創作述評》，《戲劇報》1964 年第 10 期。

70. 魯速：《認識英雄，理解英雄》，《北京日報》1965 年 3 月 14 日

71. 劉永年、蘇慶昌：《光輝的英雄形象——談話劇〈戰洪圖〉丁震洪形象的塑造》，《河北文學》1965 年第 7 期。

72. 楊海波：《把革命的火炬舉得更高，燃燒得更旺》，《戲劇報》1963 年第 10 期。

73. 馬鐵丁：《革命的警鐘，戰鬥的號角——漫談幾個有關青年問題的戲》，《劇本》1964 年第 3 期。

74. 顧仲彝：《初讀新劇本〈遠方青年〉》，《戲劇報》1963 年第 4 期。

75. 周揚：《論〈紅旗歌〉》，《文藝報》1950 年第 2 卷第 4 期。

76. 田漢：《做好戲劇工作滿足人民的需要——在中華全國戲劇工作者協會全國委員會擴大會議上的報告》，《文藝報》1953 年第 19 期。

77. 魯煤：《對「同甘共苦」的初步理解》，《戲劇報》1957 年第 1 期。

78. 覃柯：《評「布穀鳥又叫了」及其評論》，《戲劇報》1958 年第 22 期。

79. 卞明：《斥「第四種劇本」》，《劇本》1960 年第 1 期。

80. 沈嶢：《一曲社會主義的新戲曲——評豫劇〈朝陽溝〉》，《戲劇報》1964 年第 1 期。

81. 陽翰生：《〈槐樹莊〉和〈東進序曲〉觀後》，《戲劇報》1959 年第 14 期。

82. 譚霈生：《爲一代共產主義新人塑像——談話劇〈代代紅〉思想成就和形象創造》，1965 年 4 月 29 日《文匯報》

83. 姚文元：《社會主義革命時代的青春之歌——評〈年青的一代〉》，《文藝報》1963 年第 10 期鳳子：《一代新人的頌歌——〈山村姐妹〉觀後》，《北京文藝》1964 年第 11 期。

84. 陳工一：《做社會主義的勇士，不做時代的懦夫——看話劇〈遠方青年〉札記》，1963 年 7 月 16 日《光明日報》

85. 繆依杭：《共產主義戰士的光輝形象——看「雷鋒參軍」和「普通一兵」》，《上海戲劇》1963 年第 3 期。

86. 王志敏：《一曲英雄讚歌——談歌劇〈雷鋒〉》，1963 年 6 月 13 日《廣西日報》

87. 丁帆：《新的時代新的人物——談話劇〈雷鋒〉》，《鴨綠江》1963 年第 7 期。

88. 蘇琴：《舞臺上的雷鋒形象》，《劇本》1963 年第 1 期。

89. 陳剛：《滿腔熱情地歌頌新英雄人物——訪抗敵話劇團〈雷鋒〉的作者》，《戲劇報》1963 年第 8 期。

90. 本刊評論員：《爲四好連隊和五好戰士寫讚歌》，《解放軍文藝》1963 年第 3 期。

91. 羅瑞卿：《學習雷鋒──寫給〈中國青年〉》，《解放軍文藝》1963 年第 3 期。

92. 思基：《值得重視的探索──讀劇本〈雷鋒〉有感》，《鴨綠江》1963 年第 10 期。

93. 馮德英：《〈女飛行員〉創作體會》，《解放軍文藝》1965 年第 4 期。

94. 劉厚生：《〈代代紅〉給予我們的啓示》，《戲劇報》1965 年第 2 期。

95. 魏敏、楊有聲、林朗：《向英雄學習、爲英雄塑像──話劇〈代代紅〉創作體會》，《解放軍文藝》1965 年第 4 期。

96. 左正：《〈雷鋒〉戲劇述評》，《延河》1963 年第 6 期。

97. 李慶番：《努力創造工農兵的英雄形象──戲劇觀摩札記》，《河北文學》1965 年第 6 期。

98. 景向農：《教育戰線上的新闖將──由話劇〈教育新篇〉談起》，《文藝報》1965 年第 11 期。

99. 黎之《描寫英雄人物的報告文學》，《文學評論》1964 年第 4 期。

100. 陳剛：《滿腔熱情地歌頌新英雄人物──訪抗敵話劇團〈雷鋒〉的作者》，《戲劇報》1963 年第 8 期。

致　謝

　　寫完這篇論文的時候，聖誕的鐘聲愈益臨近，一年的「盤點」即將到來。回首三年來的求學歷程，早已屆不惑之年的我能有這份收穫，內心裏除了感動，還有就是一份沉甸甸的感覺。

　　衷心感謝導師陸煒教授。從本文的選題、構思、修改到成文，陸煒教授傾注了大量的心血。文章幾易其稿。在我撰寫這篇論文的整個過程中，先生不厭其煩，循循善誘，在思維上進行啟發，在研究方法上進行指導，自始至終都給我以脫出迷霧般的點撥和提示。先生嚴謹的治學態度和良好的為師品德，以及寬容大度的學者風範，將使我受益終身。

　　感謝胡星亮教授、呂效平教授、周安華教授、馬俊山教授及戲研所的其他老師。在三年多時間的求學生涯裏，知之不多的我能夠從戲劇這扇門外邁過門檻，堅持完成學業並學有所獲，全賴他們的悉心教誨和無私幫助。他們一絲不苟的治學態度，誨人不倦的教學風格，令我永志難忘。

　　感謝原單位領導和同事們的幫助，為我免去家庭及生活上的後顧之憂；感謝室友和同門的師弟師妹們，三年來伴我度過人生最值得珍憶的一段美好時光。

2009 年 12 月於南京